KNAUR

ISOLDE UND
HANS CHRISTIAN CARS

Mauerflieger

Eine grenzenlose Liebe
im Schatten des Kalten Krieges

KNAUR

Besuchen Sie uns im Internet:
www.knaur.de

FSC
www.fsc.org
MIX
Papier aus verantwortungsvollen Quellen
FSC® C083411

Ein Imprint der Verlagsgruppe Droemer Knaur GmbH & Co. KG, München

Redaktion: Christian Lütjens
Lektorat: Jan Strümpel
Covergestaltung: Rothfos & Gabler
Coverabbildung: Archiv Isolde Cars · Hans Christian Cars, bearbeitet von Emil Ems
Fotos im Bildteil: Archiv Isolde Cars · Hans Christian Cars, bearbeitet von Emil Ems
Landkarte: Peter Palm
Satz: Adobe InDesign im Verlag
Druck und Bindung: CPI books GmbH, Leck
ISBN 978-3-426-21456-5

5 4 3 2 1

Inhalt

Prolog

In Warnemünde schloss sich der Kreis. Hier hatte Isolde am 13. August 1961 erfahren, dass die DDR ihre Grenzen dichtmachte, hierher kam sie knapp fünf Jahre später, um mit mir ihren Sprung über diese Grenze zu planen. Da kannten wir uns seit gut einem Jahr und waren seit sieben Monaten im Geheimen verlobt. Nüchtern betrachtet hatte unsere Beziehung keine Zukunft. Wir stammten aus verschiedenen Hemisphären jenes Europas, das der Kalte Krieg in zwei Teile gespalten hatte. Isolde lebte östlich des Eisernen Vorhangs in der DDR, ich in Schweden. Streng bewachte Grenzen trennten unsere Welten voneinander. Doch dass die politischen Verhältnisse unsere Liebe unmöglich machen sollten, konnten wir nicht hinnehmen. Deshalb beschlossen wir, dass Isolde in den Westen fliehen würde. Mit meiner Hilfe. In einem Flugzeug.

Jetzt war die letzte Gelegenheit, gemeinsam an unserem Plan zu feilen und Risiken abzuwägen. Es lag eine knisternde Spannung in der Luft. Zugleich fühlten sich die Tage am Meer ein bisschen wie Flitterwochen an. Sie waren das strahlende Trugbild einer Freiheit, von der wir wussten, dass es sie in dem Land, das Isoldes Heimat war, nie geben würde. Seit dem Bau der Berliner Mauer und der totalen Abschottung Ostdeutschlands vom Westen Europas war die innerdeutsche Grenze für DDR-Bürger zu einem fast unüberwindbaren Hindernis geworden. Zwar hatten es immer wieder Menschen geschafft, in den Westen zu fliehen – mit Zügen, Booten, gepanzerten Bussen oder durch Tunnel –, doch jede gelungene »Republikflucht« führte zur weiteren Aufrüstung der Grenzanlagen. Viele Menschen ließen sich dennoch nicht von ihnen abhalten. Allein an der Berliner Mauer kamen im ersten Halbjahr 1966 acht Menschen durch die Schüsse von Grenzsoldaten ums Leben.

Genaue Informationen über diese fürchterlichen Ereignisse hatten wir damals nicht. Trotzdem wussten wir um die Risiken unseres Vorhabens. Deshalb hatten wir beschlossen, Isoldes Flucht nicht an der innerdeutschen Grenze, sondern in der Tschechoslowakei ins Werk zu setzen. Damals dachten wir, der Eiserne Vorhang würde weiter südlich nicht ganz so penibel bewacht wie in der DDR. Jahre später erfuhren wir, dass zwischen der Tschechoslowakei und Österreich bis zum Mauerfall 129 Menschen ihren Fluchtversuch mit dem Leben bezahlten und damit fast ebenso viele wie an der Berliner Mauer. Ob wir unseren Plan abgebrochen hätten, falls wir diese Zahlen damals schon gekannt hätten? Bestimmt nicht. Wir waren verliebt und wir wollten zusammen sein. Das ging nur, wenn einer in die Welt des anderen übersiedelte.

Theoretisch hätte natürlich auch ich zu Isolde in die DDR ziehen können, aber das wollten wir beide nicht. Das Regime, das ihr eine Mauer vor die Nase gesetzt und ihren unbändigen Freiheitsdrang gegängelt hatte, lehnte Isolde kategorisch ab. Sie fand das Leben in der DDR durchaus nicht unerträglich und litt auch nicht unter Schikanen, doch dass ein politisches System seine Bürger durch Stacheldraht und Schüsse in Schach hielt, widersprach ihrem Begriff von Menschlichkeit ebenso wie meinem. Innerlich war sie schon lange bereit, dieses Land hinter sich zu lassen – und sei es für immer.

Zweifel spielten in jenen Warnemünder Sommertagen deshalb kaum eine Rolle. In den warmen, klaren Nächten am Strand machte das Funkeln der Sterne sie vergessen, an den hellen, heißen Tagen verdunsteten sie im Licht der Sonne. Rückblickend habe ich das Gefühl, dass wir nach den Besprechungen der ersten Tage nicht mehr viel über die Flucht redeten. Stattdessen machten wir Urlaub. Im friedlichen, unablässigen Rauschen der Brandung vergaßen wir unsere Sorgen und genossen das Strandleben. Isolde war eine gute Schwimmerin. Sie war viel ausdauernder als ich, der lieber an Land blieb, sich auf dem Badetuch ausstreckte und zusah, wie ihr zierlicher Schatten mit der funkelnden Wasseroberfläche verschmolz. Dann wünschte ich mir manchmal, ich könnte den Moment einfrieren und die Zeit anhalten. Es war ein fast perfektes Idyll. Aber eben nur fast. Denn in der Ferne patrouillierten Tag und Nacht die Boote der ostdeutschen Küstenwache. Sie warteten nur auf ihren Einsatz, sobald jemand ihre Route kreuzte, um nach Westdeutschland, Dänemark oder Schweden zu entkommen. Ihr Anblick holte mich in die Wirklichkeit zurück.

Am Nachmittag, bevor wir auseinandergingen, steckten Isolde und ich ein letztes Mal weitab der Hörweite anderer Badegäste die Köpfe zusammen, um über das rote Tuch, das codierte Telegramm und den unsichtbaren, darum bedrohlichen Propeller zu sprechen. Wir absolvierten die Generalprobe für unser großes, romantisches Schauspiel mit dem Titel »Isoldes Flucht«. Uns blieb noch ein knapper Monat, bis wir mit der Wirklichkeit konfrontiert wurden. Die Flucht war gar kein romantisches Schauspiel. Sie war eine Herausforderung, eine Zerreißprobe. Sie war das größte Abenteuer unseres Lebens.

Berlin Ostbahnhof

Es gab noch keinen Fernsehturm am Alexanderplatz, als ich am Karfreitag des Jahres 1965 mit dem Saßnitz-Express im Berliner Ostbahnhof einrollte. Es gab nicht weit von dort die Mauer an der Spree. Und in der Bahnhofshalle gab es einen alles überdeckenden Smog, der die Strahlen der untergehenden Sonne brach und streute, sodass die abendliche Szenerie in einem unwirklich gelben Zwielicht erglühte. Jetzt war ich auf meiner Reise nach Prag also in Ostberlin angekommen, der Hauptstadt der Deutschen Demokratischen Republik.

Ich besuchte Ostberlin nicht zum ersten Mal. Ein paar Jahre zuvor war ich im Rahmen eines Fechtturniers hier gewesen, vor dem Bau der Mauer. Dass Berlin eine geteilte Stadt war, hatte sich damals noch nicht mit unverrückbarer Endgültigkeit gezeigt. Nun war es anders. Als ich, dem Strom der Reisenden folgend, aus dem Zug stieg, hatte ich das Gefühl, unerwünscht zu sein in dieser Stadt. Im Grunde war es ja auch so. Als schwedischer Staatsbürger kam ich zwar aus einem Land, das sich im Kalten Krieg neutral positionierte, aber ein Besucher aus dem kapitalistischen Westen war ich dennoch und stand zudem dem DDR-System kritisch gegenüber.

Für mich war der Mauerbau vom August ’61 der endgültige Beleg dafür gewesen, dass das DDR-Regime ein abscheuliches, totalitäres System war, das seine Bürger einsperrte und elementarer Freiheiten beraubte. Dies war mir schon nach der Niederschlagung der Volksaufstände von Berlin, Budapest und Posen in den Fünfzigerjahren klar gewesen. Doch seit dem Mauerbau fragte ich mich verstärkt, wie man die starren Grenzen des Kalten Krieges wieder aufweichen oder gar überwinden könnte. Politisch hatten sich die Fronten immer mehr verhärtet, auf dieser Ebene wirkte die Lage zunehmend hoffnungslos. Bessere

Aussichten der Annäherung schien mir die Wirtschaft zu bieten. Wo man für ökonomische Verflechtungen und Handel zwischen den Völkern sorgte, wurden Austausch und ein besseres Verständnis füreinander gefördert. Beides konnte zur Öffnung beitragen, das hoffte ich zumindest. Deshalb beschloss ich 1962 im Alter von 23 Jahren, meinen Beruf als Offizier an den Nagel zu hängen und an der Stockholmer Universität Russisch und Ökonomie mit Schwerpunkt Ost-West-Handel zu studieren.

Im Rahmen des Studiums unternahm ich Reisen nach Moskau und Warschau. Ich staunte über die gigantischen Weiten des Roten Platzes und stand am Lenin-Mausoleum Schlange, ich diskutierte mit moderaten Studenten und strammen Kommunisten. Die Frau des schwedischen Militärattachés fuhr mich zusammen mit ein paar Kommilitonen in ihrem Wagen nach Sagorsk. Auf der Fahrt sah ich, wie Wachposten an jeder Kreuzung unser Autokennzeichen registrierten, und in der Klosterstadt staunte ich über den dort zur Schau gestellten religiösen Pomp. Einige Jahre später fuhr ich im Auto eines schwedischen Diplomaten mit von Warschau nach Berlin. Dabei wurde ich Zeuge, wie uns eine polnische Staatskarosse bis zur Überquerung der DDR-Grenze beständig folgte. Auf meinen Reisen in den Oststaaten erlebte ich den blühenden Schwarzhandel mit Devisen und Westartikeln, der an öffentlichen Plätzen in Moskau und Warschau erstaunlich unverhohlen betrieben wurde. Mir waren die Widersprüche und Eigenheiten der Welt jenseits des Eisernen Vorhangs also nicht völlig unbekannt, als ich an jenem Abend in der Hauptstadt der DDR eintraf. Doch Berlin mit seiner Mauer, dem weltbekannten Checkpoint Charlie und den geheimnisumwitterten Geisterbahnhöfen war eine Klasse für sich. Die geteilte Stadt war ein Ärgernis und ein Rätsel zugleich. Sie hatte etwas Ungreifbares.

Als ich jetzt auf dem Bahnsteig stand – umgeben von Reisenden, die an mir vorbeieilten, und Schaffnern in blauen Reichsbahn-Uniformen, die mit schwarzen Pfeifen zwischen den Lippen das Geschehen lenkten –, bedauerte ich, dass ich nicht ein, zwei Tage für die Erkundung Berlins eingeplant hatte. Aber man konnte nicht alles haben. Ich musste weiter zum Anschlusszug nach Prag, wo ich am folgenden Morgen zu einer Gruppe schwedischer Kommilitonen stoßen sollte, die zu einer Studienreise durch Osteuropa aufbrach. Für den kommenden Tag standen Treffen mit Diplomaten der Tschechoslowakei auf dem Programm. Solche Termine waren eine gute Möglichkeit, um Kontakte zu knüpfen. Zudem war die Tschechoslowakei in jenen Jahren eines der wenigen Länder des Ostblocks, von denen eine Aufbruchstimmung ausging. Im Mai 1963 hatten Schriftsteller und andere Intellektuelle bei der Kafka-Konferenz in der mittelböhmischen Stadt Liblice fortschrittliche Debatten über einen modernen Sozialismus in Gang gesetzt und damit den Weg für eine Demokratisierungsbewegung geebnet. Ich hatte die Entwicklungen gespannt verfolgt und versprach mir viel davon. Mit der brutalen Niederschlagung des »Prager Frühlings« 1968 sollte die Bewegung ein jähes Ende finden.

Während sich außerhalb der Bahnhofshalle die Sonne dem Horizont näherte, kämpfte ich mich durch das Gedränge zum Fahrplan vor. Rauch vermischt mit Kohlenstaub und Diesel stieg mir in die Nase. Mein Anschlusszug, der *Hungaria* Richtung Budapest, sollte in anderthalb Stunden von Bahnsteig B abfahren. Von dort fuhren die »Fernzüge Richtung Osten«. Ohne Umschweife schlenderte ich dorthin.

Da der Zug noch nicht bereitstand, stellte ich meinen Koffer ab und lehnte mich an ein Treppengeländer, um die Menschen zu beobachten, die unablässig vorbeiströmten, als hätte man sie mir zur Begutachtung geschickt. Viele Frauen schienen sich für die Ostertage fein gemacht zu haben. Sie trugen Hüte mit breiten Krempen und schmal geschnittene Stoffmäntel mit Taillengurt, unter deren Säumen bunt gemusterte Kleider zum Vorschein kamen. Schuhe mit hohen Absätzen klapperten gegen die ohrenbetäubenden, aber zur völligen Unverständlichkeit verzerrten Lautsprecherdurchsagen an. Ich sah Hochsteckfrisuren und Dauerwellen, Ansteckblumen und Handtaschen,

Halstücher, Ohrringe, Stehkragen und gepunktete Haarreife. Die Männer hingegen glichen sich alle irgendwie. Die meisten trugen Anzüge in gedeckten Braun- und Grautönen, schmale Schlipse und Trenchcoats.

Genau wie ich. Mein Studenten-Chic jener Tage waren ein braun kariertes Sakko mit gemustertem Schlips und ein beiger Mantel, dessen Innenfutter etwas zerfetzt war, den ich aus Kosten- und Bequemlichkeitsgründen trotzdem weitertrug. Auf Äußerlichkeiten gab ich nicht viel, mich interessierten die Dinge hinter den Fassaden. So fragte ich mich auch jetzt, wie die DDR-Bürger wohl ihr Leben empfanden. Ob sie sich so eingesperrt fühlten, wie ich es mir als Beobachter aus dem Westen vorstellte? Ob sie das System gleichgültig hinnahmen oder es tatsächlich guthießen? Ob sie das, was ich als Unfreiheit interpretierte, vielleicht sogar als Geborgenheit empfanden? Die DDR-Regierung verkaufte die Mauer schließlich als »antifaschistischen Schutzwall«.

Während ich überlegte, jemanden anzusprechen, fuhr die klobige Diesellok des *Hungaria* ein. Sie zog eine Reihe Waggons hinter sich her, deren Farbe vom gleichen Staubschleier gezeichnet war, der die Luft in der Bahnhofshalle trübte. Die schmutzige Glanzlosigkeit stand in direktem Gegensatz zu den herausgeputzten Reisenden. Doch das hinderte die Menschen nicht daran, den Wagen entgegenzudrängen wie einer Verheißung.

Nur eine junge Familie trotzte dem Sog der Menge und verharrte am Rand des Bahnsteigs. Die drei boten einen Anblick, wie man ihn wohl täglich weltweit auf Bahnhöfen zu sehen bekommt. Trotzdem fesselte er mich, weil die wenigen beiläufigen Gesten dieser Menschen ein Gefühl von Wehmut in mir auslösten. Der Mann war in die Hocke gegangen, um sich von seinem weinenden Sohn zu verabschieden, der krampfhaft versuchte, den Vater am Kragen zurückzuhalten. Die Frau betrachtete die beiden mit traurigem Blick. In ihrem engen grauen Kleid und den hochhackigen Schuhen wirkte sie elegant, doch dies konnte nicht darüber hinwegtäuschen, dass auch sie den

Tränen nahe war. Aus Kummer über den Abschied von ihrem Liebsten oder über das Leid ihres Kindes? Mich rührte das Bild. Es war wie ein Funke stiller Wahrhaftigkeit in einem Meer aus Hektik und Lärm.

Widerwillig gliederte ich mich in die rempelnde und schubsende Menge ein, die den schmalen Waggontüren zustrebte. Zunächst ignorierte jedermann den Schaffner, der mit zackigen Pfiffen zur Disziplin mahnte. Erst als er über die Köpfe der Leute hinweg etwas rief, das ich zunächst nicht verstand, stockte der Strom ins Innere des Waggons. Eine Menschentraube bildete sich vor dem Zug. Der Bahnbeamte wurde zum Zentrum einer aufgeregten Debatte. Mein Deutsch war eigentlich ganz gut, doch hier, wo alle durcheinanderredeten und unablässiger Hintergrundlärm dröhnte, war ich aufgeschmissen.

»Gibt es ein Problem?«, fragte ich einen älteren Mann mit Hut neben mir.

Er sah mich prüfend an und antwortete: »Wenn Se 'ne Platzkarte ham, nich!«

»Platzkarte?«

»Der Herr Beamte verklickert uns jerade, dass hier Reservierungspflicht is'. Wer keene Platzkarte hat, muss draußen bleiben.«

Das hörte ich zum ersten Mal, von Reservierungspflicht war beim Kauf der Fahrkarte keine Rede gewesen.

»Und wo bekomme ich so eine Platzkarte?«, fragte ich den Mann.

»Nirjends«, lautete die Antwort. »Der Herr Beamte behauptet, es is' ausjebucht.«

Der Mann muss mir meinen Schreck angesehen haben, denn er schlug mir lachend auf die Schulter und sagte: »Überrascht? Dann jeht's Ihnen wie den meisten hier.«

Mit diesen Worten wandte er sich wieder der Menge zu, wedelte mit seiner Fahrkarte in Richtung Schaffner und brüllte irgendetwas im Berliner Dialekt. Danach schnappte ich nur noch Wort- und Satzfetzen auf. »Werd mich beschweren«, »wohl 'n

Witz«, »reine Willkür« – das war, was ich aus dem Geschrei heraushörte. Der Rest war selbsterklärende Körpersprache. Während die Fahrgäste hinter und vor mir aufgebracht gestikulierten und die Fäuste ballten, stand der Reichsbahner mit verschränkten Armen ungerührt da und wiederholte stoisch immer wieder den gleichen Satz. So lange, bis sogar ich ihn verstand: »Bewahren Sie Ruhe und halten Sie Ihre Platzkarten bereit!«

Dass der Großteil der Menschen keine Platzkarten besaß, schien ihn nicht zu kümmern. Er sah einfach hochmütig über die Menge hinweg. So trafen sich kurz unsere Blicke. Seine kalten, gleichgültigen Augen machten mich wütend, doch ich ließ mir nichts anmerken. Vielmehr dachte ich darüber nach, was ich jetzt tun sollte. Den Rückzug antreten und auf die nächste Verbindung nach Prag warten? Meine Fahrkarte verfallen lassen und doch meinem Wunsch nachgeben, eine Nacht in Ostberlin zu verbringen? Mit dem Bahnbeamten diskutieren, ob er vielleicht eine Ausnahme machte? Die dritte Option erübrigte sich, als ich ein zweites Mal in die kalten Augen des Schaffners sah. Sein Blick ließ keinen Zweifel daran, dass er niemand war, der sich weichklopfen ließ. Option Nummer zwei war unrealistisch, weil ich für eine Übernachtung in Ostberlin kein Visum hatte. Und was den nächsten Zug anging: Wer garantierte mir, dass die Platzkarten dort nicht ebenfalls »ausjebucht« sein würden? Niemand. Also entschied ich mich für eine vierte Option: Ich warf meine Skrupel über Bord, wühlte mich durch die Menge und stieg kurzerhand in den Zug ein. Ich würde mich einfach dumm stellen. Als Ausländer hatte ich ja wirklich nichts von der Platzkartenregel gewusst. Das Schlimmste, was passieren konnte, war wohl, dass ich an der nächsten Station an die Luft gesetzt wurde. Dann konnte ich immer noch auf die nächste Verbindung warten. Ich hatte also nichts zu verlieren.

Im Zug setzte sich das Gedränge nahtlos fort. Schon nach wenigen Metern ging nichts mehr. Im Abteil rechts von mir warfen sich die Fahrgäste beim Verstauen ihrer Koffer in den Gepäcknetzen beinahe gegenseitig um, in dem engen Gang vor mir kamen die Menschen kein bisschen voran. So machte ich es wie die meisten auf dem Gang. Ich stellte meinen Koffer ab, stützte mich mit den Ellenbogen auf die Kante des geöffneten Fensters und beobachtete das Treiben auf dem Bahnsteig. Der Anblick des chaotischen Gedränges erfüllte mich mit einer gewissen Genugtuung. In drei Minuten würde der Zug abfahren. Danach konnte auch eine vermeintliche Reservierungspflicht nichts mehr daran ändern, dass ich mich auf dem Weg Richtung Prag befand. Der Rest war mir egal.

Überrascht stellte ich fest, dass ich direkt neben dem jungen Vater von der Abschiedsszene stand. Er lehnte sich aus dem Fenster, während sein Sohn und seine Frau vom Bahnsteig zu ihm hochblickten. Der Junge hatte aufgehört zu weinen. Er sah jetzt eine kleine Clown-Puppe an, die ihm der Vater durchs Zugfenster entgegenhielt. Im Rücken der Puppe steckte ein Schlüssel. Als der Mann ihn dreimal drehte, begann der Clown, mechanisch in die Hände zu klatschen. Der Junge verfolgte die Bewegungen, die allmählich langsamer wurden, wie gebannt. Als sie endeten, beugte sich der Vater etwas weiter hinaus, streckte den Clown seinem Sohn hin und ließ die Puppe mit verstellter Stimme sagen: »Darf ich bei dir bleiben, Max?«

Das Gesicht des Jungen glühte, seine Augen strahlten, seine Ärmchen reckten sich der Puppe entgegen. Während er begeistert »Jaaaa!« rief, wurde ich durch eine korpulente Dame abgelenkt, die sich mit einem riesigen Koffer und vollem Körpereinsatz in den Gang drängte. »Tschuldigung, der Herr!«, sagte sie, als sie mich dabei unsanft anrempelte. Dann polterte sie mit einem lautstarken »Achtung!« weiter und rammte ihren Riesenkoffer meinem Nebenmann in die Seite. Der Vater stieß einen kurzen Schrei aus. Ich dachte zunächst, aus Verärgerung, doch als ich mich wieder dem Fenster zuwandte, wurde mir klar, dass es vor Schreck gewesen war. Ich sah noch, wie der Clown aus seiner Hand glitt und in den Spalt zwischen Zug und Bahnsteigkante fiel. Mein nächster Eindruck war das geschockte Gesicht des Jungen. »Oh nein, gleich weint er wieder«, dachte ich.

Doch damit hatte ich ihn unterschätzt. Mit aller Kraft riss sich der Kleine von seiner Mutter los, die ihn an der Hand hielt, und sprang der Puppe hinterher. Im Nu war er unter den Zug geklettert, dessen Türen soeben mit lautem Krachen schlossen. Bis zur planmäßigen Abfahrt waren es noch zwei Minuten. Jetzt war es der Vater, der mich und alle Fahrgäste, die ihm im Weg standen, ohne Rücksicht zur Seite stieß. Mit drei großen Sätzen hechtete er zum Ausgang, stemmte die eben zugefallene Waggontür wieder auf und sprang mit angstgeweitetem Blick auf den Bahnsteig. Dort herrschte Panik. Menschen, die den Vorfall mitbekommen hatten, liefen aufgeregt hin und her und riefen nach Personal, das die Abfahrt des Zuges stoppen konnte. Die Mutter kniete an der Bahnsteigkante und schrie in heller Verzweiflung immer wieder nach ihrem Sohn: »Max! Komm sofort da raus! Max!« Der Vater versuchte seinerseits, sich in den Spalt zu zwängen, schaffte es aber nicht. Plötzlich der gellende Ruf einer älteren Dame ein paar Meter weiter: »Hierher! Der Junge ist hier!«

Als ich in ihre Richtung sah, reckte sich gerade eine kleine Hand unter dem Zug hervor. Dann eine zweite, die die Clown-Puppe auf den Bahnsteig legte. In diesem Moment schrillte ein Pfiff durch die Halle. Menschen riefen aufgeregt: »Stopp!«, »Nicht losfahren!« Der Vater stürzte hinzu, kniete sich hin, ergriff die Hände seines Sohnes und zerrte ihn aus dem Spalt heraus. Als der Kleine völlig verdreckt, aber bestens gelaunt wieder auf dem Bahnsteig stand, schnappte er sich die Puppe und schloss sie fest in seine Arme. Er hatte seinen Clown gerettet. Warum seine Mutter ihn tränenüberströmt an sich drückte, schien er nicht zu verstehen, die erschreckten Gesichter der Menschen rings um ihn ebenso wenig. Sein Vater hielt für ein paar Sekunden schwer atmend und etwas ratlos inne. Er schien zu überlegen, ob er bleiben oder fahren sollte. Doch als das Tuten der Lok und ein weiterer Pfiff ertönten, löste er sich aus seiner Starre, eilte zur Tür, die er noch vor wenigen Augenblicken voller Angst aufgestemmt hatte, und sprang zurück in den Waggon.

»Bis nächste Woche, Max, mein kleiner Held«, rief er an der Tür, während der Zug sich in Bewegung setzte. »Pass gut auf Herrn Clown auf, bis ich zurück bin.«

Max strahlte übers ganze Gesicht. Er lief noch ein Stück neben dem Zug her und winkte seinem Vater mit der Puppe in der Hand nach. Innerhalb weniger Minuten war er von dem kleinen Jungen, der seinen Papa nicht hatte gehen lassen wollen, zum Helden von Bahnsteig B geworden. Ein Triumph. Dass er in Todesgefahr geschwebt und seinen Eltern den Schock ihres Lebens eingejagt hatte, war ihm nicht bewusst. Ich war erleichtert, dass das Ganze glücklich ausgegangen war.

Während der Zug an Tempo gewann, legten sich die Aufregung und das Gedränge im Waggon allmählich. Nach und nach fanden alle Reisenden ihre Plätze. Auch der Vater von Max verschwand in einem Abteil. Irgendwann stand ich allein auf dem Gang. Schlagartig wurde mir meine missliche Lage bewusst. Ich war offenbar der Einzige, der ohne Platzkarte in den Zug gestiegen war. In der vagen Hoffnung, trotzdem irgendwo eine freie Nische zu finden, schritt ich ein Abteil nach dem anderen ab. Alle waren bis unters Dach mit Passagieren und Gepäck vollgestopft.

Doch da geschah es – das kleine Wunder, das mein ganzes Leben gründlich auf den Kopf stellen sollte. Gerade als ich mich innerlich darauf einstellte, die Fahrt auf dem Gang zu verbringen, irgendwann vom Schaffner erwischt und aus dem Zug geworfen zu werden, erreichte ich ein Abteil, das so gut wie leer war. Nur eine junge Frau saß darin. In einem blauen Kleid und mit einer kleinen Handtasche auf dem Schoß thronte sie auf ihrem Polstersitz und betrachtete die vorüberfliegende Landschaft. Sie war hübsch. So hübsch, dass ich sie eine Weile lang nur verzückt betrachtete. Dann fasste ich mir ein Herz, steckte meinen Kopf ins Abteil und fragte in meinem besten Schuldeutsch: »Entschuldigen Sie, ist bei Ihnen noch etwas frei?«

Sie lachte und machte eine einladende Geste: »Bitte sehr. Suchen Sie sich einen Platz aus!«

Sehnsuchtslandschaft

Am liebsten hätte ich laut »Juhu!« gerufen. Die Einladung der jungen Frau löste nicht nur schlagartig mein Sitzplatzproblem, sie bedeutete auch, dass ich meine Reise in ausnehmend reizender Gesellschaft verbringen würde. Ich bedankte mich höflich, verstaute meinen Koffer in der Gepäckablage, setzte mich auf den freien Fensterplatz gegenüber meiner entzückenden Wohltäterin und sagte in bestem Schulbuchvokabular: »Einen schönen guten Abend.« Ich betrachtete die junge Frau. Sie musste etwa Mitte zwanzig sein. Ihre langen, nussbraunen Haare hatte sie hochgesteckt, ihr hübscher Mund lächelte, zarte Kajalschwünge rahmten ihre grünblauen Augen. Sie glich einer Mischung aus Audrey Hepburn und Romy Schneider. In Erstere war ich schon als Dreizehnjähriger verliebt gewesen, als ich den Film »Ein Herz und eine Krone« gesehen hatte. Romy Schneider hatte mich als junge habsburgische Kaiserin »Sissi« beeindruckt. Beide Schauspielerinnen ließen die Leinwand strahlen. Doch das hier war keine Leinwand, das war die Wirklichkeit!

Trotz meines ganz passablen Deutsch war ich nicht sicher, wie man eine unbekannte junge Frau ansprach. Würde ich ihr zu nahetreten, wenn ich »Du« sagte? In Schweden war es ganz normal, sich zu duzen, aber wir kannten uns ja erst seit ein paar Minuten. Ich fasste mir ein Herz.

»Ich heiße Hans Christian.«

»Angenehm«, erwiderte sie. »Ich heiße Isolde.«

Als ich diesen Namen hörte, musste ich sofort an die berühmte schwedische Opernsängerin Birgit Nilsson denken, die in jenen Jahren als Titelheldin der Wagner-Oper »Tristan und Isolde« weltweit Erfolge feierte. »Hans Tristan und Isolde« – das klang doch ganz lustig.

»Wohin geht denn die Reise?«, fragte ich etwas unbeholfen.

»Ich besuche Freunde in Budapest. Und du? Wohin geht die Reise für dich?«, fragte Isolde mit einem schelmischen Lächeln. Es zeigte mir, dass sie meine Unsicherheit bemerkt hatte, was mir etwas peinlich war. Ich war jedoch erleichtert, dass sie mir so schnell aus der Verlegenheit geholfen hatte.

»Ich komme aus Schweden und fahre nach Prag«, beeilte ich mich zu antworten. »Dort schließe ich mich einer Studiengruppe an. Morgen treffen wir Vertreter verschiedener Ministerien. In drei Tagen fahre ich dann weiter nach Genf, wo ich gerade studiere. Jedenfalls bin ich dir sehr dankbar, dass ich hier sitzen darf. Ich hatte ehrlich gesagt keine Ahnung, dass man für diesen Zug eine Platzkarte braucht.«

»Oh, das macht überhaupt nichts«, horchte Isolde auf. »Von denen habe ich mehr, als ich brauche.« Und sie zauberte aus ihrer Tasche Platzkarten für das gesamte Abteil hervor.

»Ich hab sie für meine Freunde gekauft, aber offenbar haben sie alle den Zug verpasst«, erklärte sie lachend, fügte aber rasch hinzu: »Nur einer wird noch in Dresden zusteigen.«

Bis Dresden waren es etwa 170 Kilometer. Die Fahrt dorthin dauerte zwei Stunden – genug Zeit, um Isolde ein bisschen kennenzulernen.

»Und was machst du sonst?«, fragte ich. »Wenn du nicht gerade nach Ungarn reist?«

»Ich studiere Medizin an der Humboldt-Universität in Berlin.«

»Stammst du aus Berlin?«

»Nein, ich bin erst fürs Studium dort hingezogen.«

»Aber du wurdest in der DDR geboren?«

Diese Frage brachte Isolde zum Lachen.

»Nein, so jung bin ich nicht«, gab sie zurück. »Als die DDR 1949 gegründet wurde, war ich schon acht Jahre alt. Ich wurde im Krieg geboren. Wir wohnten damals in der Nähe von Posen. Mein Vater ist Deutscher, die Eltern meiner Mutter waren Polen. Im Februar 1945 flüchtete die ganze Familie im tiefsten Winter vor den anrückenden sowjetischen Truppen nach Westen. Meine Eltern wollten nach Hamburg oder Hannover, doch dann wurden wir kurz vor Berlin von russischen Verbänden eingeholt. Ich war kaum vier Jahre alt, aber an ein paar Dinge von damals erinnere ich mich noch sehr lebhaft. An den endlosen Treck von Flüchtlingen, die schneidende Kälte, an einen Luftangriff, bei dem wir uns flach auf die gefrorene Erde in einen Graben werfen mussten ... Es war eine schreckliche Zeit.«

Schlagartig verstummte Isolde. Sichtlich bewegt schien sie den schlimmen Erinnerungen nachzuhängen. Da fuhr der Zug plötzlich über eine harte Schwelle, die den gesamten Waggon durchrüttelte. Die Erschütterung brachte eine Flasche Limonade ins Wanken, die auf dem Klapptisch zwischen uns stand. Für Sekundenbruchteile tanzte sie am Rand der Tischkante hin und her, bis ich geistesgegenwärtig nach ihr griff. Sofort verschwand der melancholische Ausdruck aus Isoldes Gesicht.

»Gut gemacht«, rief sie lachend. »Du hast gute Reflexe.«

»Das hat vielleicht damit zu tun, dass ich seit meinem dreizehnten Lebensjahr Fechter bin.«

»Du bist Fechter? Interessant. Ich bin noch niemandem begegnet, der ficht. Die meisten meiner Freunde spielen Basketball. Ich selbst bin Mitglied im Sportclub der Universität, treibe außer Schwimmen aber keinen anderen Sport. Das ist auch nicht nötig. Ich wohne im vierten Stock eines Altbaus, da bekomme ich sowieso genug Bewegung.«

Quietschend wurde die Abteiltür zur Seite geschoben. Der Reichsbahnbeamte mit den kalten Augen trat ein und verlangte unsere Reisepapiere. Gehorsam reichten wir sie ihm. Mit ernster Miene schien er jeden einzelnen Buchstaben auf den Dokumenten zu prüfen. Weil das so lange dauerte, konnte ich der Versuchung nicht widerstehen, mich zu erkundigen, was passiert wäre, wenn ich keine Platzkarte gehabt hätte.

»Warum wollen Sie das denn wissen?«, kam in scharfem Tonfall zurück. Sofort bereute ich die Frage. Mit einer beschwichtigenden Geste winkte ich ab und sagte: »Nicht so wichtig. Ich war nur neugierig.«

»Dann werde ich dem jungen Herrn mal etwas sagen«, dozierte der Schaffner. »In diesem Land beantworten wir keine hypothetischen Fragen. Schon gar nicht von Fremden.«

Mit abschätzigem Blick musterte er mich von Kopf bis Fuß. Vielleicht bemerkte er dabei, wie unangenehm mir die Situation war, denn auf einmal ging ein joviales Grinsen über sein Gesicht: »Keine Sorge, war nicht so ernst gemeint. Ihre Frage sicher auch nicht, Sie sind ja stolzer Besitzer einer Platzkarte.«

Er stempelte unsere Fahrausweise und gab sie zurück. Dann verließ er das Abteil und schloss mit einem resoluten Knall die Schiebetür hinter sich. Isolde beugte sich mit hochrotem Kopf zu mir hinüber.

»Um Himmels willen, warum hast du denn diese dumme Frage gestellt?«

»Ich wollte ihn gar nicht provozieren«, erwiderte ich. »Ich war einfach neugierig.«

»Behalt deine Neugierde für dich«, riet mir Isolde mit strengem Blick. »Besonders in diesem Land.«

Ihre heftige Reaktion überraschte mich. Zugleich stimmte sie mich nachdenklich. Einerseits sah ich ein, dass meine Frage überflüssig gewesen war. Andererseits hatte ich sie wirklich völlig harmlos gemeint. Ich bekam eine Ahnung davon, wie sehr man »in diesem Land« seine Worte abwägen musste. Zudem schloss ich aus Isoldes Bemerkung, dass sie von der DDR wohl nicht besonders viel hielt. Das gefiel mir, weil es mich darin bestätigte, dass wir auf einer Wellenlänge lagen.

Nach diesem unerfreulichen Zwischenfall war eine kleine Belohnung fällig. Aus meiner Manteltasche angelte ich eine Tafel Schokolade, die ich in Schweden eingesteckt hatte. Ich zog die Silberfolie auf und bot Isolde ein Stück an. Sie schien kurz zu zögern, dann griff sie mit einem fröhlichen Leuchten in den Augen zu.

»Als ich klein war, hat meine Mutter mich immer vor gefährlichen Männern gewarnt, die Mädchen mit Schokolade verführen«, lachte sie und biss genüsslich ab. »Aber du siehst ja nicht so gefährlich aus.«

Als junger Mann möchte man von einer schönen Frau nicht

unbedingt als »ungefährlich« eingestuft werden, aber ich beschloss, die Bemerkung als Vertrauensbeweis anzusehen. Während ich mir ebenfalls ein Stück Schokolade genehmigte, bat ich Isolde, mehr von sich zu erzählen. Mein Interesse galt gleichermaßen ihrer Person und dem Leben unter dem DDR-Regime. Letzteres sprach ich allerdings nicht offen aus. Mir war bewusst, dass man politische Themen in den Oststaaten behutsam angehen musste. Überall war es wichtig abzuwägen, mit wem man sprach und was man sagte. Dass dies für die DDR in erhöhtem Maße galt, hatte der Vorfall mit dem Schaffner überdeutlich gezeigt. Außerdem konnte man nie wissen, wann und wo die Stasi, der gefürchtete Staatssicherheitsdienst, mithörte. Während Isolde über ihr Studium, ihre Reisen und ihre Berliner Wohnung erzählte, mied ich Nachfragen zu politischen Themen. Aus Randbemerkungen hörte ich dennoch immer wieder heraus, dass die junge Frau mit der Situation in ihrem Land ziemlich unzufrieden war. Ich bezweifelte sogar, dass sie die DDR als *ihr* Land betrachtete.

»Aber jetzt zu dir«, drehte sie irgendwann den Spieß um. »Wie lebt es sich denn so in Schweden?«

Ich berichtete, dass ich nach meinem Examen, das dem Abitur entsprach, zunächst eine Ausbildung zum Heeresoffizier gemacht hatte, dann aber an die Uni in Stockholm gegangen war und dass ich derzeit an einem internationalen Institut in Genf studierte, mit einem Stipendium vom Schweizer Staat. Isolde hörte aufmerksam zu. Sie war an meiner Welt ebenso interessiert wie ich an ihrer.

So verging die Zeit wie im Fluge. Viel zu schnell erreichten wir Dresden, wo sich der angekündigte Bekannte zu uns gesellte. Er war ein sympathischer junger Mann, der Isolde überschwänglich begrüßte und auch mich nach anfänglicher Zurückhaltung in die Unterhaltung einbezog. Ich versuchte, ihm zu folgen, hatte aber einige Probleme mit seinem starken sächsischen Dialekt, den ich schwer verstand. Auf Dauer war es ermüdend, ihm zuzuhören. Die Zeit, in der ich mit Isolde allein gewesen war, hatte ich mehr genossen.

Spät am Abend erreichten wir die tschechoslowakische Grenze. Dort kam der Zug längere Zeit zum Stehen. Alle Fahrgäste wurden einer peniblen Passkontrolle unterzogen, die noch langwieriger war als die Inspektion der Fahrkarten. Aus der Erfahrung mit dem Schaffner weise geworden, verkniff ich mir diesmal neugierige Fragen.

Als der *Hungaria* endlich wieder Fahrt aufnahm, war es nach Mitternacht. Wir waren alle drei todmüde und beschlossen, ein wenig zu schlafen. Auf den gepolsterten Sitzbänken machten wir es uns so gut es ging bequem. Natürlich überließen der Dresdner und ich Isolde eine komplette Reihe, auf der sie sich ausstrecken konnte, und kauerten uns in unsere Ecken. Stille kehrte ein. Bald war nur noch das monotone Rattern der Räder auf den Schienen zu hören.

Im schummerigen Licht der kleinen Glühlampe über der Tür betrachtete ich Isolde, die mit dem Rücken zur Wand und geschlossenen Augen dalag. Sie bot einen vollendet friedlichen Anblick. Den Kopf hatte sie auf ihre weiche Handtasche gebettet, ihre linke Hand unter die Wange geschoben. Über ihrem schönen, ruhigen Gesicht lag eine Haarsträhne, die sich über die Schläfe bis zum Kinn hinunter kräuselte. Sie endete direkt dort, wo der Ausschnitt des Kleides den Ansatz ihres Dekolletés erahnen ließ. Ein Stück weiter erhob sich die Kurve der Hüfte, von deren höchstem Punkt mein Blick die Abwärtslinie der anmutigen Beine bis zu den Füßen hinunterglitt. Im Halbdunkel kam mir all das wie eine Landschaft vor, die ich bewundern konnte, die aber unerreichbar war. Eine unüberwindliche Schlucht trennte mich von ihr – eine Schlucht, in die ein Paar deutlich weniger anmutige sächsische Männerbeine ragte.

Ich schloss die Augen und dachte darüber nach, wie unsinnig die Welt doch war. Wie konnte nur jemand auf die Idee kommen, eine Mauer rund um Westberlin zu errichten und ganz Europa durch einen Eisernen Vorhang aus Wachtürmen, Stacheldraht und Minenfeldern zu spalten? Wie sehr hätte ich mir gewünscht, dass Isolde so wie ich durch ganz Europa reisen konnte – auch durch den Westen, in dem ich mich zu Hause fühlte. Ob sie selbst auch solche Gedanken hatte? In unserer Unterhaltung hatte mir die Diskretion verboten, diese Frage zu stellen. Umso mehr quälte sie mich jetzt und hielt mich vom Einschlafen ab.

»Meine Güte«, tönte es auf einmal von der anderen Seite. Isolde hatte die Augen geöffnet und hob den Kopf. »Kalt ist das hier drin«, stellte sie fest. »Ich friere richtig.«

Da mich die Worte sehr unerwartet aus meinen Gedanken rissen, reagierte ich zu langsam. Bevor ich meinen Mantel vom Haken nehmen und schützend über die fröstelnde Isolde breiten konnte, war mir der Dresdner schon zuvorgekommen. Nun war die Sehnsuchtslandschaft nicht nur unerreichbar, sondern obendrein von einer Bedeckung verhüllt, die all die schönen Kurven, Rundungen und Abwärtslinien unkenntlich machte. Meine Blicke fanden keinen Halt mehr. So schlief ich irgendwann doch ein.

Wir erwachten, als draußen bereits der Morgen graute. Gähnend streckten wir unsere steif gewordenen Gelenke, fühlten uns aber erstaunlich ausgeruht. Schon bald erfüllte wieder munteres Geplauder das Abteil. Durchs Fenster betrachteten wir die im Licht des erwachenden Tages erblühende tschechische Landschaft und freuten uns über jedes Anzeichen des Frühlings. Bald erreichten wir Prag. Dort hieß es Abschied nehmen. Während ich aussteigen musste, fuhren Isolde und ihr Bekannter weiter nach Budapest. Das machte mich wehmütig. Als hätte Isolde meine Gefühle erraten, schlug sie spontan vor: »Komm doch einfach mit nach Budapest!«

Ich fand die Vorstellung reizvoll, doch mir blieb nichts anderes übrig, als abzulehnen.

»Das ist leider unmöglich«, erwiderte ich. »Ich habe hier in Prag Wichtiges vor. Außerdem hab ich gar kein Visum für Ungarn.«

»Vielleicht kannst du ja später nachkommen? Ich kenne Budapest ziemlich gut und könnte dich ein bisschen herumführen. Für alle Fälle gebe ich dir mal die Adresse des Freundes, bei dem ich wohne.«

Hastig kritzelte sie ein paar Zeilen auf einen Zettel und drückte ihn mir in die Hand, und ich gab ihr meine Genfer Adresse, wohl wissend, dass sie mich dort nicht besuchen konnte. Dann musste ich aussteigen. Auf dem Bahnsteig erwartete mich die milde Wärme eines herrlichen Frühlingsmorgens. Die Sonne malte mit ihren Strahlen zarte Schattenmuster auf Boden und Wände, die Luft war erfüllt von der Energie eines jungen, unverbrauchten Tages. Ohne Eile schlenderte ich Richtung Ausgang. Während ich die prächtige Jugendstilhalle des Prager Hauptbahnhofs durchschritt, schienen mir meine Termine auf einmal gar nicht mehr so wichtig und ein spontaner Abstecher nach Budapest durchaus im Rahmen des Möglichen. Musste ich denn wirklich so eilig weiter nach Genf? Budapest schien mir plötzlich viel verlockender.

Die andere Seite

»Besonders in diesem Land« – als ich Hans Christian bei unserer ersten Begegnung durch diesen Nachsatz zu verstehen gab, dass neugierige Fragen in der DDR nicht erwünscht waren, zog er seine Schlüsse daraus. Später erzählte er mir, er habe aufgrund dieser Bemerkung geahnt, dass ich dem DDR-System mit all seinen Einschränkungen und Verboten gegenüber sehr kritisch eingestellt war. Dies überraschte mich anfangs etwas. Die Schlussfolgerung war zwar nicht falsch, aber meine Bemerkung sollte keineswegs eine indirekte Botschaft enthalten. Sie war nicht mehr als ein gut gemeinter Ratschlag für einen Menschen, der mit diesem System nicht so vertraut schien.

Es war ein simpler Erfahrungswert, dass man sich bei DDR-Beamten mit überflüssigen Fragen nur Ärger einhandelte. Mit Funktionsträgern sprach man nicht mehr als nötig. Diese

Faustregel war mir in Fleisch und Blut übergegangen, ohne dass ich mich übermäßig an ihr rieb. Sie war eine der zahlreichen Eigenheiten, die vielen Menschen aus dem Westen dramatisch oder beängstigend erschienen, die für mich aber einfach nur Alltag waren – genau wie die eingeschränkte Reisefreiheit, die Mangelwirtschaft und in gewisser Weise sogar die Mauer. Ich lebte jeden Tag damit und arrangierte mich so gut wie möglich. Mein Leben definierte ich jedoch weder über die Grenze noch über die Stasi noch über die Angst vor Beamtenwillkür. Zumindest nicht direkt. Indirekt wirkte sich all dies vielleicht mehr auf mein Dasein aus, als mir damals bewusst war, weil ich dem auswich. Dieses Verhalten war unter DDR-Bürgern nicht ungewöhnlich, nur bei mir vielleicht etwas stärker ausgeprägt.

Es fing bereits damit an, dass ich die Jugendweihe verweigerte. Mir widerstrebte dieses ideologisch aufgeladene Ritual mit seinen Gesängen, Urkunden und Gelöbnissen, das eine Zwangsveranstaltung der Sozialistischen Einheitspartei SED war. Ich wollte nicht das Gleiche machen wie fast alle Gleichaltrigen, deshalb ließ ich mich konfirmieren. Ich war keineswegs besonders religiös, es war ein politisches Statement. Die Konfirmation war eine Alternative, mit der ich mich wohler fühlte.

Wenn ich es recht bedenke, passt diese Entscheidung gar nicht zu der Tatsache, dass ich mit 14 Jahren in die Freie Deutsche Jugend eintrat. Als staatlich geförderte Organisation war der Verband erklärtermaßen eine »Kampfreserve der Partei«. Damit konnte ich mich nicht identifizieren. Rückblickend kommt es mir so vor, als sei der Beitritt automatisch, ohne mein Zutun erfolgt. Ein überzeugtes FDJ-Mitglied war ich jedenfalls nicht. Bei den Umzügen am Tag der Arbeit, zu denen wir jedes Jahr mit Fahne und Blauhemd antreten mussten, wollte ich zum Beispiel nie in der Parade mitmarschieren. Deshalb meldete ich mich immer als Rot-Kreuz-Helferin. Das bedeutete, dass ich nicht im, sondern am Rand des Umzugs mitlief, um im Notfall zu helfen. Meine Taktik war, dass ich mich zu Beginn des Umzugs gut sichtbar mit meinem Erste-Hilfe-Köfferchen an einer

Straßenecke postierte und wartete, bis die FDJ-Abordnung an mir vorbeimarschiert war. Danach lief ich durch Seitengassen ein paar Blöcke weiter, überholte dabei die Parade, schwenkte zurück zur Hauptstraße und ließ die FDJ erneut an mir vorbeiziehen. So ging es bis zum Ende der Veranstaltung.

Auf diese Weise hatte ich das Gefühl, nicht vom Gleichschritt des Umzugs vereinnahmt zu werden, sorgte aber zugleich dafür, dass die Zentralratssekretäre sahen, dass ich bis zum Schluss dabei war. Letzteres war dann doch wichtig. Es war allgemein bekannt, dass Boykottversuche sanktioniert wurden. Sie konnten dazu führen, dass man später nicht die Erweiterte Oberschule besuchen durfte, schwerer einen Ausbildungsplatz bekam oder nicht zum Studium zugelassen wurde. Solche Benachteiligungen konnte auch schon die Ablehnung der Jugendweihe nach sich ziehen. Zwischen dem Verteidigen eigener Überzeugungen und dem Vermeiden offensichtlicher Affronts gegen das System musste man also stets einen guten Weg finden, wenn man nicht ständig anecken wollte.

Mein Vater trat gegen seine Überzeugung der SED bei, weil er fürchtete, man werde meiner Schwester und mir andernfalls ein Studium verweigern. Vati hatte damals eine hohe Stellung bei der Speditionsfirma DEUTRANS. Er gehörte also nicht zur Arbeiterklasse, was bedeuten konnte, dass seine Kinder bei der Vergabe von Studienplätzen nicht die bevorzugte Behandlung erhielten, die Arbeiter- und Bauernkindern zuteilwurde. Wer dem vorbeugen wollte, musste für Ausgleich sorgen. Das tat Vati mit seinem Eintritt in die SED. Diesem Schritt ist wahrscheinlich zu verdanken, dass meine Schwester und ich an der Universität zugelassen wurden. Als ich 1960 mein Abitur machte, schlug mir die Schulleitung sogar vor, zum Studieren nach Russland zu gehen. Dieses Angebot war eine Ehre, aber ich wollte nicht nach Moskau. Deshalb übernahm eine Freundin meinen Platz. Sie war die Tochter eines hochrangigen SED-Funktionärs. In seiner Gegenwart verkniffen wir uns kritische Kommentare über politische Missstände oder die Partei.

Dies sind kleine Beispiele für den pragmatischen Umgang mit der Ideologie im DDR-Alltag. Ich empfand diesen Zwiespalt, litt aber nicht in der Weise darunter, dass es mich verstärkt zu offener Kritik am politischen System getrieben hätte. Ich definierte mich nicht über die Grenzen, die mir der Staat und seine Regeln setzten und die zu umschiffen eine alltägliche Übung war. Ich war jung, mochte schöne Kleider, interessierte mich für Sport, Tanzen, Musik, Freundschaften. Ich genoss mein Leben.

Als Hans Christian und ich uns zum ersten Mal unterhielten, erzählte ich nichts über solche Dinge. Stattdessen plauderten wir über meine Pläne, Augenärztin zu werden, meine Reisen nach Ungarn, mein Kleid, das meine Mutter selbst genäht hatte, und darüber, dass ich mal für das Titelblatt des tschechischen Magazins *Květy* fotografiert worden war und mir damit ein bisschen Geld fürs Studium verdient hatte.

Damals wäre ich gar nicht auf die Idee gekommen, dass sich ein Fremder für Geschichten über meine FDJ-Erfahrungen oder die widerwillige Parteimitgliedschaft meines Vaters hätte interessieren können. Auch dass ich im Mietshaus in der Metzer Straße, in dem ich damals wohnte, regelmäßig das Meldebuch beschummelte, erwähnte ich nicht, obwohl ich es erst ein paar Stunden vor der Zugfahrt zuletzt getan hatte.

Das Meldebuch wurde von einer Hausmeisterin geführt, die den Tag überwiegend damit verbrachte, im Eingangsflur zu sitzen und das Kommen und Gehen der Bewohner zu beobachten. Wenn man auf Reisen ging, musste man sich in ihr Buch eintragen. Der Eintrag umfasste das Ziel, die Dauer der Abwesenheit und die Person, bei der man unterkam. Wozu das dienen sollte, hinterfragte ich damals nicht. Allerdings gab ich grundsätzlich einen falschen Zielort und einen fiktiven Gastgebernamen an. Am Tag jener Zugfahrt zum Beispiel hatte ich statt Budapest Debrecen angegeben und statt des Namens meines Freundes Fery, bei dem ich übernachten wollte, einen Cousin namens Harald Prade. Diesen Cousin gab es gar nicht. Er war Teil einer erfundenen Schar vermeintlicher Familienmitglieder und Freunde, bei denen ich laut Meldebuch in der Vergangenheit untergekommen war.

Ich machte diese Falschangaben, weil es mir widerstrebte, Rechenschaft ablegen zu müssen, außerdem wollte ich die Leute schützen, die ich besuchte. Dass ich mit ihnen befreundet war, sollte ihnen keine Schwierigkeiten bereiten. Welche konkreten Befürchtungen diesem Verhalten zugrunde lagen, kann ich heute nicht mehr sagen. Aber ich ging offenbar davon aus, dass eine Freundschaft mit mir zu Schwierigkeiten führen konnte, das finde ich aufschlussreich. Aus heutiger Sicht hat diese Grundhaltung fast schon etwas Symbolträchtiges. Sie wirkt wie eine Vorbereitung auf die Ereignisse, die mein Leben in den folgenden Monaten grundlegend verändern sollten.

Ungarischer Tanz Nr. 5

Nachdem ich das imposante Bahnhofsportal hinter mir gelassen hatte, riss mich der Trubel des Prager Stadtlebens aus meinen elegischen Gedanken. Autobusse hupten, Straßenbahnen klingelten, und überall liefen oder standen Leute, die Geschäfte machen wollten. Während ich meinen Blick über das emsige Treiben schweifen ließ, löste sich ein junger Mann mit kariertem Sakko und Schirmmütze aus der Menge. Zielsicher steuerte er auf mich zu. Ich ahnte bereits, was er wollte, und tatsächlich bot er mir unauffällig, aber eindeutig an, bei ihm Geld zu wechseln. Da ich es in Schweden nicht mehr geschafft hatte, tschechoslowakische Kronen zu besorgen, kam mir sein Angebot mehr als gelegen, und weil ich die Tricks der illegalen Geldwechsler aus Warschau und Moskau kannte, war ich bestens vorbereitet. Den unverschämten Fantasiekurs, mit dem der Mann die Verhandlungen eröffnete, wies ich sofort zurück. Bald einigten wir uns auf einen für beide akzeptablen Kurs. Der Geldwechsel wurde diskret im Schatten eines dunklen Hauseingangs vollzogen, wo uns niemand beobachten konnte. Ich nutzte noch die Gelegenheit, mich nach dem Weg zum *Zlaty Mír Hotel* zu erkundigen, wo ich meine Freunde vom Außenpolitischen Verein treffen sollte. Der Mann überlegte kurz und empfahl mir, die Tram Richtung Petřiny zu nehmen.

Wenige Minuten später rumpelte ich in einer voll besetzten Tatra-Straßenbahn durch die teilweise sehr heruntergekommene und trotz des Sonnenscheins etwas düster wirkende Prager Altstadt. Ich musste stehen, was aufgrund des unentwegten Wackelns der Bahn eine ziemliche Herausforderung war. Im Vorbeifahren hielt ich Ausschau nach dem Pulverturm, der Astronomischen Uhr und der Teynkirche, doch nach dem Überqueren der Moldau war es vorbei mit Sehenswürdigkeiten. In einem Neubauviertel mit gesichtslosen Plattenbauten im Stil der sozialistischen Moderne lag mein Ziel, das *Zlaty Mír Hotel*. Dessen Name, der »Goldener Frieden« bedeutet, passte gar nicht zu der strengen Architektur. Die Rezeptionistin hingegen schon. Sie war genauso uncharmant wie das Gebäude. Widerwillig teilte sie mir mit, die schwedische Studiengruppe habe das Haus bereits verlassen. Als ich mich erkundigte, ob ich für zwei Nächte ein Zimmer mieten könne, schüttelte sie energisch den Kopf.

»Alles belegt«, sagte sie auf Englisch und zuckte die Schultern. »Das Hotel ist komplett ausgebucht.«

Ihre Aussage erschien mir angesichts der gähnenden Leere in der Empfangshalle wenig glaubwürdig.

»Dieses riesige Hotel ist komplett ausgebucht? Bitte, Sie haben doch bestimmt noch irgendwo eine Kammer, in die Sie mich reinquetschen können«, hakte ich vorsichtig nach.

Die Frau machte eine abwehrende Handbewegung, gab mir dann aber ein paar Adressen von Hotels in der Umgebung, die westliche Ausländer beherbergen durften. Schon war ich auf dem Weg zu ihnen. Ein Hotel glich dem anderen, und keines hatte ein Quartier für mich. Also musste ich mich auf eine weitere Nacht ohne vernünftiges Bett gefasst machen.

Ich kehrte zum *Zlaty Mír* zurück. Meine Freunde waren gerade von ihrem Besuch im Außenministerium zurückgekehrt. Sie saßen im Speisesaal beim Mittagessen. Auch mein bester Freund Bertil war dabei, den ich während des Wehrdienstes kennengelernt hatte. Als ich ihm von meinem Dilemma erzählte, tuschelte er kurz mit seinem Zimmergenossen Magnus und sagte dann: »Wenn du willst, kannst du in unserem Zimmer schlafen.«

»Wirklich?«, antwortete ich hocherfreut. »Na, dieses Angebot nehme ich gerne an.«

Mal wieder hatte sich ein Problem im Handumdrehen gelöst.

Am Nachmittag hatte die Gruppe noch einen Termin im Außenhandelsministerium, zu dem ich gerne mitgegangen wäre. Aber ich hatte Wichtigeres zu tun, denn ich musste zur ungarischen Botschaft, um ein Visum zu beantragen. Im Konsulat forderte mich ein Angestellter in dunkelgrauem Anzug mit einladender Geste auf, Platz zu nehmen. An der Wand hinter ihm hing ein großes Farbfoto des ungarischen Ministerpräsidenten János Kádár. Es zeigte den Politiker als honorigen älteren Herrn, der mit gefalteten Händen in einem Lehnsessel saß und milde in die Kamera lächelte. Mein eigener Eindruck von Kádár entsprach dieser Darstellung ganz und gar nicht. Für mich war er vor allem ein Verräter, der sich beim Ungarischen Volksaufstand 1956 auf die Seite der Sowjets geschlagen und die blutige Niederschlagung der Unruhen unterstützt hatte. In seiner Funktion als Ministerpräsident, mit der ihn die Russen danach belohnten, hatte er seinen liberalen Vorgänger Imre Nagy und einige von dessen Gefährten hinrichten lassen. Nein, ich hatte wirklich nicht viel übrig für Kádár. Aber mein Wunsch, nach Budapest zu reisen, war momentan stärker als alle Vorbehalte.

Ich legte meine Ausweisdokumente auf den Tisch und fragte: »Können Sie mir kurzfristig ein Visum für Ungarn ausstellen?«

»Das dauert normalerweise ein paar Tage«, antwortete der Beamte, während er meinen Pass mit einem prüfenden Blick studierte. »Was verstehen Sie denn unter ›kurzfristig‹?«

»Ich gebe zu, es ist ziemlich eilig«, erklärte ich. »Ich bin mit einer schwedischen Studiengruppe unterwegs, die bereits in zwei Tagen nach Budapest weiterreist. Da wäre ich gerne dabei.«

Der Beamte sah mich etwas missmutig an, sagte aber: »Wir werden sehen, was wir tun können. Kommen Sie morgen Nachmittag wieder. Wenn alles glattgeht, ist Ihr Visum bis dahin fertig.«

Von der Botschaft fuhr ich direkt zum Bahnhof, um eine Fahrkarte für die Strecke Prag–Budapest–Genf zu besorgen. Der Kauf erwies sich als kompliziert. Meine Fahrkarte nach Genf zu stornieren und sie durch zwei neue Routen zu ersetzen, war kein Problem, aber die Berechnung der Kosten nahm viel Zeit in Anspruch. Am Ende bekam ich einen Sitzplatz für den gleichen Zug, in dem meine Studienfreunde ihre Reise fortsetzen wollten. Sogar im selben Abteil.

Die Nacht verbrachte ich zu Füßen meiner Freunde, die zwar ihr Hotelzimmer mit mir teilten, nicht jedoch ihre Matratze. Es war eine harte Erfahrung, eine sehr harte, denn der Boden bestand aus nackten Steinfliesen.

Als ich am nächsten Tag erneut dem ungarischen Konsulatsangestellten gegenübertrat, schien er mich bereits zu erwarten. Ohne Umschweife händigte er mir das Visum aus und wünschte eine gute Reise. Nun konnte mich nichts mehr aufhalten – dachte ich.

Den Abend in Prag nutzten meine Freunde und ich, um uns in der Altstadt zu amüsieren. Wir wollten das berühmte Pilsener Bier kosten und böhmische Gastlichkeit erleben. Mit dem Sonnenuntergang verwandelte sich die Stadt in ein Labyrinth aus dunklen, von alten Häusern gesäumten Gassen. Flackernde Laternen warfen lange Schatten auf das holprige Pflaster. Einkaufsläden gab es kaum, dafür schienen auf einmal an jeder Ecke Bars und Gaststätten zu eröffnen. Viele hatten kein Schild. Man erkannte sie am Licht in den Fenstern und dem Kneipenlärm, der aus ihren Eingängen drang.

Schon bald entdeckten wir ein uriges Kellerlokal, in das man über eine steile Treppe hinabstieg. Im Gewölbe des Schankraums war es laut, stickig und verqualmt von Zigaretten- und Kerzenrauch, trotzdem gemütlich. In einer Ecke wurde gerade ein Tisch frei, den wir sofort belegten. Er war zu klein für unsere zwölfköpfige Gruppe, aber nach ein bisschen Zusammenrücken fanden alle einen Platz. Die Enge sorgte für ausgelassene Stimmung, Bier und Wein trugen das Ihre dazu bei. Wir machten Witze, lachten, flirteten.

Star des Abends war Lena, eine Psychologie- und Philosophiestudentin, die mit ihrer blonden Mähne und weit ausgeschnittenen weißen Bluse alle Männer am Tisch verrückt machte. Tagsüber hatte sie ihr Haar noch als streng zurückgekämmten Pferdeschwanz getragen und war eher kühl rübergekommen, doch mit ihrem Zopfband schien sie auch die Zurückhaltung abgelegt zu haben. Nach dem zweiten Gläschen, als wir bereits gezahlt hatten und die Ersten aus unserer Truppe aufstanden, um zum nächsten Lokal weiterzuziehen, sah Lena mit einem neckischen Leuchten in den Augen zu Bertil und mir herüber und sagte: »Hört mal, Jungs, wollt ihr wissen, was mir letzten Sommer passiert ist?«

»Na, was denn?«, fragten wir wie aus einem Munde, etwas übereifrig, aber es schmeichelte uns, dass die kesse Blondine ausgerechnet uns in ihr Geheimnis einweihen wollte.

»Also«, kicherte Lena. »In der Nähe meines Elternhauses gibt es einen kleinen See, in dem ich gerne bade, weil es dort immer so schön einsam ist.«

»Aha«, nickten Bertil und ich synchron, als hätten wir noch nie etwas Interessanteres gehört.

»Für mich ist das *mein* See«, erzählte Lena weiter. »Ich habe mich dort schon immer ungestört und unbeobachtet gefühlt.«

»Aha ... Und?«

»Als ich im letzten Sommer meine Eltern besuchte, wollte ich baden gehen, so wie immer. Also nackt ...«

»Lena, nun mach schon!«

In diesem Moment kam Karin von hinten, packte ihre Kommilitonin unsanft am Arm und zog sie mit sich nach draußen. Bertil und ich blieben mit offenen Mündern zurück wie Babys, denen man ihre Schnuller weggenommen hat. Während uns noch das

Wörtchen »nackt« in den Ohren klang inklusive aller Assoziationen, die so ein Wort aus dem Mund einer schönen Frau auslöste, merkten wir, dass wir als Letzte aus unserer Gruppe noch am Tisch saßen. Einen Moment sahen wir uns verdutzt an, dann eilten wir die steile Treppe hinauf und spurteten den anderen hinterher.

Unsere nächste Station war ein zünftiges böhmisches Lokal mit einer riesigen Wirtsstube. Überall spendeten Kerzen auf schweren Eichentischen gedämpftes Licht. Ein Musikertrio mit Gitarre, Klarinette und Ziehharmonika zog von Tisch zu Tisch und spielte stimmungsvolle tschechische Lieder und Evergreens. Bertil und ich hatten darauf spekuliert, wie zuvor mit Lena zusammenzusitzen, um ihre Geschichte zu Ende zu hören, doch weil wir die Letzten waren, mussten wir uns mit einem Eckplatz zwischen Magnus und der Geschichtsstudentin Gertrud begnügen. Beim Lesen der Speisekarte freuten wir uns erneut darüber, wie günstig das Essen in Prag war. Für das, was hier ein Hauptgericht kostete, bekam man in Stockholm gerade mal eine Vorspeise, und was man in Schweden für ein Getränk zahlte, reichte hier für drei. Entsprechend üppig griffen wir zu. Wir bestellten Wildschweingulasch, Entenschenkel, Rotkohl, böhmische Knödel und mehrere Flaschen Rotwein.

Ich lehnte mich mit meinem Glas zurück und ließ die Atmosphäre auf mich wirken – die fröhliche Musik, das flackernde Kerzenlicht, die lebhaften Gespräche an den Tischen. Doch der Moment der Einkehr dauerte nur kurz. Gertrud begann zu reden. Sie war ein wandelndes Geschichtsbuch. Ohne Punkt und Komma hielt sie Bertil, Magnus und mir einen Vortrag über Prags politische Entwicklung nach dem Zweiten Weltkrieg. Das war etwas anderes als Lenas frivoles Geplauder über einsame Seen und Nacktbadefreuden. Gertrud philosophierte über die ungeklärten Todesumstände des ehemaligen tschechoslowakischen Außenministers Jan Masaryk, den Umsturz von 1948 und die Verdrängung des einstigen Präsidenten Edvard Beneš durch den Stalin-getreuen Diktator Klement Gottwald, der die Tschechoslowakei bis zu seinem Tod regierte.

»Ist das nicht verblüffend?«, fragte Gertrud schließlich.

»Was genau?«, erwiderte Bertil höflich, aber hörbar ermüdet von dem langen Exkurs.

»Na, Gottwald starb nur fünf Tage, nachdem er in Moskau auf der Beerdigung seines großen Vorbilds Stalin gewesen war«, erklärte Gertrud. »Sein einbalsamierter Leichnam wurde noch bis 1962 in einem Mausoleum auf dem Veitsberg ausgestellt. Mit diesem bigotten Personenkult ist jetzt glücklicherweise Schluss.«

Das Essen kam, ich war ganz froh darüber. Als ich zum anderen Ende des Tisches hinübersah, traf mein Blick den von Lena. Sie lächelte und winkte mir scherzhaft zu. Gleichzeitig begannen die Musiker, den *Ungarischen Tanz Nr. 5* von Brahms zu spielen, was einige Gäste dazu veranlasste, rhythmisch zu klatschen. Magnus erhob sein Glas und rief: »Auf unsere Ungarn-Reise.« Alle am Tisch prosteten einander zu.

»Eins wollte ich dich schon die ganze Zeit fragen, Hasse«, wandte Bertil sich an mich. Einige meiner Freunde nannten mich Hasse, eine schwedische Koseform von Hans, während andere meine Initialen HC verwendeten und nur wenige sich die Mühe machten, meinen vollständigen Namen auszusprechen. »Wie kommt es eigentlich, dass du dich entschieden hast, jetzt doch mit nach Budapest zu fahren? Du wolltest doch direkt nach Genf.«

Auch Gertrud, Magnus und einige andere guckten mich jetzt interessiert an. Hätte mein Freund mir die Frage unter vier Augen gestellt, hätte ich ihm die Wahrheit gesagt, doch vor versammelter Mannschaft war mir das zu privat. Deshalb zuckte ich beiläufig die Schultern und antwortete: »Ich hab's mir einfach anders überlegt. Wer weiß, wann ich das nächste Mal die Gelegenheit habe, Budapest näher kennenzulernen.«

Meine Freunde nahmen die schwammige Antwort zur Kenntnis, doch mir trieb sie einen Schauer der Vorfreude über den Rücken. Schließlich hoffte ich nicht nur Budapest, sondern auch Isolde näher kennenzulernen. Was sie wohl gerade tat? Ob sie auch ausgegangen war? Ob sie feierte, lachte und trank wie ich? Und wenn ja, mit wem? Während die Musiker den *Ungarischen Tanz* immer rasanter zum Besten gaben, ließ ich mich von den feurigen Tönen berauschen. Vor meinem inneren Auge tauchte die anmutige Gestalt der jungen Frau aus dem Zug auf. Sie drehte sich im Rhythmus der Musik, bis mir ganz schwindelig wurde. Als die Musik abbrach, fühlte ich mich regelrecht euphorisch. Dabei galt meine Begeisterung nicht nur der Musik und der exotischen Atmosphäre, sie galt auch meinem Entschluss, den Umweg über Budapest in Kauf zu nehmen. Ich konnte es kaum erwarten, Isolde wiederzusehen.

Nach dem Essen kehrte allmählich Ruhe ein. Die meisten Gäste waren gegangen, im hinteren Teil des Lokals stellten die Kellner bereits die Stühle hoch. Die Musiker spielten aber immer noch. Der Gitarrist trat an unseren Tisch und fragte, ob wir uns ein Lied wünschen wollten. Übermütig trällerte Bertil auf Schwedisch: »Åh det är skönt när mitt Stockholm är grönt, sakta gå hem genom stan!«

Das waren die ersten Zeilen der schwedischen Version von Nat King Coles »Walking My Baby Back Home«. Trotz der fremden Sprache und Bertils schrägem Gesang erkannten die Musiker das Lied auf Anhieb und spielten es weiter. Mit der vertrauten Melodie schien ein Hauch der lauen Stockholmer Sommernächte, von denen der schwedische Text erzählte, durch das böhmische Lokal zu wehen. Es herrschte eine andächtige, romantische Stimmung. Einige summten leise mit, andere träumten vor sich hin. Mit dem letzten Ton endete die Besinnlichkeit abrupt. Der Wirt drehte das Licht an und brachte uns die Rechnung an den Tisch. »Wir müssen schließen«, erklärte er entschuldigend. »Die Sperrstunde ist schon vorbei, ich muss Sie bitten, zu zahlen.«

Auf dem Weg zurück zum Hotel sangen wir immer wieder »Walking My Baby Back Home« auf Schwedisch. Dabei fanden wir, dass der Text zu Prag genauso gut passte wie zu Stockholm. Mir entging nicht, wie Bertil beim Singen immer wieder verstohlene Blicke in Lenas Richtung warf. Schließlich fragte er sie mit einem breiten Grinsen: »Willst du uns denn nicht verraten, wie die Geschichte mit dir und dem einsamen See ausging?«

»Stimmt«, lachte Lena. »Wo war ich stehen geblieben?«

»Dabei, dass du im letzten Sommer bei einem Elternbesuch baden gehen wolltest«, half Bertil ihr auf die Sprünge. »So wie früher.«

»Ja, richtig«, erinnerte sich Lena. »So wie früher. Weil ich mich unbeobachtet fühlte, zog ich mich aus, legte die Kleider auf einen Stein am Ufer und stürzte mich in die Fluten. Ich liebe es, nackt zu schwimmen. Es hat so was Befreiendes.«

Wir nickten verständig und machten uns eigene Gedanken dazu.

»Doch dann der Schock«, sprach Lena weiter. »Als ich aus dem Wasser stieg, waren alle meine Kleider weg.«

»Alle?«, fragte Bertil mit gespieltem Entsetzen.

»Ja, alle. Wie vom Winde verweht.«

»Und was hast du getan?«

»Na ja, es war schon klar, dass mir offenbar jemand einen Streich gespielt hatte.«

»Aber vielleicht hatte ja wirklich der Wind deine Kleider weggepustet.«

»Nein, hatte er nicht.«

»Sondern?«

»Na, was glaubt ihr denn?«

Bei dieser Frage blieb Lena stehen und sah uns abwartend an, doch wir waren zu sehr von der Vorstellung der nackt am Ufer stehenden Lena eingenommen, als dass uns eine originelle Antwort eingefallen wäre. So blieben wir stumm, bis Lena herausplatzte: »Es war natürlich genau, wie ich vermutet hatte. Ein Bengel aus der Nachbarschaft wollte mich ärgern. Nach kurzem Suchen entdeckte ich meine Kleider sorgsam versteckt unter einem Busch, während ein Stück weiter der kleine Strolch hinter einem Baum stand und mich kichernd beobachtete wie ein frühreifer Voyeur.«

»Das war's schon?«, fragte Bertil etwas enttäuscht, und auch ich wusste nicht recht, was ich zu dem harmlosen Ausgang der Geschichte sagen sollte.

»Ja, das war's«, antwortete Lena und lachte uns übermütig ins Gesicht. Sie amüsierte sich köstlich. Nicht ohne Grund hatte sie mit unseren lüsternen Erwartungen gespielt, um uns dann mit einer laschen Pointe ins Leere laufen zu lassen. Immerhin studierte sie Psychologie.

Zurück im *Zlaty Mír Hotel* schlich ich mich wie am Vorabend im Schatten der Gruppe an der Rezeptionistin vorbei. So bekam das Hotelpersonal nicht mit, dass im Zimmer von Magnus und Bertil ein blinder Passagier untergeschlüpft war. Als wir alle im ersten Stock auf dem Flur standen, witzelte Bertil: »Na, Hasse, freust du dich schon auf dein Luxusbett?«

Ich machte ein gequältes Gesicht, denn die provisorische Schlafstatt auf dem harten Untergrund hatte mir eine der unbequemsten Nächte meines Lebens beschert. Ich war alles andere als begeistert, dorthin zurückzukehren.

»Du schläfst auf dem Boden, Hasse?«, fragte Lena erstaunt.

Ich nickte: »Das Zimmer hat nun mal nur zwei Betten.«

»Aber bei uns gibt es ein bequemes Sofa«, rief Lena. Fragend schaute sie zu Karin hinüber, die zustimmend nickte und sagte: »Du kannst gerne bei uns auf dem Sofa übernachten.«

Gesagt, getan. Die Unterkunft der Mädels war viel schöner als die der Jungs. Auf den Nachttischen verbreiteten Lampen mit roten Schirmchen ein warmes Licht, die Jalousie war heruntergelassen, verstreute Bücher und Kleidungsstücke schufen eine wohnliche Atmosphäre. Links von der Tür stand Karins Bett, rechts Lenas, geradeaus unterm Fenster das besagte Sofa. In Windeseile hatten die Frauen Kissen und Decken aus einem Wandschrank geholt und mir ein gemütliches Nest für die Nacht bereitet.

Eilig zog ich mich bis auf die Unterwäsche aus und kroch unter die Decke. Die Couch war angenehm weich, allerdings auch sehr kurz, sodass meine Füße über die Lehnen baumelten, was meine Gastgeberinnen ungemein belustigte. Umgekehrt amüsierte auch ich mich über sie. Zum Umziehen warfen Lena und Karin ihre Bademäntel über, unter denen sie umständlich ein Kleidungstück nach dem anderen abstreiften, um anschließend genauso umständlich ihre Nachthemden überzuziehen. Die Mäntel rutschten dabei immer wieder von ihren Schultern. Ich wusste nicht, was ich davon halten sollte. Schweden war schon in den Sechzigerjahren bekannt für ein fortschrittliches Frauenbild und eine liberale Sexualmoral. Außerdem hatte sich Lena bei ihrer Nacktbade-Geschichte ja auch nicht gerade verklemmt gezeigt. Dass sie und ihre Freundin nun auf so plakative Weise Züchtigkeit demonstrierten, sah für mich stark nach Koketterie aus. Hinzu kam, dass das ständige Herunterrutschen der Mäntel mehr Blößen offenbarte als verbarg und damit deutlich mehr Anlass für frivole Fantasien bot, als wenn man mich einfach aufgefordert hätte, wegzugucken.

Nach minutenlangem Kichern, Rutschen und Plappern war es vollbracht: Lena und Karin hatten ihre Nachthemden an, hüpften ihrerseits ins Bett und löschten die Nachttischlampen. Das Geplapper ging trotzdem weiter. Zwischendurch fragte Lena immer wieder aus dem Dunkel: »Na, Hänschen, liegst du bequem auf deinem Sofa?«

»Na ja«, erwiderte ich mit ironischem Unterton. »Es könnte bequemer sein.«

Ich hörte helles, zweistimmiges Gelächter. Dann sang Lena leise: »Hänschen klein, bist allein ...«, was für sie und ihre Freundin erneut Anlass für ausgelassenes Kichern war. Eine Weile ging ich noch auf das Geschäker ein, dann drehte ich mich zur Seite, schloss die Augen und versuchte zu schlafen.

Die Ereignisse der letzten Tage wirbelten durch meinen Kopf: die morgendlichen Besuche bei verschiedenen Behörden, das Abholen des ungarischen Visums, die Kellerkneipe, die Gaststube mit den Musikanten und dem Wildschweingulasch, Brahms' *Ungarischer Tanz Nr. 5* ... Wieder dachte ich an Isolde. Ob sie damit rechnete, dass ich ihrer Einladung folgte? Ob sie überhaupt Zeit für mich haben würde? Und wer war eigentlich dieser Freund, bei dem sie in Budapest wohnte?

Während ich diesen Gedanken nachhing, hörte ich, wie gegenüber jemand aus dem Bett stieg. Ich schlug die Augen auf. Auf Zehenspitzen schlich eine Gestalt im Nachthemd in meine Richtung. Erst als Karins Nachttischleuchte aufflammte, erkannte ich sie: Lena, die mich vergnügt ansah und deren schlanke Gestalt sich im Gegenlicht der roten Lampe überdeutlich gegen den dünnen Stoff ihres Nachthemds abzeichnete. Es war, als würde Lena nackt vor mir stehen. Ihr verführerisches Lächeln verriet, dass sie sich dessen bewusst war. Trotzdem machte sie keinerlei Anstalten, ihre Blößen zu bedecken. Sie stand einfach da und schien es zu genießen, von mir betrachtet zu werden. Wie konnte eine Frau nur so wunderbar schamlos sein?

Als Karin das Licht wieder löschte, kniete Lena nieder und beugte sich über mich. Ich spürte den Hauch ihres Atems an meinem Ohr, die Wärme ihres Körpers an meinem Arm und den sanften Druck ihrer Hand, die sie auf meine Schulter legte.

»HC«, flüsterte sie. »Du musst nicht hier liegen.«

Dieser Satz und die zärtliche Berührung rissen mich endgültig aus meinen träumerischen Gedanken an Isolde und katapultierten mich zurück in die Gegenwart. Lenas Schönheit bezauberte mich, und ich bewunderte ihre zwanglose Offenheit. Wie gerne hätte ich mich treiben lassen so wie sie, doch etwas sträubte sich in mir. Ich kannte Isolde kaum, doch ich konnte nicht verhehlen, dass ich mich in sie verliebt hatte. Und wenngleich ich nicht wusste, was mich bei ihr in Budapest erwartete und ob sie meine Gefühle auch nur ansatzweise erwiderte, überlegte ich, ob das, was hier und jetzt zu geschehen schien, die beste Art sei, eine Beziehung anzufangen. Mit Lena, deren weiche Rundung ihres Busens ich gerade an meiner Brust spürte? Ja! Zweifellos. Aber mit Isolde …?

Ich hatte die altmodische Vorstellung, ich müsste mich entscheiden, was ich auch tat. Etwas wehmütig sah ich Lenas schönes Gesicht und ihre strahlenden Augen an, küsste sie behutsam auf die Wange und flüsterte ihr ins Ohr:

»Liebe Lena, bitte ... sei so nett und versuch, mich zu verstehen. Ich muss jetzt leider schlafen.«

Lena wich zögernd zurück. Noch ein paar Sekunden sah sie mich forschend an, ehe sie mir mit einem zärtlichen Blick verriet, dass sie mir nicht böse war.

Bizarres Land

Wie groß in den Ostblockstaaten der Sechzigerjahre die Angst vor Feinden war und wie weit die Kontrolle westlicher Touristen ging, erfuhr ich bald wieder am eigenen Leib. Als meine Studienfreunde und ich am Nachmittag nach sieben Stunden Zugfahrt die Grenze zu Ungarn erreichten, begann die gleiche Prozedur, die ich ein paar Tage zuvor am Grenzübergang zur Tschechoslowakei erlebt hatte. Zwei uniformierte Passkontrolleure – der eine groß und schlank, der andere klein und dick – stiegen zu, sammelten die Ausweise sämtlicher Fahrgäste ein und verschwanden mit ihnen genauso plötzlich, wie sie aufgetaucht waren.

Kurz darauf rückten Grenzbeamte nach, die jeden Waggon minutiös unter die Lupe nahmen wie den Tatort eines Verbrechens. Wonach sie suchten, war mir nicht klar. Waffen? Drogen? Literatur vom Klassenfeind? Jedenfalls befragten die strengen Herren jeden nach dem Inhalt seines Gepäcks und machten Stichproben. Bertil musste als Erster aus unserer Gruppe seine Tasche öffnen. Mit großer Sorgfalt gingen die Beamten ihrer Tätigkeit nach. Obwohl keiner etwas zu verbergen hatte, wurden wir immer ungeduldiger. Kein Wunder angesichts unserer Müdigkeit und der Temperaturen. Der Zug stand in der prallen Sonne. Trotz der geöffneten Fenster staute sich die Hitze im Abteil, aber auszusteigen, um etwas Luft zu schnappen und uns die Beine zu vertreten, war untersagt. Wir wollten nach Budapest, und bis dorthin waren es kaum 50 Kilometer. Umso missmutiger wurden wir mit jeder Minute, die sich die Weiterfahrt verzögerte.

Als das Durchwühlen der Koffer abgeschlossen war, verließen die Kontrolleure den Zug, und an ihre Stelle traten wieder jene mit den Pässen. Ich atmete innerlich auf, ein Ende des Stillstands war in Sicht. Sogar die Beamten schienen jetzt keine Lust mehr auf weitere Kontrollen zu haben. Zügig verteilten sie einen Ausweis nach dem anderen, bis alle Mitglieder unserer Gruppe wieder im Besitz ihrer Dokumente waren. Alle außer mir. Mein Pass lag noch immer in der kräftigen Hand des hochgewachsenen Kontrolleurs, der nun mit lauter Stimme meinen vollständigen Namen ablas: »Göran Hans Christian Hadarsson Cars?«

Ich rief eifrig »Das bin ich« und streckte die Hand aus, um meinen Pass entgegenzunehmen. Doch statt ihn mir zu geben, klappte der Beamte ihn resolut zu und steckte ihn in seine Brusttasche.

»Oh no, Mister Cars«, sagte er und schaute mich mit strengem Blick an, während seine Hand signalisierte, dass ich aufstehen sollte. »You come with us.«

Ich blieb verwirrt sitzen und fragte: »What's the problem?«

»No questions, Mister Cars«, schaltete sich nun auch der kleine Dicke ein. »Take luggage and come with us.«

»Why?«, erwiderte ich aufgebracht. »Why don't you hand me my ...«

»No need discuss!«

Die letzten Worte sprachen die Beamten beinahe synchron aus. In ihnen lag eine Schärfe, die keinen Widerspruch duldete. Notgedrungen nahm ich meinen Koffer aus dem Gepäcknetz. Ich hielt kurz inne und schaute bekümmert meine Freunde an. Bertil sah besorgt aus, in Magnus' Gesicht tanzten förmlich die Fragezeichen, auch Gertrud und Karin wirkten beunruhigt. Nur Lena schien sich über die absurde Situation zu amüsieren, sie winkte mir aufmunternd zu. Mein Gehirn arbeitete auf Hochtouren. Was veranlasste die Beamten dazu, gerade mich herauszuwinken? Ich konnte es mir nur mit dem illegalen Geldwechsel am Prager Hauptbahnhof erklären. Das hatte ich nun davon. Es wurmte mich, dass ich so dumm gewesen war, doch die Aufpasser ließen mir keine Zeit für Überlegungen.

»Hurry up, Mister Cars«, drängte mich der kleine Dicke und deutete dabei auf seine Armbanduhr. »The train has to leave.«

Meine Hoffnung, dass man mit der Abfahrt auf mich warten würde, war mit dieser Bemerkung dahin. Tatsächlich setzte sich der Zug sofort in Bewegung. Meine Freunde lehnten sich aus dem Fenster und winkten. Nun war ich ganz auf mich allein gestellt, was mich ziemlich beunruhigte. Ich hatte das Gefühl, verhaftet worden zu sein, was ja irgendwie auch den Tatsachen entsprach.

Die Beamten führten mich in das graue Bahnhofsgebäude. Dort sollte ich in einer winzigen Kammer warten. »Wait here«, sagte der Große und schloss die Tür von außen. Der Raum war wie ein Spiegel meiner trostlosen Situation: heiß, stickig, mit weiß getünchten Wänden, schmutzig grünen Bodenfliesen und einem ungeputzten Fenster, durch das ich auf den leeren Bahnsteig und eine mit Holzlatten vernagelte Gebäuderuine sehen konnte. Die Einrichtung war spartanisch: ein Schreibtisch, zwei schlichte Stühle und ein Kleiderständer. Es gab nichts, woran sich mein Blick hätte festhalten können, dafür hatte ich Zeit zum Nachdenken. Wanderte man in der Tschechoslowakei wohl für Schwarzgeldgeschäfte hinter Gitter? Oder ging es überhaupt nicht darum? Ein schrecklicher Gedanke befiel mich. Hatte ich vielleicht eine weit schwerere Straftat begangen? Welche das hätte sein können, war mir nicht klar, etwas anderes dagegen schon: Wenn die Grenz- und Sicherheitsdienste der Oststaaten jemanden verdächtigten, systemgefährdend zu handeln, verstanden sie keinen Spaß und griffen knallhart durch.

Vielleicht würde ich meine gerade gekauften Fahrkarten nicht mehr brauchen. Vielleicht würde ich Isolde niemals wiedersehen. Vielleicht war sie ja sogar der Grund für meine Lage, ohne es zu wissen? Mir war bekannt, dass der SED-Staat private Verbindungen von DDR-Bürgern zu Leuten aus dem »nichtsozialistischen Ausland« zu verhindern suchte, aber woher sollte die Stasi von meiner Verbindung zu Isolde Wind bekommen haben? Und woher sollte die tschechoslowakische Grenzpolizei von ihr wissen? Wie konnte überhaupt irgendjemand wissen, dass ich mich in eine Frau aus der DDR verguckt hatte? Sie wusste es ja selbst nicht mal!

Während mein armes Hirn immer neue Theorien zutage förderte, wurde die Tür aufgerissen, und ein grimmig dreinblickender Mann trat ein. Er hatte buschige dunkle Augenbrauen und ein eckiges, von langen Koteletten gerahmtes Gesicht. Die Uniform und sein militärisches Auftreten erinnerten mich an einen Feldwebel aus meiner Wehrdienstzeit.

»Hinsetzen«, befahl er mir.

Wir nahmen beide Platz.

»Ich komme direkt zur Sache: Was haben Sie letzte Nacht getrieben?«, wollte der grimmige Herr wissen.

Bei dieser Frage schnurrten viele Gedanken gleichzeitig durch meinen Kopf. Natürlich erinnerte ich mich sehr gut an die Ereignisse der vergangenen Nacht, aber worauf um Himmels willen mochte die Frage abzielen? Hatte es Gucklöcher in den Hotelwänden gegeben? War es einem Mann verboten, ein Zimmer mit zwei jungen Frauen zu teilen? War Lena vielleicht in ihrem durchsichtigen Negligé gefilmt worden? Und ich auch? Vom Hörensagen waren mir solche Fälle bekannt. Pfui, solche Ferkel!

»Wieso wollen Sie das wissen?«

»Hier stelle ich die Fragen«, wurde meine Frage brüsk abgeschmettert. »Antworten Sie.«

»Ich war in Prag im Hotel und habe geschlafen.«

»In welchem Hotel?«

»Goldener ... irgendetwas mit ...« Mir fiel nur noch ein, dass das Hotel übersetzt »Goldener Frieden« geheißen hatte, doch der tschechische Name war mir in meiner Anspannung entfallen.

»Zlata«, stammelte ich. »Oder Zlaty?«

»*Zlatý Mír Hotel*?«, half mir der grimmige Mann auf die Sprünge. »Meinen Sie das?«

Ich nickte.

»Ja oder nein? Antworten Sie bitte laut und deutlich.«

»Ja«, bestätigte ich. »*Zlatý Mír Hotel* ist korrekt.«

»Kann jemand bezeugen, dass Sie in diesem Hotel waren?«

»Ja, sogar eine Menge Leute«, bestätigte ich. »Aber die sind alle mit dem Zug weitergefahren, aus dem Sie mich herausgeholt haben.«

»Wie soll ich dann wissen, dass Sie die Wahrheit sagen?«

»Ich habe keine Ahnung«, antwortete ich. »Warum glauben Sie mir nicht einfach?«

Nachdenklich zog der Mann seine buschigen Augenbrauen zusammen. Schweißperlen standen auf seiner Stirn. Kein Wunder, dachte ich, in seiner dicken Uniform musste ihm mächtig warm sein. Schon sprang er auf, öffnete das Fenster und atmete geräuschvoll durch. Auch ich sog die frische Luft begierig ein. Mein strapaziertes Gehirn lechzte nach Sauerstoff, um neue Theorien aufstellen zu können. Den Fragen zufolge konnte es hier nicht um den illegalen Geldwechsel gehen, wohl auch nicht um unsittliches Verhalten. Da blieb eigentlich nicht mehr viel übrig.

»Ich will Ihnen sagen, warum ich Ihnen nicht glaube«, knurrte der Verhörleiter und ließ sich wieder auf seinem Stuhl nieder. »In Ihrem Pass finde ich keinen Stempel des genannten Hotels, weder für die vorletzte noch für die letzte Nacht. Sie müssen also woanders übernachtet haben. Ich frage mich, wo. Haben Sie vielleicht Bekannte in Prag? Sind Sie unangemeldet privat untergekommen?«

Endlich begriff ich. Natürlich! Ausländer aus dem Westen durften in Osteuropa nur in Hotels übernachten, die eine entsprechende Lizenz hatten. Für alles andere brauchte man eine Sondergenehmigung von den Behörden. Auf diese Weise waren auswärtige Besucher stets registriert und damit bis zu einem gewissen Grad kontrollierbar, unerwünschte Kontakte zu Einheimischen konnten unterbunden werden. Durch meine Undercover-Übernachtungen auf Bertils hartem Boden und Lenas weichem Sofa hatte ich mich ganze zwei Tage und Nächte dieser behördlichen Erfassung entzogen. Nun verstand ich, warum die

Beamten in mir ein Sicherheitsrisiko sahen. Jetzt durfte ich auf keinen Fall etwas Falsches sagen.

Eifrig erzählte ich dem Verhörleiter von meiner verzweifelten Lage nach der erfolglosen Odyssee durch die ausgebuchten Hotels und erklärte ihm, dass ich den ungenehmigten Unterschlupf bei meinen Freunden als letzten Ausweg gesehen hatte. Dabei versuchte ich, möglichst sachlich zu bleiben, gab mich aber auch deutlich zerknirschter angesichts der Notlösung, als ich es wirklich war. Den Zimmerwechsel zu den Mädels in der zweiten Nacht verschwieg ich vorsichtshalber ganz.

Der Mann in Uniform war sichtlich skeptisch. Er glich einem Lehrer, der sich die abwegigen Ausreden eines Schülers anhört, den er gerade beim Schummeln erwischt hat. Sein ungläubiges Schweigen ließ meinen Ton immer flehender werden.

»Ich schwöre Ihnen, ich habe wirklich im *Zlatý Mir* gewohnt«, beteuerte ich. »Vielleicht kann sich die Dame von der Rezeption sogar an mich erinnern. Warum rufen Sie nicht einfach im Hotel an?«

»Hm«, brummte der Verhörleiter und blätterte in meinem Pass, als könnte er dadurch Zeit gewinnen. »Das wäre natürlich eine Möglichkeit.« Er sah mich scharf an, stand auf und verließ das Zimmer. Allerdings nicht, ohne vorher das Fenster zu schließen, obwohl inzwischen auch ich unter der Hitze litt. Es dauerte nicht lange, bis er wieder auftauchte. Sein Blick war immer noch grimmig.

»Im *Zlatý Mir* kann niemand Ihre Geschichte bestätigen«, sagte er, ohne sich zu setzen, fügte dann aber in milderem Tonfall hinzu: »Es konnte sie aber auch niemand widerlegen. Ich kann also nicht ausschließen, dass Sie die Wahrheit sagen.«

Beinahe wäre mir herausgerutscht: »Na, bist du jetzt endlich zufrieden? Was schließt du denn nun daraus?« Doch ich beherrschte mich, blieb stumm und wischte mir nur den Schweiß von der Stirn. Eine Antwort bekam ich trotzdem.

»Ich schließe daraus, dass ich Ihnen wohl oder übel glauben muss«, sagte der Beamte. Diese Bemerkung machte ihn mir auf

Anhieb ein bisschen sympathischer. Als er kurz darauf meinte: »Sie können jetzt gehen und Ihre Reise nach Budapest fortsetzen«, hätte ich ihn vor Erleichterung umarmen mögen. Ich ergriff aber nur meinen Koffer und verließ als freier Mensch die stickige Kammer der Tristesse.

Dem Fahrplan am Bahnhof entnahm ich, dass die nächste Abfahrt nach Budapest erst in vier Stunden anstand. Die lange Wartezeit verbrachte ich in der Bahnhofskantine, in die mich ein redseliger Zollbeamter mitnahm. Während wir eine Kleinigkeit aßen, erzählte er mir in abenteuerlichem Deutsch seine Lebensgeschichte. Er fasste offenbar Vertrauen zu mir, denn am Ende der Mahlzeit fragte er mich flüsternd, ob ich ihm tschechoslowakische Kronen in D-Mark wechseln könne. Was für eine seltsame Frage von einem Zollbeamten. Den Schreck der letzten Stunden in lebhafter Erinnerung, verneinte ich.

Während ich zum Bahnsteig schlenderte, dachte ich, was das doch für ein bizarres Land war, in dem man wegen eines fehlenden Hotelstempels im Pass festgehalten und kurz danach von einem Zollbeamten zum Schwarzgeldtausch angestachelt wurde.

Als der Zug nach Budapest einfuhr, war es bereits spät in der Nacht. Die Sitzplätze waren bequem, und die Fahrt durch die Dunkelheit hatte nach all der Aufregung etwas Beruhigendes. Ich war erleichtert und freute mich, wieder unterwegs zu sein. Nach einer guten Stunde erreichte ich die ungarische Hauptstadt. Diesmal checkte ich ganz offiziell in einem Hotel am Bahnhof ein und bat die Empfangsdame ausdrücklich um einen Stempel für meinen Pass.

Nach drei provisorischen Lagern, erst auf der Sitzbank eines Zugabteils, dann auf dem Fußboden eines Hotelzimmers und zuletzt auf einer zu kleinen Couch, schlief ich in dieser Nacht endlich wieder in einem richtigen Bett, tief und traumlos.

Als ich erwachte, stand die Sonne bereits hoch am Himmel. Voller Tatendrang sprang ich auf, nahm eine kalte Dusche und holte den Zettel aus der Tasche, den mir Isolde bei unserem

Abschied in Prag zugesteckt hatte. In hastig hingekritzelten Buchstaben stand darauf: »Isolde in Budapest: Bei Nagy Fery, Kristóf Tér 56.« Diese Adresse war mein nächstes Ziel.

Ich musste kräftig drücken, um die schwere Eingangstür aufzuschieben. Dann marschierte ich von Tür zu Tür und suchte den Namen von Isoldes Zettel. Schon in der ersten Etage wurde ich fündig. »Nagy Fery« stand in Schönschrift an der Tür. Selten hatte ich ein so kunstvoll gestaltetes Namensschild gesehen. Ich atmete einmal tief ein und klingelte.

Kristóf Tér

Ob ich damit rechnete, dass Hans Christian mich in Budapest besucht? Eher nicht. Nachdem er am Prager Hauptbahnhof aus dem Zug gestiegen war, versuchte ich, ihm nachzuwinken, aber vergebens, denn mein neuer Bekannter aus Schweden war einfach in der Menge verschwunden, ohne sich noch einmal umzudrehen. Das war kein Verhalten, das für mich nach einem »Bis bald« aussah.

Allerdings fiel ich auch nicht aus allen Wolken, als Hans Christian plötzlich in der Wohnung meines Freundes Fery auftauchte. Der Besuch war eine freudige Überraschung, die perfekt zu dem fröhlichen, entspannten und ein bisschen lauten Kommen und Gehen passte, das immer zu meinen Aufenthalten in Budapest gehörte. Jeden Abend traf ich mich mit irgendwelchen Leuten. Die einen kannte ich, andere nicht, manche sah ich nur einmal, andere immer wieder. Jedermann wurde sofort mit einbezogen. Natürlich war Hans Christian nicht jedermann. Ich ahnte schon, dass er den Umweg über Budapest vielleicht doch auf sich nehmen würde, aber sicher konnte ich nicht sein.

Die Kristóf Tér war eine kleine Straße mitten in der Altstadt nahe der Donau. Fery lebte in einem Jugendstilhaus aus der k.u.k.-Zeit. Die Wohnung war weitläufig, hatte hohe Decken und riesige Fenster, die wir an jenen milden Frühlingstagen meist weit geöffnet hatten. Als Hans Christian klingelte, saß ich gerade auf dem Fensterbrett in der Sonne und verfolgte das gemächliche Treiben unter mir. Wegen der Feiertage schlug der Puls der Stadt etwas langsamer. Niemand schien in Eile zu sein, die Menschen flanierten, alle wirkten entspannt. Ich hörte, wie Fery die Wohnungstür öffnete und mit jemandem sprach. Zunächst achtete ich nicht weiter auf die beiden Männerstimmen. Erst als ich mitbekam, dass mein Name fiel, spitzte ich die Ohren und lief in den Flur. Da stand er: der Schwede aus dem Zug. Fery in seiner üblichen Hausmontur, einem farbenfrohen Kaftan, wirkte unsicher.

»Dieser Mann behauptet, er kennt dich«, sagte Fery und sah mich mit einem misstrauischen Blick an. »Stimmt das?«

»Und ob«, antwortete ich lächelnd. »Das ist der Student aus Stockholm, den ich auf der Fahrt hierher kennengelernt habe. Ich hab dir doch von ihm erzählt.« An den unerwarteten Besucher gewandt fuhr ich fort: »Das ist aber eine schöne Überraschung. Komm bitte herein.«

Damit war Ferys Misstrauen verflogen. Er war Künstler, stets interessiert an Menschen und ein sehr offener Typ. Meine Freunde waren auch seine Freunde. Während Hans Christian mir ins Wohnzimmer folgte, erzählte er, wie es ihn nach Budapest verschlagen hatte. Aber er war doch wohl kaum hierhergefahren, nur um Budapest zu sehen, sondern kam offenkundig auch meinetwegen. Das schmeichelte mir, machte mich aber auch verlegen. Vielleicht überforderte es mich sogar ein bisschen.

Am unverfänglichsten war es wohl, meinen Gast erst einmal darauf einzustimmen, was ihn in dieser schönen Stadt erwartete. Ich suchte nach einem Buch, das ich ihm zeigen wollte. Es lag ganz unten im Regal, so musste ich mich bücken, um es zu erreichen, ein richtiger Prachtband, groß und dick. Was für ein Schwergewicht, schmunzelte ich, als ich es endlich in meinen Händen hielt. Hasse hatte inzwischen auf dem Sofa Platz genommen. Ich setzte mich neben ihn, das Buch auf den Knien, um ihm Bilder dieser von mir so geliebten Stadt voller prächtiger Bauwerke, bedeutender Museen und herrlicher Parkanlagen zu zeigen. Wir blätterten darin, Arme kreuzten sich, hielten auf Abstand, wichen züchtig zurück. Als seine Hand dann doch zufällig die meine berührte, fühlte ich ein überraschendes Kribbeln in meinem Körper.

In der Küche schnitt Fery Brot und Käse, öffnete eine Flasche Wein und rief uns zu sich. Wir stießen zu dritt auf das Wiedersehen an. Das war der Beginn zweier ereignisreicher Tage, in denen ich Hans Christian ein bisschen näherkam.

Feuervogel

Isolde war noch hübscher, als ich sie in Erinnerung gehabt hatte. Sie war sichtlich erfreut, mich wiederzusehen. Als Fery uns zu Tisch rief und dort Wein und Käse auf uns warteten, wich auch der letzte Rest von Verlegenheit. Fery erzählte von seiner Arbeit als Kunstmaler, Isolde von ihrer Liebe zu Budapest und zum Balaton und ich von meinen Erlebnissen an der Grenze.

Nach einer Weile fragte ich: »Was kann man denn heute noch in Budapest unternehmen?«

»Fery, was meinst du?«, wandte sich Isolde an ihren Gastgeber.

Der Mann im Kaftan warf sich theatralisch in Denkerpose, überlegte zwei Sekunden, dann sah er uns mit einem verheißungsvollen Lächeln an: »In der Oper geben sie heute den ›Feuervogel‹!«

»Oh ja, das ist eine hervorragende Idee«, rief Isolde und klatschte vor Begeisterung in die Hände. »Ich liebe Ballett. Was ist mit dir, Hans Christian? Gehst du auch gern in die Oper?«

Um ehrlich zu sein, standen weder Ballett noch Strawinsky bei mir besonders hoch im Kurs. Viel lieber hörte ich französische Chansons von Jacques Brel und Georges Brassens. Aber wenn Isolde mit Fery in die Oper wollte, hatte ich nicht zu nörgeln, darum antwortete ich: »Tja, warum nicht?«

So brachen wir auf, um Opernkarten zu besorgen. Im Treppenhaus nutzte ich die Gelegenheit, behutsam meinen Arm um Isoldes Schultern zu legen. Sie schien nichts dagegen zu haben. Unten auf der Straße tat es mir Fery gleich, auch dagegen hatte sie nichts einzuwenden. So zog im warmen Sonnenschein ein internationales Dreiergespann den Boulevard entlang: ein Ungar, eine Ostdeutsche und ein Schwede. Auch so konnte Völkerverständigung aussehen.

Bereits in Prag war mir aufgefallen, dass viele Gebäude aus der Habsburgerzeit trotz sichtbarer Kriegsschäden gut erhalten waren. Hier in Budapest waren die steinernen Zeugen der österreichisch-ungarischen Monarchie noch präsenter. Das Opernhaus war ein verwittertes, dennoch grandioses Beispiel dafür.

Vom Münztelefon im Foyer aus erkundigte sich Fery bei diversen Freunden, ob sie mit ins Theater kommen wollten. Ich hatte nichts dagegen, weitere ungarische Bekannte von Isolde kennenzulernen, hoffte aber natürlich auch, nach der Vorstellung etwas mit ihr allein unternehmen zu können. Mit den Opernkarten kehrten wir in Ferys Wohnung zurück. Nach und nach trudelten immer mehr Leute ein. Schließlich saßen wir zu zehnt beisammen, tranken, scherzten und redeten über Gott und die Welt. Nur Isolde war eine Weile außer Sicht, um sich umzuziehen. Als sie schließlich wieder den Raum betrat, sah sie fantastisch aus. Schon bald machten wir uns auf den Weg.

Bestimmt waren der Theaterbau ein architektonisches Meisterwerk, das Deckengemälde prachtvoll, das Bühnenbild genial, die Tänzer großartig. Das Stück war ein unheimlich romantisches Märchen, in dem der verliebte Prinz mithilfe einer magischen Feder des Feuervogels seine Angebetete aus dem Bannkreis eines bösen Zauberers befreit. Alles muss unerhört beeindruckend gewesen sein. Woran ich mich aber am besten erinnere, war Isoldes eng anliegendes schulterfreies blaues Kleid mit anziehendem Ausschnitt, das sie an diesem Abend trug. Ich konnte meinen Blick kaum von ihr lassen. So wie der Prinz seine Angebetete hätte ich dieses bezaubernde

Mädchen gern aus ihrem Bann befreit, aber wie? Ich war ja selbst verzaubert.

Als das Ballett zu Ende war und wir auf dem Vorplatz des Theaters standen, suchte ich wieder Isoldes Nähe. Während die Gruppe um Fery auf Ungarisch über die Aufführung fachsimpelte, lud ich sie ins Kaffeehaus ein. Allein, ohne ihre vielen Freunde. Sie schüttelte vehement den Kopf: »Das gehört sich nicht. Wir sind alle zusammen hergekommen, dann gehen wir auch alle zusammen.«

»Du hast ja recht«, gab ich zu. »Aber wie wäre es, wenn wir morgen zu zweit zu Mittag essen?«

»Darauf freue ich mich. Du kannst mich gegen zwölf Uhr bei Fery abholen, okay?«

Ich nickte, auch wenn ich lieber jetzt sofort Arm in Arm mit Isolde in die laue Budapester Frühlingsnacht entschwunden wäre. Hastig verabschiedete sich Isolde mit einem fröhlichen »Bis morgen«, dann eilte sie ihren Freunden hinterher. Mein Blick folgte ihr, bis sie aus meinem Sichtfeld verschwunden war. Nachdenklich und erwartungsvoll spazierte ich durch schummerige alte Gassen zurück zu meinem Hotel.

Das Restaurant *Duna* lag direkt am Ufer des Flusses, nach dem es benannt war. Von unserem Fensterplatz hatten wir eine sagenhafte Aussicht auf die viel besungene »schöne blaue Donau«, deren Wasser allerdings eher braun als blau dem Schwarzen Meer entgegenfloss. Isoldes Aufmerksamkeit galt ohnehin viel mehr den aufwendigen Stukkaturen, dem kunstvollen Art-déco-Interieur und den prächtigen Kristallleuchtern an den hohen Decken. Der Raum bot ein wahrhaft festliches Ambiente für einen besonderen Anlass: unsere erste Zusammenkunft unter vier Augen seit den zwei Stunden unseres Kennenlernens im Zug. Dass ich ausgerechnet heute Geburtstag hatte, war ein weiterer Grund zum Feiern.

Beim Essen erfuhr ich mehr über den Alltag in der DDR. Ich wusste bereits, dass Isoldes Vater aus reinem Kalkül in die SED eingetreten war, damit seine Töchter studieren konnten. Nun wollte ich wissen, ob Isolde und ihre Schwester auch Parteimitglieder werden mussten.

»Nein, das nicht«, schüttelte Isolde den Kopf. »Aber ich muss Vorlesungen über Marxismus-Leninismus besuchen.«

»Was hat denn das mit dem Medizinstudium zu tun?«

»Keine Ahnung, ich verstehe es auch nicht. Ich will schließlich Augenärztin und kein Parteibonze werden.«

»Und deine Schwester?«

»Sie ist ein paar Jahre jünger als ich und hat erst vor Kurzem angefangen, Biologie zu studieren. Sie scheint keine Probleme mit Marxismus-Leninismus zu haben. Ich glaube, sie findet das Thema sogar interessant.«

»Als ich Russisch lernte, hatten wir auch Vorlesungen über den Marxismus-Leninismus«, erwiderte ich. »Sie gehörten zum Sowjetologie-Seminar. Es gab aber keine Verpflichtung, sie zu besuchen.«

»Siehst du. Das gehört wohl zu den kleinen Unterschieden zwischen unseren Ländern«, antwortete Isolde ironisch.

Bei ihren Worten wurde ich erneut wütend über den Kalten Krieg der politischen Systeme, der Menschen voneinander trennte. Ich fand es schlimm, dass dieses hübsche, kluge Mädchen hinter Mauern und Stacheldraht leben musste und über ihre Wege und Handlungen nicht frei entscheiden konnte. Zu Hause in Schweden und an der Uni in Genf war das für mich ein abstrakter Gedanke gewesen, eine Linie quer durch Europa. Doch inzwischen waren meine Gefühle mit im Spiel, und angesichts unserer persönlichen Situation erschienen mir die Folgen der Teilung für alle Menschen in Ost- wie in Westeuropa in einem neuen, grellen Licht.

Eine Weile saßen wir schweigend da und blickten auf den friedlich dahinziehenden Fluss. Am Ufer gegenüber erhob sich der Gellértberg mit den markanten weißen Türmen der Fischerbastei. Darüber ein wolkenloser Himmel, aus dem die Mittagssonne direkt auf uns herabschien. Ihre Strahlen streichelten Isoldes Wangen. Gerne hätte ich es ihnen gleichgetan.

Nach dem Essen machten wir uns auf den Weg zu einem Kaffeehaus, in dem Isolde mit Fery und weiteren Bekannten verabredet war. Ich hatte gehofft, sie Bertil vorstellen zu können, mit dem ich auf meinen Geburtstag anstoßen wollte.

»Vielleicht später«, sagte Isolde. »Wir wollen nachher zu einem Csárda am Stadtrand fahren. Du und dein Freund könnt doch mitkommen.«

»Ist Csárdás nicht ein Tanz?«, fragte ich.

»Genau. Csárdás ist der Tanz, und der ist nach den typischen ungarischen Wirtshäusern benannt, die Csárda heißen. In so eins gehen wir heute Abend. Kommst du mit?« Isolde zwinkerte mir aufmunternd zu.

»Na klar. Bertil wird sicher auch kommen«.

Während wir zur Uferpromenade an der Donau hinunterspazierten, versuchte ich vorsichtig, ihre Hand zu ergreifen, doch sie zog sie sachte zurück.

Zwei Stunden später erzählte ich Bertil zum ersten Mal von Isolde. Er war alles andere als überrascht.

»Schon in Prag hab ich mir gedacht, dass deine spontane Lust auf Budapest nicht allein mit einem Interesse an Ungarn zu tun haben konnte«, sagte er. »Und wann darf ich die schöne Unbekannte kennenlernen?«

»Wenn du willst, schon heute Abend. Dafür musst du aber mit ins Csárda kommen.«

Bertil war sofort begeistert. Er freute sich darauf, den letzten Abend seiner Studienreise in Gesellschaft einer Schar vergnügter Ungarn zu verbringen. Am frühen Abend saßen wir alle zusammen – Isolde, Fery, Bertil, ich und sechs Freunde vom Vorabend – in einer ruckelnden gelben Straßenbahn Richtung Stadtrand. Auch Peter, Isoldes Bekannter aus Dresden, war dabei. Wir begrüßten uns wie alte Freunde.

Das Csárda war ein rustikales Gehöft, das idyllisch zwischen Obstbäumen und weiten Feldern lag. Das Gebäude hatte ein imposantes Reetdach, vor den Fenstern hingen Kästen mit prächtigen Osterglocken, die Mauern am Eingang waren mit Sonnenblumen bemalt. Im Foyer hing ein riesiges Foto der aparten ungarischen Sängerin Hanna Honthy, zu deren zahlreichen Paradestücken Emmerich Kálmáns »Csárdásfürstin« gehörte. Die Wirtin unseres Csárda war das genaue Gegenteil der Primadonna – pummelig, dunkelhaarig und ein bisschen verlebt, aber auch sie trug die klassische ungarische Nationaltracht: grüne Schürze, weißes Kleid und rote Haube. Mit ausgebreiteten Armen und einem gewinnenden Lächeln hieß sie uns willkommen. Die Herzlichkeit ihrer Begrüßung ließ darauf schließen, dass Fery und seine Freunde zu ihren Stammgästen gehörten.

An einem langen, mit rot-weiß karierten Tischtüchern gedeckten Holztisch nahmen wir Platz. Wie in der Prager Kellerkneipe mussten wir auch hier zusammenrücken. Isolde und Bertil saßen einander gegenüber, während ich eine hübsche rothaarige »Piroschka«, lebhaft wie ein Wirbelwind, an meiner Seite hatte. Im Hintergrund spielten Musikanten. Die meisten Lieder kannte ich nicht, doch sie entfalteten ihre mitreißende Wirkung, auch ohne dass ich wie die Ungarn jedes Wort mitsingen konnte.

In Windeseile hatte jeder am Tisch ein Glas »Egri Bikavér« vor sich stehen. Kenner Fery erklärte, dass dieser Wein aus drei verschiedenen Traubensorten gekeltert werde und den Namen ihrer Herkunftsregion Eger verdanke, während Bikavér »Stierblut« bedeute. »Dieser eigentümliche Name hat einen historischen Ursprung«, sagte er bedeutungsvoll. »Im 16. Jahrhundert wurde Eger von Hunderttausenden türkischen Kriegern belagert. Vor dem Gefecht stärkten sich die Soldaten der Stadt mit Unmengen von Wein. Sie waren nicht völlig besoffen, doch angetrunken genug, um sich stark und mutig zu fühlen. Als sie zum Angriff auf die türkischen Truppen bliesen, rückten sie mit solch ungezügelter Macht und Raserei voran, dass sie die Feinde auf Anhieb in die Flucht schlugen. Anschließend hieß es in den türkischen Lagern, dass die Ungarn Stierblut getrunken haben mussten, um diesen Sieg zu erringen.«

Mit dieser Legende begann ein ungarischer Rausch aus Tönen, Düften und Aromen. Der Egri Bikavér schmeckte kräftig, süß und fruchtig, und zum Essen gab es Paprika in allen erdenklichen Darreichungsformen – als Suppe, zum Salat, gefüllt mit Hackfleisch. Als die Musiker »Komm, Zigan« aus »Gräfin Mariza« spielten, erreichte die Stimmung ihren Höhepunkt. Viele Gäste sprangen von ihren Sitzen und strömten auf die Tanzfläche, einige stellten sich sogar auf die Stühle und sangen laut mit.

Nur Bertil und Isolde zeigten sich unbeeindruckt von dem Aufruhr. Die beiden waren sich sofort sympathisch gewesen. Nun plauderten sie seit geraumer Zeit angeregt miteinander und schienen alles um sich herum zu vergessen. Um Isoldes Aufmerksamkeit wieder auf mich zu ziehen, begann ich dummerweise, mit der rothaarigen Piroschka zu schäkern. Beim Refrain von »Komm, Zigan« prostete ich ihr mit meinem liebenswürdigsten Lächeln zu, das das ahnungslose Mädel als Aufforderung zum Tanz missdeutete. Begeistert ergriff sie meine Hand und zerrte mich auf die Tanzfläche.

Im nächsten Moment fand ich mich in einem wogenden Meer aus ungarischen Volkstänzern wieder, die hüpften, sangen und ihre Beine in alle Richtungen warfen. In der Menge musste ich meine Tanzpartnerin fest umklammern, um nicht umgestoßen zu werden. Leider konnte ich in dem Gewühl unmöglich ausmachen, ob Isolde mein inniges Tänzchen mit Piroschka bemerkte. Immerhin erfuhr ich, wie lebhaft und lustig es war, in einem Csárda Csárdás zu tanzen.

Als Piroschka mich wieder freigab, waren Bertil und Isolde von ihren Plätzen verschwunden. Stattdessen lehnte Peter unweit an einem Fachwerkbalken und beobachtete das Geschehen.

»Wo ist denn Isolde?«, fragte ich ihn und versuchte, dabei möglichst beiläufig zu klingen. Peter machte eine Kopfbewegung Richtung Ausgang. Dort stand Isolde mit einem ungarischen Freund, vertieft ins Gespräch. Gleichzeitig entdeckte ich Bertil, der mit einer unbekannten Ungarin über die Tanzfläche wirbelte.

»Kennt ihr euch eigentlich schon lange?«, fragte ich weiter.

»Isolde und ich?«, erwiderte Peter. »Ja, ich kenne sie ziemlich gut. Sie ist in unserem Freundeskreis sehr beliebt. Immer fröhlich, immer hilfsbereit. Wenn ich in Berlin bin, treffen wir uns oft bei ihr zu Hause. Wir diskutieren, tauschen Bücher und hören Musik. Manchmal kommen auch ausländische Studenten aus Westberlin rüber.«

»Hat sie einen festen Freund?«, ging ich in die Offensive.

»Kann ich nicht genau sagen. Bis vor Kurzem hatte sie noch einen. Er kam aus Fehrbellin und studierte wie sie Medizin. Eines Tages war er plötzlich verschwunden. Keiner wusste, wohin. Auch Isolde nicht.«

»Das klingt aber seltsam.«

»Ein paar Wochen später hörten wir über Dritte, dass er wegen versuchter Republikflucht zwei Jahre ins Gefängnis musste.«

»Das ist ja schrecklich«, sagte ich mit aufrichtigem Entsetzen. »Wie ist Isolde denn mit der Situation umgegangen?«

»Schwer zu sagen. Ich glaube, sie war nicht so begeistert davon, dass er abhauen wollte, ohne sich von ihr zu verabschieden, deshalb denke ich, dass zwischen den beiden Schluss ist. Außerdem ist er jetzt sowieso erst mal für eine Weile hinter Schloss und Riegel.«

Diese Geschichte ging mir nicht mehr aus dem Sinn. Ich fand sie zugleich schockierend und irritierend. Gerne hätte ich Isolde zu den Hintergründen befragt, doch die heitere Atmosphäre im Csárda schien mir unpassend für ein so heikles Thema. Zudem lief mir die Zeit davon. Morgen sollte ich abreisen. Ob Isolde und ich uns danach je wiedersehen würden, stand in den Sternen.

Als wir uns am Tisch wiedertrafen, gestand ich ihr, wie traurig ich war, dass ich Budapest sehr bald wieder verlassen musste.

»Ja, das ist wirklich schade«, antwortete Isolde mit wahrhaftigem Bedauern. »Es ist schön hier, findest du nicht?«

»Ja sehr schön, genau wie du.«

»Danke für das Kompliment«, erwiderte Isolde und nahm mich bei der Hand. Doch gleich darauf wurden wir schon wieder von Fery und den anderen aus der Zweisamkeit gerissen. Der Abend näherte sich seinem Ende.

Mit der Straßenbahn fuhren wir zurück in die Innenstadt. Bertil wollte auf direktem Weg ins Bett. Obwohl wir im gleichen Hotel wohnten, folgte ich nicht ihm, sondern der Gruppe, in der Hoffnung, noch ein paar Momente mit Isolde allein sein zu können. Während die anderen auf einen Absacker die Treppe zu Ferys Wohnung hochstiegen, hielt ich Isolde zurück. Im flackernden Schein der Glühbirne überm Hauseingang suchte ich ihr deutlich zu machen, wie schwer mir der Abschied fiel und wie entzückend ich sie fand.

»Werden wir uns wiedersehen?«, fragte ich. »Willst du das?«

Isolde zögerte mit ihrer Antwort, und im Halbdunkel fiel es mir schwer, ihre Mimik zu deuten. Zu gerne hätte ich in diesem Augenblick ihre Gedanken gelesen, aber das konnte ich nicht. Also tat ich, was ich mir schon seit Tagen zu tun wünschte: Ich legte meine Arme um ihre Taille und zog sie sachte an mich heran, um sie zu küssen. Noch bevor sich unsere Lippen berührten, drehte Isolde ihr Gesicht zur Seite. Nur wenige Sekunden hielt ich sie noch in meinen Armen. Dann riefen schon ihre Freunde aus dem ersten Stock nach ihr. Mit niedergeschlagenem Blick löste sie sich aus meiner Umarmung und sagte leise: »Ich muss jetzt leider gehen.«

Ohne ein weiteres Wort lief sie die Treppen hinauf. Das Letzte, was ich von ihr hörte, war das Klappen von Ferys Wohnungstür, die ins Schloss fiel. Mich überkam das ungute Gefühl, als hätten wir uns eben zum letzten Mal gesehen. Enttäuscht wanderte ich durch dunkle, ausgestorbene Straßen zurück zu meiner Unterkunft.

An der Hotelbar traf ich Bertil, der sich noch ein Glas Bier genehmigte.

»Hallo«, rief ich in gespielter Fröhlichkeit, »ich dachte, du wolltest auf direktem Weg ins Bett gehen.«

»Noch nicht, aber gleich. Morgen müssen wir früh raus. Wie war's denn mit Isolde?«

»So lala«, log ich. »Ganz gut.«

Aber Bertil ließ sich nicht täuschen.

»Hat sie dich am Ende also doch sitzen lassen?«, sagte er mitfühlend. »Mach dir nichts daraus, auch wenn es natürlich schade ist. Sie ist sehr nett und sieht verdammt gut aus. Aber wenn sie nicht will, dann schlag sie dir aus dem Kopf. Alles halb so schlimm, mein Freund. In Schweden findest du Tausende sexy Frauen, und in der Schweiz gibt's bestimmt auch zwei oder drei.«

Über diesen Kalauer amüsierte er sich selbst königlich und leerte sein Glas.

»Und weißt du, welchen Vorteil alle diese Frauen haben? Sie leben auf der richtigen Seite des Eisernen Vorhangs. Hast du daran mal gedacht?«

Natürlich hatte ich daran gedacht, aber darum ging es Bertil gar nicht. Er wollte mich einfach aufheitern, so wie es ein Freund eben tut. In diesem Moment bedauerte ich zutiefst, dass wir uns morgen trennen mussten. Aber so war das Leben. Bertil hatte seins in Stockholm, ich hatte meins in Genf, und Isolde hatte ihres in Berlin. Als ich in dieser Nacht wehmütig ins Bett kroch, wanderten meine Gedanken trotzig, zärtlich und ein bisschen reumütig zu Lena. Doch schon nach wenigen Sekunden nickte ich ein und schlief bis zum Morgen wie ein Stein.

Kein Thema mehr

Als ich Hans Christian kennenlernte, war es ein knappes halbes Jahr her, dass ich vom gescheiterten Fluchtversuch meines ehemaligen Freundes erfahren hatte. Die Nachricht war ein ziemlicher Schlag.

Er war mein erster fester Freund, wir blieben rund drei Jahre zusammen. Ich träumte sogar von einer gemeinsamen Zukunft mit ihm. Doch dann verschwand er im November 1964 von einem Tag auf den anderen. Dass er beim Versuch zur Republikflucht geschnappt worden war, erfuhr ich später von einer Nachbarin. Ich fiel aus allen Wolken, hatte nichts von einem Fluchtplan geahnt. Andererseits konnte ich mir nun endlich erklären, warum er sich in den Wochen zuvor immer mehr zurückgezogen hatte.

Ich kannte ihn aus der Fontane-Oberschule in Neuruppin. Er ging in die Parallelklasse, wir waren oberflächlich befreundet. Nach dem Abitur begann er wie ich, Medizin an der Humboldt-Uni in Berlin zu studieren. Diese Fachrichtung lag bei ihm in gewisser Weise in der Familie. Sein Vater war Provinzialarzt, seine Mutter Krankenschwester. Ich erinnere mich, dass mein Freund mich zu Beginn des Studiums immer mit seiner Vespa aus Neuruppin abholte. Dann brausten wir mit der knatternden Maschine übers Land, den Wind im Haar und die große Stadt vor Augen. Wir schlugen ein neues Kapitel auf, fuhren unserer Zukunft entgegen.

Als ich später meine eigene Wohnung hatte, wurden wir bald ein Paar. Für mich waren unsere gemeinsamen Jahre eine schöne Zeit. Manchmal besuchten wir seine Eltern in ihrem großen Haus mit dem schönsten Garten in Fehrbellin. Dort wuchsen Spargel und Obst, und im Sommer grillten wir fleißig. Mein Freund wohnte in einem Berliner Hinterhofhaus und hatte dort eine perfekte Studentenbude. Seine Tür stand stets offen. In jener Zeit ohne Telefone kamen Gäste meist unangekündigt, doch jeder war willkommen. Es herrschte ein ständiges Kommen und Gehen.

Wir verbrachten glückliche Stunden in dieser Wohnung, hörten Schallplatten, diskutierten, lauschten aus einem schepperigen Transistorradio der neuesten Musik aus Ost und West. Wir Ostberliner gehörten zu den Privilegierten, die Westradio empfangen konnten. Getanzt haben wir natürlich auch: *Itsy Bitsy Teenie Weenie Yellow Polka Dot Bikini.*

Mein Freund hatte gute Kontakte nach Westberlin, so kamen regelmäßig Freunde aus der Bundesrepublik vorbei, die uns über die politischen und gesellschaftlichen Entwicklungen jenseits der Mauer auf dem Laufenden hielten. Besonderen Trubel gab es, wenn es jemandem gelungen war, Modezeitungen an den Grenzbeamten vorbeizuschmuggeln. Darin studierte ich immer die neuesten Trends. So bekam ich tolle Ideen für schicke Kleider, die ich mir von einer Schneiderin nähen ließ.

Dass mein Freund und ich uns nach einer Weile immer seltener trafen, führte ich auf das Studium zurück. Es blieb mir aber auch nicht verborgen, dass er sich zunehmend abnabelte. Zuletzt hatte er nur noch selten Zeit, musste immer häufiger zu irgendwelchen »Versammlungen«. Manchmal hegte ich sogar den Verdacht, dass eine andere Frau dahintersteckte. Rückblickend gehe ich davon aus, dass es sich bei den Versammlungen um Vorbereitungen zur Flucht handelte.

Im Herbst 1964 blieb die zuvor stets offene Tür seiner Hinterhofwohnung auf einmal dauerhaft verschlossen. Man klopfte vergeblich, auch ich. Dann erfuhr ich von der missglückten Republikflucht und dass er und sein Kumpan erwischt worden waren, deshalb für zwei Jahre ins Gefängnis mussten. Genaue Informationen über das Wo und Wie brachte ich nicht in Erfahrung. Natürlich war ich bestürzt über seine Verhaftung, aber auch sauer, weil er mich nicht in seine Pläne einbezogen, mich einfach sitzen gelassen hatte. Ich besuchte ihn nicht im Gefängnis. An etwas festhalten zu wollen, das längst verloren war, lag mir nicht. Stattdessen blickte ich nach vorne, konzentrierte mich auf meine verbliebenen Freunde und mein Studium.

Bei meinem Osterurlaub im Frühling ’65 in Budapest war er für mich kein Thema mehr. Ich hatte zu viel Enttäuschung erlebt. Dass ich Hans Christians Kuss zurückwies, hatte weniger mit dieser vergangenen Episode zu tun als mit meiner Erziehung. Für mich galt: Ich küsse keinen Mann, den ich kaum kenne, schon gar nicht beim ersten Treffen. Es dauerte noch eine Weile, bis ich erkannte, wie viel Kraft unsere Begegnung bereits freigesetzt hatte.

Genfer Studien

Während der Rückreise nach Genf kreisten meine Gedanken unaufhörlich um Isolde, doch die Enttäuschung über den unterkühlten Abschied legte sich nach einer Weile. Wahrscheinlich war ich einfach zu forsch gewesen. Vielleicht hing Isolde doch noch an ihrem ehemaligen Freund. Peters Bericht über dessen gescheiterten Fluchtversuch schien mir jetzt wie eine Mahnung, die mich an die fast vollständige Unüberwindbarkeit des Eisernen Vorhangs erinnerte. War es für einen Mann aus dem Westen in dieser politisch unsicheren Zeit nicht voreilig, vielleicht sogar naiv, sich in ein Mädchen aus der DDR zu verlieben? Welche gemeinsame Zukunft hätte uns schon erwartet? Mit meiner Schwärmerei für Isolde hatte ich die Grenze, die uns trennte, einfach ignoriert. Doch die konnte man nicht ignorieren. Sie war eine bittere Realität aus Eisen und Beton.

So erinnerte ich mich daran, was Bertil mir tröstend und sicher zu Recht über die vielen Mädels des Westens gesagt hatte. Zugleich redete ich mir ein, dass es vielleicht sinnvoll war, dass Isolde und ich uns nicht nähergekommen waren, denn so konnte ich mich wieder voll auf mein Studium konzentrieren.

Mein Institut lag direkt am Ufer des einmalig schönen Genfer Sees, ganz in der Nähe des Ariana-Parks mit dem kolossalen *Palais des Nations*, das in der Zwischenkriegszeit als Sitz des Völkerbundes gedient hatte und nun zur UNO gehörte. Das Stipendium, das ich vom schweizerischen Staat bekam, umfasste zwei Studiensemester, von denen ich das erste bereits hinter mir hatte. Die Monate von September bis März waren eine gleichermaßen lehrreiche und glückliche Zeit gewesen. Die Professoren waren akademische Kapazitäten, die uns Studenten in ihren Vorlesungen zu begeistern wussten, die ganze Atmosphäre war ehrwürdig und inspirierte zum ernsthaften Lernen. Es fiel mir nicht schwer, regelmäßig die Vorlesungen zu besuchen, und ich mochte die ruhigen Stunden in der umfangreichen UNO-Bibliothek, wo ich für meine Seminararbeiten büffelte. Es mangelte allerdings auch nicht an Freizeitbeschäftigung.

Mit meinem Kommilitonen Charles, den ich in Genf kennengelernt hatte, verband mich inzwischen eine enge Freundschaft. Gemeinsam hatten wir ein kleines Haus in Petit-Lancy, ein paar Kilometer vom Stadtzentrum entfernt, gemietet. Dort lebten und arbeiteten wir und empfingen außerdem viele Studienkameraden. Charles war der Sohn eines französischen Arztes und einer Senegalesin. Seine Eltern hatten sich während eines humanitären Einsatzes des Vaters im Senegal ineinander verliebt. Charles selbst war mit einer jungen Dänin liiert. Gemeinsam unternahmen wir viel, grillten im Garten oder machten Ausflüge in die Region. Ich genoss die französische Lebensart und die multikulturelle Gesellschaft. So verging mein zweites Genfer Semester wie im Flug, und die Erinnerungen an die Geschehnisse in Budapest traten immer mehr in den Hintergrund. Ich hatte den Tanz mit dem Feuervogel schon fast vergessen, als im Juli, kurz bevor ich wieder nach Schweden abreisen wollte, in meinem Briefkasten eine Postkarte aus Berlin landete.

Auf nach Berlin

Für die Dauer meines Stipendiums hatte ich zusätzlich ein Studiendarlehen aufgenommen, von dem ich meinen Lebensunterhalt bestritt. Als ich am Ende des zweiten Genf-Semesters noch Geld übrig hatte, beschloss ich, mir einen gebrauchten VW-Käfer zu kaufen. Er war vier Jahre alt, weiß, noch gut erhalten und äußerst günstig. Schon nach wenigen Kilometern war mir das Auto ans Herz gewachsen. Während meiner letzten Wochen in der Schweiz unternahmen Charles, seine Freundin und ich traumhafte Touren entlang des sommerlichen Genfer Sees und in die nahe gelegenen Berge. Damit stimmten wir den knatternden Boxermotor auf seine lange Reise nach Stockholm ein. Als dann jedoch meine Abfahrt direkt bevorstand, wollte ich die Heimreise in zwei Etappen zurücklegen, weil ich einen Abstecher über Berlin eingeplant hatte. Der Grund dafür war natürlich die Postkarte.

Eigentlich stand nichts Besonderes darauf: »Ich habe mich gefreut, dich kennenzulernen. Vielleicht sehen wir uns irgendwann mal wieder. Herzliche Grüße, Isolde.«

Viel wichtiger als die Worte schien mir die Tatsache, dass die Karte überhaupt geschrieben worden war. Und dass Isolde ihre Berliner Adresse darauf notiert hatte. Ich wollte herausfinden, wie und warum es dazu gekommen war. So machte ich mich an einem strahlenden Julimorgen in aller Herrgottsfrühe auf den Weg nach Berlin.

Als ich am Nachmittag des folgenden Tages die DDR-Grenze erreichte, brannte die Sonne unerbittlich vom Himmel herab. Ein Grenzer verlangte meine Papiere und fragte nach meinem Reiseziel.

»Ostberlin«, antwortete ich und reichte ihm meinen Pass. »Ich möchte dort ein paar Tage bleiben, bevor ich mit der Fähre von Saßnitz nach Schweden weiterfahre.«

»Das geht aber nicht«, sagte der Wachbeamte nach Prüfung der Sichtvermerke. »Sie haben kein Visum, und ohne Visum dürfen Sie sich nicht in der DDR aufhalten.«

»Wie kann ich denn ein Visum bekommen?«, fragte ich.

Zu meiner Überraschung war die Antwort des Kontrolleurs sehr konstruktiv: »Entweder fahren Sie direkt zur Fähre in Saßnitz oder erst nach Westberlin. Dort können Sie um ein Tagesvisum für Ostberlin ersuchen.«

Natürlich entschied ich mich, nach Westberlin zu fahren. Zuvor wurde mir vom Grenzer noch eingebläut, dass ich als Ausländer aus dem Westen die Transitautobahnen der DDR nur zur zügigen Durchfahrt, nicht aber für Abstecher ins Land nutzen durfte. Lediglich kurze Pausen an Rasthöfen oder Autobahntankstellen waren erlaubt, Kontaktaufnahme zu DDR-Bürgern dabei streng verboten. All das war mir bereits bekannt, aber ich hörte mir die Instruktionen geduldig an und quittierte sie am Ende mit einem verständnisvollen Nicken. Danach konnte ich endlich Gas geben.

An der Grenze zu Westberlin musste ich mich nervenaufreibenden Kontrollen stellen. Es war das erste Mal, dass ich mit dem Auto die DDR verließ, deshalb war ich auf die Pingeligkeit der Beamten nicht vorbereitet. Sie war bemerkenswert. Seit der Errichtung der Berliner Mauer waren die Grenzübergänge der DDR nur noch für hohe Parteigenossen, erfolgreiche Sportler, einige Künstler und dem Regime treu ergebene Diener durchlässig. Rentner, die die Regierung mehr oder weniger als finanzielle Belastung ansah, weil sie keine Arbeitskraft mehr einbrachten, durften auf Westbesuch fahren oder einen Antrag auf »ständige Ausreise« stellen. Den übrigen DDR-Bürgern waren Reisen ins westliche Ausland, darunter auch Westberlin, untersagt. Sie hätten von dort zu leicht in die Bundesrepublik oder andere freie Länder abhauen können. Dies war ja letztlich auch der Grund, warum die Berliner Mauer überhaupt gebaut wurde. Die Folge war, dass an der Mauer jedes in den Westen ausreisende Auto als potenzielles Fluchtfahrzeug eingestuft und penibel untersucht wurde. Das galt auch für meinen Käfer.

Der Grenzbeamte, der mich kontrollierte, war eine imposante Erscheinung. Trotz der Hitze des Sommerabends trug er eine schwere graue Uniform mit silbernen Rangabzeichen auf Schultern und Jackenaufschlägen. An seinem Gürtel hing unübersehbar ein Holster mit Pistole. Schwitzend schob er seine Schirmmütze mit dem DDR-Staatswappen – Hammer und Zirkel im Ährenkranz – nach hinten und machte sich an die Arbeit.

Ich staunte nicht schlecht über seine Gewissenhaftigkeit. Jeder Hohlraum wurde durchstöbert, jede Klappe geöffnet, jeder Sitz hin und her geschoben. Danach öffnete der Mann den Kofferraum an der Vorderseite des Käfers. Dort befand sich auch der Tank, in dem er mit einem langen Metallstab herumstocherte, um sicherzugehen, dass sich darin auch wirklich nur Benzin und nichts anderes befand. Schließlich schob er einen auf Rädern montierten Spiegel unter das Auto, um nachzuschauen, ob ... ja, was eigentlich? Zu guter Letzt durchwühlte der graue Mann meinen Koffer. Nach einer guten Viertelstunde wurde ich endlich zu den Westberliner Grenzposten entlassen, die sich nicht länger als eine Minute mit der Prüfung meines Passes und meiner Autoversicherungskarte aufhielten. Damit war ich in Westberlin und die erste Etappe geschafft. Müde von der langen Fahrt nahm ich mir für zwei Nächte ein Zimmer in der Nähe des Tiergartens.

Am nächsten Tag fuhr ich früh am Morgen zum bekanntesten Grenzübergang nach Ostberlin: dem Checkpoint Charlie. Auf der Westseite winkte man mich mit einer lässigen Handbewegung weiter, auf der DDR-Seite wurde ich prompt gestoppt. Ich musste das Auto parken, den Schlüssel stecken lassen und mich zu einer Baracke begeben, wo ein Beamter mich aufforderte, den Inhalt meiner Aktentasche vor ihm auszubreiten. Darauf war ich vorbereitet. Mit Ausnahme von fünf Schallplatten, die ich zusammen mit Isolde hören wollte, hatte ich vorsichtshalber mein gesamtes Gepäck in der Pension gelassen.

»Platten und Kassetten sind verboten«, dozierte der Grenzpolizist. »Sie können sie aber hierlassen und auf dem Rückweg wieder abholen.«

Natürlich war ich enttäuscht. Was das DDR-Regime an Schallplatten von Musikern wie Louis Armstrong, Ella Fitzgerald, Benny Goodman und Duke Ellington sowie der weltberühmten deutschen Sängerin Marlene Dietrich auszusetzen hatte, konnte ich nicht verstehen. Während ich mich fragte, was hinter dem Verbot stecken mochte, hakte der Grenzbeamte mit einem Blick in meine leere Aktentasche nach.

»Haben Sie auch Kassetten?«

Ich schüttelte den Kopf.

Da kapierte ich. Natürlich! Platten und Kassetten konnten mit anderen Inhalten bespielt sein als denen, die auf den Etiketten standen. Auf diese Weise hätten geheime, möglicherweise staatsgefährdende Botschaften von West nach Ost geschmuggelt werden können. Hier wurde an alles gedacht.

Am Visumschalter saß ein müder älterer Beamter mit Brille und buschigem Schnäuzer. Von ihm kaufte ich ein Visum, das für 24 Stunden gültig sein sollte.

»Beachten Sie, dass Sie nicht über Nacht bleiben dürfen«, sagte er mit eindringlichem Blick über seine runden Brillengläser. »Sie müssen unbedingt vor Mitternacht wieder zurück sein.«

Ich schaute ihn fragend an.

»Entschuldigen Sie, aber ich glaube, ich habe mich verhört. Wie kann ich denn 24 Stunden in Ostberlin verbringen, ohne über Nacht zu bleiben? Das verstehe ich nicht.«

»Das ist Ihr Problem«, erwiderte er schnodderig »Sie brauchen es auch gar nicht zu verstehen. Hauptsache ist, dass Sie mich verstanden haben. Sehen Sie einfach zu, dass Sie rechtzeitig zurück sind.«

Die Kontrolle von Auto und Pass ging diesmal erstaunlich zügig. Als ich endlich in Ostberlin einrollte, war es, als befände ich mich in einer anderen Stadt. Auf einmal fuhren nur noch Trabis, vereinzelte Wartburgs und Skodas durch die Straßen, sodass ich mir mit meinem Käfer wie ein Exot vorkam. Viele Häuser wirkten verfallen und düster, es gab kaum Verkehr und nur wenige Geschäfte. Das Einzige, was es im Überfluss zu geben schien, waren Parkplätze.

Mit meinem ziemlich ungenauen Stadtplan hatte ich zunächst Mühe, mich zurechtzufinden, doch nach ein paar Umwegen über holperige Kopfsteinpflasterkreuzungen, die alle gleich aussahen, erreichte ich die Adresse, die auf der Postkarte gestanden hatte: Metzer Straße 17. Hier sollte Isolde wohnen, zweiter Hinterhof, vierter Stock. Während ich die Treppen hochstieg, musste ich immer wieder daran denken, was Isolde mir im Zug nach Prag erzählt hatte: »Außer Schwimmen treibe ich keinen anderen Sport. Das ist auch nicht nötig.«

Als ich keuchend in der vierten Etage angekommen war,

hielt ich ein paar Sekunden inne, um zu verschnaufen. Dann straffte ich mich, wischte mir den Schweiß von der Stirn und drückte den Klingelknopf.

Unerwarteter Besuch

Mir wurde ganz warm ums Herz, als ich an jenem Julivormittag die Wohnungstür öffnete und Hans Christian im Flur stehen sah. Drei Monate waren vergangen, seitdem wir uns in Ungarn getrennt hatten. Während dieser Zeit hatte ich immer wieder an ihn gedacht, mich gefragt, wie es ihm wohl ging. Ich war nicht glücklich darüber, wie unsere gemeinsame Zeit in Budapest geendet hatte. Nicht, dass ich ein schlechtes Gewissen hatte, aber es tat mir ehrlich gesagt leid, dass ich Hans Christian nach dem zurückgewiesenen Kuss ohne jegliche Erklärung einfach im Treppenhaus hatte stehen lassen. Von meiner Seite war das zwar nicht böse gemeint, doch Hans Christians Enttäuschung nach meinem »Ich muss jetzt leider gehen« war mir nicht entgangen. Außerdem hatte ich ihm seine Fragen nicht beantwortet, die mir nach der Rückkehr nach Berlin immer öfter durch den Kopf schwirrten: »Werden wir uns wiedersehen? Willst du das?« Ja, das wollte ich.

Zum Glück fand ich ganz unten in meiner Tasche noch den Zettel, auf dem Hans Christian mir seine Genfer Adresse notiert hatte. Besuchen konnte ich ihn dort nicht, aber ich konnte ihm schreiben. Das tat ich. Seitdem öffnete ich täglich voller Erwartung meinen Briefkasten. Immer häufiger fragte ich mich, ob er noch etwas für mich empfand, doch die erhoffte Antwort blieb aus. Allmählich wuchs die Gewissheit, dass wir uns wahrscheinlich nie wiedersehen würden. Das war ein seltsames Gefühl. Es schien so endgültig.

Umso größer war meine Überraschung, als der Mann aus Schweden plötzlich vor mir stand, wie zuletzt in einem alten braunen Trenchcoat. Er trug einen gestreiften Schlips, der gar nicht zu ihm passte, doch an diesem Tag noch eine äußerst wichtige Rolle spielen sollte. Ich freute mich irrsinnig, diesen Mann wiederzusehen.

»Ich habe deine Ansichtskarte bekommen«, sagte er mit einem ulkigen Gesichtsausdruck, der anfangs frech und ein wenig herausfordernd wirkte, sich aber schnell in ein übermütiges Lachen verwandelte. Als Hans Christian die Arme ausbreitete, fiel ich ihm um den Hals und schmiegte mich an seine Brust. Dann nahm ich ihn bei der Hand und zog ihn in meine kleine Bude.

Die »Nathalie« von Ostberlin

Isolde lebte spartanisch. Abgesehen davon empfand ich es für eine junge Studentin generell schon als Luxus, ein eigenes Reich im Herzen Berlins zu haben. Die gemütliche Wohnung hatte eine zweckmäßig eingerichtete Küche mit Gasherd und ein schönes großes Wohnzimmer mit zwei Fenstern, vor denen lange schwarz-grüne Vorhänge mit gelbem Blumenmuster hingen. Sofort kam mir der Gedanke, dass sich die Stoffbahnen ausgezeichnet dafür eigneten, die Räume vor unerwünschten Beobachtern zu schützen. Das war clever von Isolde.

Neben dem Fenster stand ein solider alter Schreibtisch mit zwei Stühlen, an der Wand ein bequemes Bettsofa, daneben ein übervolles Regal, auf dem ich zwischen Unmengen von Büchern auch einen Plattenspieler entdeckte. Zu schade, dass mir meine Schallplatten an der Grenze abgenommen worden waren.

Als Isolde bemerkte, dass ich den prachtvollen Kachelofen in der Zimmerecke bewunderte, sagte sie: »Ein schöner Ofen, nicht wahr? Allerdings muss ich die Kohle immer erst aus dem Keller hier hochtragen, das ist ganz schön anstrengend. Außerdem ist Kohle teuer. Lieber spare ich meine ›Kohle‹ für eine Konzertkarte. So schlage ich zwei Fliegen mit einer Klappe: Ich bekomme herrliche Musik und warme Füße. Wenn ich in den kalten Monaten doch mal zu Hause bin, behelfe ich mir mit einer warmen Wolldecke.«

Versonnen betrachtete sie den Ofen, dann winkte sie lachend ab und sagte: »Aber jetzt haben wir ja zum Glück keinen Winter. Und nun zu dir: Hast du Hunger?«

Und ob ich den hatte. In wenigen Minuten zauberte Isolde aus ihren spärlichen Vorräten eine kleine Mahlzeit auf den Küchentisch. Ich genoss jeden Bissen. Noch mehr aber genoss ich es, wieder mit Isolde zusammen zu sein. Hier in ihren eigenen vier Wänden war sie viel entspannter als in der Gemeinschaft ihrer ungarischen Freunde. Sie war ganz die dynamische, gut gelaunte junge Frau, die ich bei unserer ersten Begegnung im Zug kennengelernt hatte. Die kühle, unangenehme Stimmung, die unseren Abschied in Ungarn geprägt hatte, war wie weggeblasen. Immer noch fragte ich mich, was sie wohl veranlasst haben mochte, mir eine Postkarte zu schicken. Ob sie inzwischen bereute, dass sie an unserem letzten gemeinsamen Abend so abweisend gewesen war?

»Isolde, kannst du dir eigentlich vorstellen, wie traurig und enttäuscht ich nach unserem Abschied in Budapest war?«

»Gut so«, antwortete sie verschmitzt. »Das bedeutet doch, dass du mich mochtest. Und? Tust du das immer noch?«

Darauf wusste ich nichts zu erwidern. Doch mein Lächeln war wohl Antwort genug.

An diesem Vormittag erzählte mir Isolde von ihrem Ex-Freund. Sie hatte Mitleid mit ihm, war aber auch sehr enttäuscht, dass er zu fliehen versucht hatte, ohne sie in seine Pläne einzuweihen.

»Ich verspreche dir, nie vor dir zu fliehen, ohne dich zuvor zu informieren«, sagte ich halb im Spaß, halb flirtend. Die Bemerkung war scherzhaft gemeint, aber Isolde lehnte sich empört zurück und rief: »Bist du blöd? Er wollte doch nicht vor *mir* fliehen, sondern vor diesem ...«

Dieser Satz blieb unvollendet. Isolde verstummte, legte eilig ihren rechten Zeigefinger an die Lippen und deutete mit dem linken vielsagend in Richtung Nachbarwohnung. Ich verstand. In diesem Land musste man sich nicht nur vor neugierigen Blicken schützen, auch die Wände hatten Ohren.

»Und du?«, flüsterte ich Isolde zu. »Hast du nicht auch schon mal darüber nachgedacht zu fliehen?«

»Damit ich im Gefängnis lande?«, zischte sie im Flüsterton zurück, sprach aber dann in normaler Lautstärke weiter: »Nein, vielen Dank. Ich habe es gut. Schließlich habe ich hier meine Familie und meine Freunde. Was meinst du überhaupt damit? Wie sollte das gehen?« Eine Weile schien sie selbst nach einer Antwort auf diese Frage zu suchen, dann sagte sie entschieden: »Nein, daran wage ich nicht mal zu denken.«

Nachmittags wollte Isolde mir Ostberlin zeigen. Wir ließen das Auto stehen und schlenderten Seite an Seite die Prenzlauer Allee hinunter. An einer Straßenkreuzung versuchte ich vorsichtig, Isoldes Hand zu ergreifen. Diesmal zog sie sie nicht zurück. Damit stand es im Städtevergleich Berlin–Budapest 1 : 0 für Berlin.

Am Alexanderplatz kamen wir zu einem gigantischen Abrissgelände. »Hier wird demnächst das Fundament für einen 360 Meter hohen Fernsehturm gelegt«, erklärte Isolde. »Es interessiert dich sicher, dass eine schwedische Firma mit diesem Mammutprojekt betraut wurde.« Das interessierte mich in der Tat, denn es war ein gutes Beispiel für Ost-West-Handel, zu dessen Förderung ich nach meinem Studium beitragen wollte in der Hoffnung, dass sich die Staaten in Ost und West dadurch auch auf politischer Ebene annähern würden.

Immer noch Hand in Hand wanderten wir weiter zur ehemaligen Paradestraße Unter den Linden, die Marlene Dietrich in der Vorkriegszeit liebevoll mit folgenden Zeilen besungen hatte: *»Solang noch unter'n Linden die alten Bäume blüh'n, kann nichts uns überwinden. Berlin bleibt doch Berlin.«* – Der Gedanke daran, was später in der Welt und insbesondere in Berlin geschah, ließ uns erschauern. Die Stadt lag zwar nicht mehr in

Trümmern, dafür war sie durch eine Mauer geteilt, die den prachtvollen Boulevard am Brandenburger Tor jäh abschnitt. Nein, Berlin war gewiss nicht so geblieben, wie es einst gewesen war.

Mit Isolde als Fremdenführerin schwirrte mir allerdings schon ein anderes Chanson durch den Kopf: »Nathalie«. In dem Lied besang der französische Sänger Gilbert Bécaud eine junge russische Fremdenführerin, die ihm die Sehenswürdigkeiten Moskaus zeigte und ihm dabei mit ihrem blonden Haar, ihrer Schönheit und ihrem charmanten Namen den Kopf verdrehte: *»La place Rouge était vide, devant moi marchait Nathalie, il avait un joli nom, mon guide, Nathalie …«* (frei übersetzt: »Am Roten Platz war es öde, mir lief ein Stück voraus Nathalie, sie war noch schöner als ihr Name, Nathalie …«)

Wir waren nicht in Moskau, sondern in Ostberlin, aber einen betörenden *Guide* mit einem hübschen oder sogar romantisch klingenden Namen hatte auch ich. Unwillkürlich begann ich, die Melodie von »Nathalie« vor mich hin zu summen, was Isolde aufhorchen ließ. Mein Gesumme wurde allerdings bald von gehaltvolleren Klängen übertönt. Aus dem Innern des Berliner Doms drang Orgelmusik an unsere Ohren. Sie wirkte wie das Bauwerk mit den grauschwarzen, noch vom Krieg gezeichneten Mauern: bombastisch und erhebend, aber auch ein bisschen düster. Eine Weile blieben wir vor dem Domportal stehen und lauschten verzückt dem Gratiskonzert. Es war nicht so farbenprächtig und pompös wie der *Feuervogel* in der Budapester Oper, aber musikalisch und atmosphärisch für mich umso beeindruckender. Auch Isolde schien aufrichtig ergriffen. So verbuchte ich insgeheim das 2 : 0 für Berlin.

Nachdem der letzte Ton verklungen war, flanierten wir weiter zum historischen Zeughaus, in dem das *Museum für deutsche Geschichte* untergebracht war. Isolde schien nicht sonderlich angetan von meiner Idee, dem Museum einen Besuch abzustatten, aber ich überredete sie, weil ich hoffte, dort mehr über die jüngere deutsche Geschichte zu erfahren. Ich wurde enttäuscht.

Die Ausstellung schien in erster Linie den Eindruck vermitteln zu wollen, dass die gesamte ostdeutsche Bevölkerung die sowjetischen Streitkräfte am Ende des Zweiten Weltkriegs als ihre Befreier begrüßt hatte. Es ging mehr um Propaganda als um wirkliches Geschichtsbewusstsein. Sehr bald verstand ich Isoldes Vorbehalte gegen das Museum. Wir blieben nicht lange. Stattdessen setzten wir unseren Spaziergang Unter den Linden (oder wie Isolde sagte »die Linden runter«) fort bis zum Brandenburger Tor mit der Quadriga, das jetzt allerdings mit Barrikaden abgesperrt war. Dahinter lag Westberlin, so nah, doch für Isolde unerreichbar.

Bis zum Beginn des Mauerbaus am 13. August 1961 hatte man das Tor beinahe ungehindert durchqueren können. Ich musste an Billy Wilders Komödie »Eins, Zwei, Drei« mit ihren schreiend komischen Szenen vor dem Portikus denken. Während der Dreharbeiten 1961 wurde Wilder vom Mauerbau überrascht. Unvollendete Szenen am Brandenburger Tor mussten im Studio nachgedreht werden. Als der Film später in die Kinos kam, wurde er in Ostberlin nicht gezeigt. Isolde hatte ihn jedenfalls nicht gesehen.

Während wir dastanden und das imposante Bauwerk aus der Ferne betrachteten, flüsterte ich Isolde zu: »Was hast du eigentlich empfunden, als die Mauer gebaut wurde? Das muss doch ein ordentlicher Schock für dich gewesen sein, oder?«

»Ja«, flüsterte sie und nickte. »Das war es in der Tat. Wir wurden alle davon überrascht.«

Die Fähre, die nie ablegte

An den Tag des Mauerbaus erinnere ich mich gerade deshalb so gut, weil ich ihn nicht in Berlin erlebte, denn meine Schwester Helga und ich verbrachten den Sommerurlaub an der Ostsee. Ich sehe bis heute vor mir, wie wir am 13. August 1961 vor dem

Leuchtturm von Warnemünde standen – lachend, mit Sonnenhüten und Taschen für einen längeren Ausflug gerüstet. Wir wollten eine Schiffsreise nach Gedser in Dänemark machen. Aus heutiger Perspektive könnte einem dabei schnell der Gedanke an Ausreise oder Flucht kommen, doch wir hatten nicht die Absicht, die DDR zu verlassen. Uns war völlig klar, dass wir in Gedser nicht hätten an Land gehen dürfen. Darum ging es nicht. Wir wollten uns einfach auf einer Seepartie von den Wellen durchschaukeln und den Wind um die Nase wehen lassen.

Im Hafen von Warnemünde standen wir mehrere Stunden in einer langen Menschenschlange. Zunehmend ungeduldig warteten wir darauf, an Bord gelassen zu werden. Die Fähre lag am Kai vertäut, die Mannschaft war zur Stelle, trotzdem herrschte Stillstand. Selbst als die geplante Abfahrtszeit schon lange überschritten war, bewegte sich nichts. Irgendwann kam die Ansage, heute würde kein Schiff mehr den Hafen verlassen. Einfach so, ohne eine Erklärung. Verwirrt und enttäuscht zogen wir von dannen.

Ob wir beunruhigt waren? Ich glaube nicht. Eher waren wir verärgert über die verschwendete Zeit und die kommentarlose Absage. Sicher mutmaßten wir auch ins Blaue, woran die Stornierung gelegen haben konnte. Ein betrunkener Kapitän, ein desolater Schiffsmotor, ein Sturm auf See? Erst Stunden später ging in Warnemünde die Nachricht um, dass man begonnen hatte, einen Stacheldrahtzaun um Westberlin herum zu ziehen. Anfangs war das Ganze eher ein Gerücht, doch es erhärtete sich schnell. Bald hörte man Geschichten von Ostberlinern, die in Westberlin Arbeit hatten, von dort aber nach Feierabend nicht mehr zu ihren Familien zurückkehrten. Für mich klang das alles unwirklich. Zwar war die Absage unserer Seereise unter diesen Vorzeichen auf bittere Weise folgerichtig, trotzdem überstieg die Idee einer dauerhaft abgeriegelten Grenze meine Vorstellungskraft.

Helga und ich blieben bis zum Ferienende an der Ostsee, ohne uns allzu viele Gedanken über das Stacheldrahtphantom zu machen. Mit einem vagen Gefühl der Ungewissheit fuhren wir eine Woche später mit dem Dampfzug zurück nach Berlin. Dort sah ich sie zum ersten Mal mit eigenen Augen: diese Mauer. Alles war provisorisch, es gab noch keine Wachtürme und Todesstreifen. Doch die Mauerabschnitte wurden stetig höher. Ihre Endgültigkeit warf Tag für Tag längere Schatten. Sicher dachten viele daran, über diese Grenze in den Westen zu fliehen, aber nur wenige wagten einen Versuch. Manchen gelang die Flucht, andere bezahlten ihren Mut mit dem Leben.

Für mich persönlich kann ich allerdings nicht behaupten, dass mir das Gefühl, eingesperrt zu sein, auf Anhieb bewusst wurde oder dass ich den Mauerbau gezielt mitverfolgte. Auf meinen täglichen Wegen von der Uni nach Hause oder zu Besuchen bei Freunden war ich nie mit der Grenze konfrontiert, und an neuralgischen Punkten wie dem Brandenburger Tor hielt ich mich normalerweise nicht auf. An der Friedrichstraße jedoch, wo ich regelmäßig ins Theater und Kabarett ging, bekam ich die Bauarbeiten für den berüchtigten Grenzübergang mit, dessen Abfertigungsgebäude später den traurigen Spitznamen »Tränenpalast« bekommen sollte.

Von Beginn an schien mir das Gerede vom »antifaschistischen Schutzwall« und der »Friedensmauer«, die uns vor subversiven und konterrevolutionären Elementen schützen sollte, unglaubwürdig. In Wahrheit wollte man verhindern, dass täglich Tausende qualifizierte, arbeitsfähige Menschen wie Ärzte, Ingenieure, Facharbeiter nach Westberlin gingen, um von dort in die Bundesrepublik abzuwandern und nicht wiederzukommen. So konnte es für Walter Ulbricht und die Mächtigen im Zentralkomitee nicht weitergehen, denn die DDR verlor die Stützen der Gesellschaft an den Westen. Darum beschloss Ulbricht mit Moskaus Einverständnis, eine Mauer um Westberlin zu ziehen.

Für meine Familie bedeutete der Mauerbau, dass wir nicht mehr die Schwester meines Vaters in Frankfurt am Main, auch nicht meinen Onkel und dessen Frau in Wuppertal besuchen konnten. Umgekehrt wurde es für diese und andere Verwandte und Bekannte aus dem Westen komplizierter, zu uns zu kommen. So reduzierten sich Kontakte, die vorher vital und persönlich gewesen waren, auf den Austausch von Briefnachrichten. Erst dadurch verfestigte sich das unbehagliche Gefühl, eingesperrt zu sein. Es wurde zum täglichen Begleiter.

Neben der eingeschränkten Freizügigkeit gab es die zeitlichen Begrenzungen. Wenn doch mal Bekannte aus Westberlin zu Besuch kamen, waren sie immer nur auf Abruf vor Ort, denn es war ein ehernes Gesetz, dass sie vor Mitternacht zurück am Grenzübergang sein mussten, weil dann ihre Tagesvisa abliefen. Vielleicht lag es an meinem inneren Widerstand gegen die Schranken des DDR-Alltags, dass ich diese Regel nicht verinnerlichte. Am Tag von Hans Christians überraschendem Besuch vergaß ich sie jedenfalls vor lauter Aufregung. An diesem Abend ignorierten wir die Zeit.

Der Check am Checkpoint Charlie

Auf dem Rückweg vom Brandenburger Tor sahen wir schon von Weitem den Turm des Berliner Rathauses in den Himmel ragen. Mit seiner markanten Form und der weithin sichtbaren Uhr dominierte er die Szenerie. Isolde erklärte, dass das stolze Bauwerk während des Krieges durch Bomben beschädigt und später restauriert worden war, dass es wegen seiner roten Klinkerfassade im Volksmund nur Rotes Rathaus hieß und es im Keller eine erst kürzlich wiedereröffnete Gaststube gab. Letztere Information kam mir gerade recht. Nach dem langen Fußweg an der frischen Luft hatte ich riesigen Kohldampf. Isolde ging es genauso. Wir beschlossen, das Lokal aufzusuchen.

Das Ratskellergewölbe mit seinen massiven Stützpfeilern, Bleiglasfenstern und Deckenleuchten strahlte rustikale Gemütlichkeit aus. An den Wänden standen lange stabile Holzbänke, davor schwere Eichentische. Wir nahmen Platz. Die Speisekarte bot Wein, Bier und deutsche Spezialitäten von Schnitzel bis Bratwurst. Ich entschied mich für Schweinefilet, Isolde für Sauerbraten. Mit einem Glas Rotwein feierten wir unser Wiedersehen, ließen die Eindrücke des Tages Revue passieren und kamen so auch wieder auf das Thema Mauer.

»Dass viele Menschen und damit Fähigkeiten und Kenntnisse in den Westen abwandern, ist ja nicht von der Hand zu weisen«, sagte ich. »Hattest du vielleicht ein gewisses Verständnis dafür, dass man diese Menschen mit einer Mauer davon abhalten wollte?«

Isolde nippte nur an ihrem Weinglas und sah mich fragend an. Um zu verdeutlichen, worauf ich hinauswollte, fügte ich etwas forscher hinzu: »Oder anders gesagt: Die Mauer dient doch wohl dazu, ein Regime an der Macht zu halten, das die meisten Menschen nicht wollen, viele sogar verabscheuen. Wie stehst du zu diesem Gedanken?«

Auch diese Frage blieb in der Luft hängen, denn in diesem Moment kam der Ober an unseren Tisch. Nachdem er mit ein paar flotten Berliner Sprüchen die appetitlich duftenden Gerichte vor uns abgestellt hatte, nahm unser Gespräch ganz von selbst eine andere Richtung. Nun plauderten wir über unsere Eltern und Geschwister, unsere Studien und Zukunftspläne und vergaßen dabei die sonst alles überschattende politische Situation.

Die Zeit verflog in Windeseile. Als ich auf meine Armbanduhr sah, war es bereits zehn Minuten vor eins. Schlagartig erinnerte ich mich daran, was mir der Grenzpolizist so nachdrücklich mit auf den Weg gegeben hatte: *»Sie müssen unbedingt vor Mitternacht wieder zurück sein.«*

»Oje«, rief ich aufgeregt. »Jetzt hab ich's aber verdammt eilig.«

Isolde erfasste sofort den Grund für meine plötzliche Hektik. »Oje«, rief auch sie. »Ist es wirklich schon so spät? Dann bekommst du bestimmt Schwierigkeiten an der Grenze.«

Ich gab dem Kellner zu verstehen, dass ich schleunigst zahlen wollte.

Draußen erwischten wir erstaunlich schnell ein Taxi, das uns in die Metzer Straße brachte, wo ich mein Auto geparkt hatte. Auf der Fahrt legte ich meinen Arm um Isolde, und wir schmiegten uns eng aneinander. Später, beim Abschied vor ihrer Haustür, kramte sie ein kleines Foto von sich selbst aus ihrer Handtasche. Eilig kritzelte sie ein paar Worte auf die Rückseite, die ich wegen der schummerigen Straßenbeleuchtung nicht entziffern konnte. Dann schenkte sie mir das Bild. Ich steckte es in die Jackentasche, legte meine Hände um Isoldes Taille und zog sie an mich. Diesmal gab es keinen Widerstand. Mit einem langen innigen Kuss, der jede Eile vergessen machte, nahmen wir Abschied voneinander. Danach flüsterte ich leise: »Morgen komme ich wieder.«

Damit schwang ich mich ins Auto, gab Gas und sauste los. Im Rückspiegel sah ich die rasant kleiner werdende Isolde, die auf der Straße stand und mir nachwinkte. Lächelnd dachte ich: »3 : 0 für Berlin.«

Während ich Richtung Checkpoint Charlie raste, freute ich mich schon darauf, Isoldes Foto in Ruhe zu betrachten und ihre Notiz zu lesen. Doch dann fiel mir ein, dass das Souvenir das Misstrauen der Grenzbeamten wecken konnte. Auf keinen Fall wollte ich, dass es konfisziert wurde. Das musste ich unbedingt verhindern. Kurz vorm Grenzübergang hielt ich am Straßenrand und holte das Bild aus der Jackentasche. Auf der Rückseite waren vier kleine Wörter zu lesen: »Liebling, komm bald wieder.«

Diese Botschaft erwärmte mein Herz und machte das Geschenk noch viel wertvoller. Umso gründlicher musste ich das kleine Stück Papier vor den Grenzern verstecken. In unserem gemeinsamen Interesse durfte das verräterische Zeugnis unserer Zuneigung am Checkpoint nicht gefunden werden, sonst hätte man mich bestimmt unter Druck gesetzt, Isoldes Identität preiszugeben, oder sie auf anderen Wegen herausgefunden. Vielleicht hätte man ihr dann nicht länger erlaubt, nach Ungarn oder in andere sozialistische Länder zu reisen, oder ihr sogar den Studienplatz entzogen.

Aber was sollte ich mit dem Foto machen? Um es zu zerreißen oder wegzuwerfen, war es mir zu kostbar. Wenn ich es hingegen in der Jackentasche oder meiner Geldbörse ließ, war die Gefahr groß, dass es entdeckt wurde. Auch im Auto gab es kein geeignetes Versteck. Es war klar, dass man den Käfer gründlich unter die Lupe nahm, während ich in der Baracke meinen Pass vorzeigte und die LPs abholte.

Weil mir nichts Besseres einfiel, schob ich das Foto ganz tief in mein Brillenetui hinein, schob die Brille darüber und steckte das Ganze deutlich sichtbar – und damit betont unverdächtig – in die linke Brusttasche meiner Jacke.

Als ich mich dem Schlagbaum näherte, war es halb zwei. Ein bisschen hoffte ich, dass die Wachposten genau so müde waren wie ich und sie es bei einer Routinekontrolle beließen. Vergeblich. Sie waren nicht nur hellwach, sondern aufgrund meiner Verspätung auch überaus misstrauisch. Sie unterzogen mich einer minutiösen Untersuchung.

Das Gebäude, das ich betrat, ähnelte der Baracke, in der ich am Morgen meine Schallplatten hatte abgeben müssen. Auch das Prozedere war ähnlich. Wieder legte ich mein einziges Gepäckstück – die immer noch leere Aktentasche – vor, wieder gab ich meinen Pass ab. Dazu kam noch die Währungsdeklaration. Seit Dezember 1964 galt für westliche Touristen ein Zwangsumtausch von mindestens fünf Westmark pro Person und Besuchstag. Bei der Einreise nach Ostberlin hatte ich mein gesamtes Bargeld deklarieren müssen, jetzt musste ich die fehlenden Beträge nachweisen. So hofften die Behörden, den schwarzen Geldwechsel unterbinden zu können. Hier hatte ich nichts zu befürchten, dennoch musste ich sehr lange auf meine Abfertigung warten.

Minute um Minute verstrich, ohne dass etwas passierte. Um mir die Zeit zu vertreiben, blätterte ich in einer Broschüre über die »Mauer des Friedens«, die auf dem Tisch neben mir auslag.

Die fadenscheinigen Gründe, mit denen die Mauer in dem Pamphlet gerechtfertigt wurde, brachten mich noch mehr aus der Ruhe als die elende Hängepartie. An der Wand hing ein Bild von Willi Stoph, Vorsitzender des Ministerrats der DDR. Er lächelte milde auf mich herab.

Nach zwanzig Minuten tauchte endlich ein Beamter auf, doch statt mir meinen Pass zurückzugeben, forderte er mich auf mitzukommen. Er führte mich in einen winzigen, weiß gekalkten Raum, in dem er mich ohne ein Wort der Erklärung allein ließ, was ich einigermaßen beunruhigend fand. Was konnte man jetzt von mir wollen? Ob man mich durch ein Loch in der Wand oder auf andere Weise beobachtete? Ich wusste es nicht, ahnte nur, dass mir etwas Unangenehmes bevorstehen konnte. Mit ihrem abgenutzten Tisch, den beiden Holzstühlen und dem hohen schmalen Schrank neben der Tür erinnerte mich diese Zelle an das Zimmer, in dem ich an der ungarischen Grenze verhört worden war. Allmählich begann ich, mir wegen Isoldes Foto ernstlich Sorgen zu machen.

Plötzlich wurde die Tür aufgerissen. Ein Wachoffizier – etwa Mitte 30, klein gewachsen, mit nervösem Blick – trat ein. Ohne ein Wort der Begrüßung setzte er sich mir gegenüber hin und fing sofort mit ernstem Tonfall an, mir Fragen zu stellen.

»Haben Sie außer dem bereits Angegebenen etwas zu deklarieren?«

»Nein«, antwortete ich wahrheitsgetreu.

»Haben Sie sonst etwas bei sich? Dokumente? Wertsachen?«

War das Foto von Isolde eine Wertsache? Für mich schon. Ein Dokument war es wohl in jedem Fall. Trotzdem sagte ich: »Nein.«

»Haben Sie Freunde oder Bekannte in Ostberlin? Haben Sie jemanden besucht?«

Lügen war nicht meine Stärke, aber diesem unsympathischen Handlanger einer widerwärtigen Diktatur Rechenschaft ablegen? Dazu fühlte ich keine Veranlassung. Also verneinte ich.

»Was haben Sie denn dann so lange getrieben?«, bohrte der Mann misstrauisch nach.

Ja, was konnte ich allein in Ostberlin einen ganzen Tag wohl getan haben? »Sightseeing«, gab ich etwas spöttisch wie aus der Pistole geschossen zurück. Auf die Schnelle war mir einfach nichts Besseres eingefallen. Der Wachoffizier schnaubte verächtlich. Seine Miene verriet, dass er mir nicht glaubte. Und ich merkte, dass sein Blick immer öfter auf das Brillenetui fiel, das vorwitzig aus meiner Brusttasche ragte. Schauer jagten über meinen Rücken. Um seine Aufmerksamkeit in eine andere Richtung zu lenken, zückte ich meine Brieftasche und hielt sie ihm hin.

»Hier! Sehen Sie doch selbst nach, dass ich nichts Unerlaubtes bei mir trage.«

Wie ein hungriger Hecht schnappte der kleine Mann nach dem Köder und begann umgehend, seinen Inhalt zu untersuchen. Dabei nahm er sich sehr viel Zeit. Sein besonderes Interesse galt den Visitenkarten, die ich über Monate auf meinen Reisen in Osteuropa überreicht bekommen hatte. Bei jeder Karte runzelte er die Stirn, und zu jedem Namen musste ich ihm etwas erzählen, während er alles dienstbeflissen protokollierte. Es schien ihm regelrecht Spaß zu machen, mich zu löchern. Wahrscheinlich verdächtigte er mich staatsgefährdender Umtriebe und hoffte, derjenige zu sein, der mich endlich überführte. Vielleicht rechnete er sogar bereits mit einem Orden dafür. In jedem Fall würde er mich nicht gehen lassen, bis er all mein Hab und Gut untersucht hatte, dazu gehörte auch der Inhalt meiner Jacken- und Hosentaschen sowie das Brillenetui. Wenn ich verhindern wollte, dass er Isoldes Foto fand, musste ich schnell handeln. Das akribische Durchkämmen meiner Brieftasche kam mir da ganz gelegen, denn es verschaffte mir Zeit, das Foto von seinem Versteck im Brillenetui an einen sichereren Ort zu befördern. Fragte sich nur, welchen.

Unter dem Vorwand, dass ich eine Sehhilfe brauchte, um mit den Visitenkarten besser behilflich sein zu können, zog ich meine Brille hervor. Während ich sie mir mit der rechten Hand auf die Nase setzte, bugsierte ich mit der linken das Etui unauffällig unter die Tischplatte, wo der Beamte es nicht sehen konnte. Bereitwillig fuhr ich fort, ihn über die Personen und ihre Funktionen aus meiner Visitenkartensammlung zu informieren. Inzwischen gelang es mir mit viel Geduld und Fingerspitzengefühl, unter dem Tisch das Foto aus dem Etui zu fischen. Schritt eins war damit vollbracht. Nun musste Schritt zwei folgen: *Wohin mit dem Bild?*

Plötzlich streifte etwas meine Hand. Es war mein Schlips, der unter der Tischkante baumelte. Bei dieser Berührung ging mir ein Licht auf. Ich musste mein liebes verdammtes Foto im Innenfutter des Schlipses verstecken, in der Lasche auf der Rückseite der Krawattenspitze. So einfach war das – und so kompliziert.

Die Schwierigkeit bestand darin, den Transfer vorzunehmen, ohne dass das Bild auf den Boden fiel oder später aus dem Schlips rutschte. Das zu schaffen, ohne herumzuruckeln, abzuschweifen oder sonst wie den Argwohn meines Gegenübers zu provozieren, war eine mehr als knifflige Aufgabe. Noch nie war ich so froh über die Vielzahl meiner Bekanntschaften und deren Visitenkarten gewesen wie in diesem Moment. Und die Akribie des Grenzbeamten erschien mir auf einmal als ein Segen.

Dann, als wir gerade die letzte Visitenkarte durchgegangen waren, schien das Foto im Innenfutter Halt gefunden zu haben. Schwitzend und zitternd lehnte ich mich zurück, nahm meine Brille ab und steckte sie zurück ins Etui. Sofort folgten die Adleraugen des Beamten meinen Händen.

»Her damit!«

Bevor ich reagieren konnte, war der Mann vorgeschnellt und hatte sich das Etui geschnappt. Er zog die Brille heraus, drehte das Behältnis um, klopfte es auf der Tischplatte aus und leuchtete sogar mit einer Taschenlampe hinein. All das nur, um am Ende feststellen zu müssen: Das Etui war leer.

Bei aller Erleichterung fiel es mir immer schwerer, meine Nervosität zu verbergen. Mir standen Schweißperlen auf der

Stirn, meine Beine zitterten, sogar meine Stimme bebte hörbar. Den kleinen Mann ließ das zu Höchstform auflaufen. Ich musste aufstehen und die Jacke ablegen, die Taschen entleeren und umkrempeln, am Ende sogar meine Schuhe ausziehen, die ebenfalls einer Taschenlampenkontrolle unterzogen wurden. Bei alledem baumelte die Krawatte mit dem Foto wie ein Strick mit einem bleischweren Gewicht um meinen Hals. Doch selbst als der Beamte mich mit Argusaugen umkreiste und mein verschwitztes Hemd abtastete, um sich zu vergewissern, dass sich keine Hehlerware darunter verbarg, kam er nicht auf den Gedanken, das Innenfutter des Schlipses zu überprüfen.

Schließlich gab er auf. Die Kontrolle war zu Ende, der Kontrolleur sichtlich enttäuscht und ich vollkommen erledigt. Als ich meine Schallplatten endlich wiederbekam, dämmerte bereits der Morgen. Zurück im Auto, lehnte ich mich in meinem Sitz zurück und stieß einen tiefen Seufzer der Erleichterung aus. *Vom Schlips gerettet,* dachte ich. Da sollte noch mal jemand behaupten, es sei nicht wichtig, stets korrekt gekleidet zu sein.

Höhere Gewalt

Als ich nach einer viel zu kurzen Nacht in meiner Westberliner Pension am nächsten Tag schon wieder am Checkpoint Charlie vorfuhr, fürchtete ich anfangs, den kleinen Mann mit dem nervösen Blick erneut anzutreffen. Das hätte unangenehm werden können. Weil ich jetzt nach einem unerlaubten Abstecher zu Isolde direkt zur Schwedenfähre nach Saßnitz weiterfahren wollte, hatte ich all mein Pick und Pack mit im Auto. Der Wachmann hätte jede Menge neues Material gefunden, an dem er sein Misstrauen hätte abreagieren können. Isoldes Foto wäre ihm allerdings auch diesmal nicht in die Hände gefallen. Nach der Tortur der letzten Nacht hatte ich es vorsichtshalber aus Westberlin per Post an meine Stockholmer Adresse geschickt.

Wider Erwarten verlief meine Einreise nach Ostberlin diesmal jedoch reibungslos. Weder ließ sich der misstrauische Wachmann blicken, noch wurde ich lange aufgehalten. Weil ich erwähnte, dass ich auf direktem Wege zur Fähre fahren wollte, fertigte man mich zügig ab. Sogar meine Schallplatten durfte ich mitnehmen. So kamen Isolde und ich doch noch in den Genuss, gemeinsam die alten Berliner Lieder von Marlene Dietrich zu hören – allen voran »Ich bin von Kopf bis Fuß auf Liebe eingestellt«.

Die Distanz zwischen Isolde und mir hatte sich in Luft aufgelöst. Zwar schmiedeten wir noch keine Zukunftspläne oder schworen uns ewige Treue, aber als ich gegen Abend schweren Herzens nach Saßnitz aufbrach, war uns beiden klar, dass ich schon bald wiederkommen würde. Auch für diesen Zustand hatte Marlene Dietrich das passende Lied parat. Wenn ich sie jetzt »Ich hab noch einen Koffer in Berlin« singen hörte, dachte ich noch einmal: *Damit bist du nicht allein.*

Wieder daheim, suchte ich vergebens nach finanzieller Unterstützung, um mein Studium in der Schweiz fortsetzen zu können. Als das Herbstsemester begann, war noch keine Lösung in Sicht. Inzwischen hielt ich mich mit unregelmäßigen Vertretungen als Schullehrer über Wasser. Das Einkommen reichte gerade aus, um Isolde zwischen August und Oktober ein paarmal zu besuchen, jeweils nur für zwei, drei Tage, an denen ich stets um Mitternacht zurück nach Westberlin musste. Doch das genügte, dass wir immer mehr füreinander empfanden und sich das Gefühl festigte, dass wir zusammengehörten.

Stück für Stück ließ mich Isolde mehr an ihrem Leben teilhaben. Sie zeigte mir ihre Uni, ich lernte ihre Schwester Helga und ihre Mutter kennen. Als Isolde und ich allein waren, sprachen wir mitunter sogar über Wege, die uns eine gemeinsame Zukunft ermöglichen konnten. Meist endeten solche Unterhaltungen mit hypothetischen Fantasien und unrealistischen Träumereien. Uns ernsthaft mit diesem Thema zu befassen und nach einer realistischen Lösung zu suchen, so weit waren wir noch nicht.

In der Zeit zwischen meinen Besuchen schrieben wir uns

kaum, um zu vermeiden, dass die Stasi auf unser »Verhältnis« aufmerksam wurde. Es fiel schwer, getrennt zu sein und nicht voneinander zu hören. Vor allem, als meine Arbeit mir im Oktober einen ganzen Monat lang keine Berlin-Reisen erlaubte. Anfang November nagte die Sehnsucht so sehr an mir, dass ich mich nach dem Auslaufen einer Hilfslehrer-Anstellung Hals über Kopf entschloss, nach Berlin zu fahren. Es war nachmittags. Von Stockholm aus brauchte ich mit dem Auto mindestens acht Stunden, um die Saßnitz-Fähre in Trelleborg um 23.00 Uhr zu erreichen. Die Zeit war knapp, aber wenn ich mich beeilte, konnte ich es schaffen. In höchster Eile raffte ich das Nötigste zusammen und flitzte mit meinem Käfer los.

Die Anschaffung des ausdauernden Gefährts hatte sich inzwischen mehr als ausgezahlt. Allein für die Reisen zu Isolde war sie Gold wert gewesen. Angesichts der treuen Dienste, die mir das Auto leistete, hatte ich fast ein schlechtes Gewissen, dass ich mich so wenig darum kümmerte. Ich war noch nicht einmal dazu gekommen, es umzumelden, fuhr also immer noch mit Genfer Nummernschildern durch die Gegend. Aber ich hatte nun mal keine Zeit. Jetzt schon gar nicht.

Bis nach Schonen, dem südlichsten Teil Schwedens, verlief die Fahrt problemlos. Dann kam ein Sturm auf. Heftige Böen jagten vom Meer her über das flache Land und rüttelten den kleinen Wagen durch. Das Fahren wurde zunehmend schwieriger. Weil der Käfer immer wieder ins Schlingern geriet, hielt ich das Lenkrad mit beiden Händen umklammert, während ich darauf achtete, nur so viel Gas zu geben, dass ich nicht die Kontrolle verlor. Doch die Zeit saß mir im Nacken. Die Tour glich eher einem Kampf gegen Giganten als einem entspannten Ausflug im Namen der Liebe. Ich gelangte wirklich in allerletzter Minute ans Ziel.

Als ich den hell erleuchteten Hafen von Trelleborg erreichte, war die Fähre – ein ostdeutsches Schiff, beladen mit Autos, Containern und Waggons – bereit zum Auslaufen. Unmittelbar nachdem ich an Bord gerollt war, wurde auch schon die Heckklappe geschlossen. Während die Achterpforte einrastete, parkte ich meinen Käfer auf dem letzten freien Platz hinter einem schwarzen Mercedes. Dann eilte ich die steile Eisentreppe hinauf in der Hoffnung, trotz meiner Verspätung noch einen Liegestuhl für die Nacht zu ergattern. Ich hatte Glück. Erschöpft von der anstrengenden Fahrt, machte ich es mir auf der harten Liegefläche so bequem, wie es eben ging. Für ein paar Minuten lag ich andächtig da, sah an die Decke und lauschte dem gewaltigen Rollen und Stampfen, mit dem die Fähre den Hafen verließ. Das Ächzen des windgepeitschten Schiffes hörte nicht auf, als wir uns vom Land entfernten, im Gegenteil. Mit dem unruhigen Auf und Ab der aufgewühlten See nahmen die Furcht einflößenden Laute eher zu. Doch mich kümmerten sie bald nicht mehr. Während die Fähre in die stürmische Nacht hinausschaukelte, tauchte ich in einen tiefen, friedlichen Schlaf ab.

Mein Nickerchen endete abrupt, als mich jemand unsanft an der Schulter packte und wachrüttelte. Erschrocken sah ich einem blau uniformierten Mann von der Schiffsbesatzung ins Gesicht, der sich über mich beugte und wissen wollte: »Sind Sie der Eigentümer des Volkswagens mit dem Genfer Kennzeichen?«

»Ja«, erwiderte ich schlaftrunken. »Wieso?«

Sofort meldete sich mein schlechtes Gewissen. Mir war bewusst, dass ich den Wagen spätestens vor einem Monat hätte ummelden müssen. Stammelnd versuchte ich, dem Mann zu erklären, was es mit dem Schweizer Kennzeichen auf sich hatte, doch das interessierte ihn überhaupt nicht. »Hören Sie«, sagte er, »ich muss Ihnen mitteilen, dass unter Deck ein Unfall passiert ist, bei dem Ihr Auto beschädigt wurde.«

Er sah mich forschend an, als wolle er abwarten, wie ich die Nachricht aufnahm. Aber ich war viel zu benommen für eine Reaktion. So redete er mit betretener Miene weiter: »Um es deutlich zu sagen, von Ihrem Auto ist nicht mehr viel übrig. Ich fürchte, es ist ... kaputt.«

»Kaputt?« Bei diesem Stichwort meldeten sich schlagartig meine Lebensgeister zurück. »Was zum Teufel soll das heißen?«

»Nun ja«, druckste er herum. »Durch den Sturm ist auf dem Unterdeck ein Eisenbahnwaggon umgekippt. Dabei hat er Ihr Auto zerquetscht.«

Jetzt war ich vollständig wach. Aufgebracht sprang ich auf, um den Schaden in Augenschein zu nehmen, doch der Mann in Blau hielt mich zurück: »Während der Fahrt ist der Zugang zum Autodeck verboten. Sie müssen sich leider gedulden, bis wir im Hafen angelegt haben. Bleiben Sie so lange ruhig liegen.«

An Hinlegen war jetzt aber nicht mehr zu denken. Die letzte Stunde der Überfahrt verbrachte ich damit, rastlos von einer Ecke der Fähre zur anderen zu laufen – in unheilvoller Erwartung dessen, was mich bei der Rückkehr zu meinem treuen Käfer erwarten würde. Nachdem die Fähre endlich in Saßnitz vertäut war, bekam ich mein Auto zu Gesicht. Es war ein kläglicher Anblick.

Durch das Schwanken des Schiffs hatte sich ein mit Baumstämmen beladener Eisenbahnwaggon aus seiner Verankerung gerissen, war zur Seite gekippt und dabei auf den schwarzen Mercedes und mein Auto gestürzt. Der Mercedes wurde komplett platt gedrückt, mein tapferer kleiner Käfer dagegen hatte der Last zumindest teilweise standgehalten. Zwar war das Dach über dem Rücksitz eingedrückt, und alle Fenster bis auf die Windschutzscheibe waren zersplittert, aber das Fahrgestell und der Kofferraum auf der Vorderseite wirkten intakt. Dass von dem Auto »nicht mehr viel übrig« war, war also ein wenig übertrieben. Dass es »kaputt« war, ließ sich hingegen nicht leugnen. Ich musste mich darauf gefasst machen, dass die nächste Fahrt meines Käfers zum Schrottplatz ging.

Nachdem alle Fahrzeuge von Bord gerollt waren, stürmte eine Gruppe starker Männer das Autodeck, die den Waggon mithilfe von Stahlseilen und Kranzügen wiederaufrichteten. Das ging erstaunlich schnell. Bald war mein ramponierter Käfer wieder zugänglich. Ich versuchte vorsichtig, die Fahrertür zu öffnen, es funktionierte. Ich setzte mich ans Steuer, steckte den Schlüssel ins Zündschloss und startete den Motor. Als wäre nichts geschehen, ertönte das wohlbekannte Motorengeräusch.

Es klang wie Musik in meinen Ohren. Voller Spannung legte ich den ersten Gang ein und trat behutsam aufs Gas. Als sich der Käfer in Bewegung setzte, hätte ich am liebsten laut gejubelt. Während ich langsam von der Fähre heruntertuckerte, fühlte ich mich, als hätte ich einen Toten wieder zum Leben erweckt. Ein bisschen war es ja auch so.

Nach der kurzen Testfahrt eilte ich zum Hafenbüro, um den Unfall zu melden und Entschädigung zu fordern. Der Vertreter der staatlichen Reederei war voller Anteilnahme und konnte sein Bedauern gar nicht oft genug betonen. Doch ich war nicht hier, um nach Mitleid zu heischen. Ich wollte Schadensersatz.

»Natürlich«, zeigte sich der Reedereiangestellte verständnisvoll. »Sie bekommen in Kürze von mir eine Kopie unseres Protokolls. Dort stehen alle Angaben drin, die Sie für Ihre Versicherung brauchen.«

»Das wird in diesem Fall kaum helfen«, erklärte ich geduldig. »Ich habe keine Vollkaskoversicherung.«

»Der Wagen ist nicht versichert?«, fragte mein Gegenüber. Dabei klang er schon deutlich weniger verständnisvoll.

»So ist es«, antwortete ich. »Deshalb erwarte ich von Ihnen eine schriftliche Zusage, dass Sie für alle Kosten aufkommen werden, die mir als Folge des Unglücks entstehen.«

Nun war es endgültig vorbei mit der Liebenswürdigkeit des Bediensteten. Er zuckte mit den Schultern und erklärte herablassend: »Junger Mann, eine solche Zusage werden Sie von mir nicht bekommen. Was passiert ist, war schließlich nicht die Folge eines Fehlers von uns. Schuld waren allein das Unwetter und die stürmische See. Für Unfälle dieser Art übernehmen wir keine Verantwortung. Dass Sie das ungeheure Pech hatten, der Leidtragende dieses Unglücks zu sein, bedaure ich sehr.«

Das war ein mieser Versuch, sich aus der Affäre zu ziehen, aber diese Masche ließ ich dem Mann nicht durchgehen. Ein munteres Wortgefecht begann, bei dem keiner von uns auch nur einen Millimeter von seinem Standpunkt abwich. Irgendwann begriff mein Gegenüber, dass ich nicht nachgeben würde, und rief eine Kollegin aus der Rechtsabteilung zu Hilfe: »Sie wird Ihnen die juristischen Aspekte dieses Falls besser verständlich machen können als ich.«

Eine adrette Frau Mitte 40 erschien. Auch sie bekundete ihr Bedauern, kam aber schnell zur Sache: »Laut Gesetz sind wir nicht dazu verpflichtet, für die Schäden an Ihrem Auto aufzukommen. Unsere Prüfung hat ergeben, dass die Arbeiter auf der Fähre sämtliche Vorschriften eingehalten haben, also hat niemand das Unglück verschuldet. Somit war höhere Gewalt im Spiel.«

Höhere Gewalt? Dieser Ausdruck war mir noch in keinem Gespräch mit Deutschen untergekommen. Ich dachte, ich höre nicht richtig.

»Wollen Sie damit sagen, dass *der liebe Gott* schuld an dem Unfall war?«, fragte ich ironisch.

»Ich würde eher von Kräften sprechen, die zu kontrollieren außerhalb unserer Macht steht«, blockte die Juristin ab.

»Ich bitte Sie«, gab ich zurück und sah ihr scharf ins Gesicht. »Ist es nicht sehr viel wahrscheinlicher, dass man vergessen oder sich nicht mal bemüht hat, den Güterwagen ordentlich festzuzurren? Oder dass die Ausrüstung nicht in Ordnung war?«

Unser Dialog ging noch eine ganze Weile weiter. Welches Argument ich auch anführte, es blieb ohne Wirkung. Ich redete wie gegen eine Wand. Da die Reederei offenbar nicht die geringste Verantwortung übernehmen wollte, fragte ich, wo ich Beschwerde einlegen konnte.

»Diese Möglichkeit besteht beim Bezirksgericht in Rostock«, erklärte die Frau. »Zumindest theoretisch.«

»Und praktisch?«

»Ehrlich gesagt bezweifle ich, dass man Ihnen als Ausländer bei einem Gericht der DDR gestatten wird, Klage gegen ein staatliches Unternehmen der DDR zu erheben. Aber das liegt nicht in meinem Zuständigkeitsbereich.«

»Wenn der Hase so läuft, bleibt mir wohl keine andere Wahl, als mich ans Verkehrsministerium in Berlin zu wenden.«

Dies war der letzte Trumpf, den ich aus dem Ärmel zaubern konnte, und tatsächlich schaffte ich es, die besonnene Dame sichtlich aus der Fassung zu bringen. »Das Ministerium für Verkehrswesen hat mit dieser Angelegenheit überhaupt nichts zu tun«, protestierte sie.

»Das werden wir ja sehen«, erwiderte ich, schnappte mir meine Kopie des Protokolls und stürmte aus dem Raum. Beim Verlassen des Hafenbüros kam mir ein junger Angestellter entgegen, der mich darauf hinwies, dass mein Auto nicht am Kai stehen bleiben könne und schleunigst abtransportiert werden müsse. Schulterzuckend antwortete ich: »Wie Sie wollen. Ich hab den Wagen ja selbst an Land gesteuert, dann kann ich ihn auch selbst vom Kai wegfahren.«

Der Mann stutzte, sah sich noch mal nach dem kaputten Käfer um, schüttelte den Kopf und meinte: »Nein, das geht nun auch wieder nicht. In diesem Fall muss ich einen Inspektor holen, der die Fahrtüchtigkeit des Wagens bescheinigt. Warten Sie, ich kümmere mich darum.«

Dazu sagte ich nichts. Der Vorfall wuchs sich zusehends zu einer kafkaesken Behördengroteske aus. Während ich auf den Inspektor wartete, vertrieb ich mir die Zeit mit meiner eigenen Inspektion. Ich umkreiste den Käfer, dessen Heck einer Morchel glich, und öffnete den Kofferraum, der unversehrt geblieben war. Dann setzte ich mich auf den Fahrersitz, ließ den Motor an und machte eine kleine Tour am Kai. Dabei stellte ich fest, dass Bremsen und Tacho tadellos ihren Dienst taten, und auch alles andere funktionierte einwandfrei. Die Scheibenwischer wischten, die Bremsleuchten leuchteten, die Blinker blinkten, die Rückspiegel spiegelten, und als ich auf den Knopf in der Mitte des Lenkrads drückte, hupte die Hupe fröhlich drauflos.

Mit dem Inspektor wiederholte sich die Prozedur, nur dass diesmal er am Steuer saß, während ich ihm vom Beifahrersitz aus zusah. Nach einer kurzen Probefahrt stieg er aus, kratzte sich am Hinterkopf und betrachtete die demolierte Karosserie eingehend. Dann kam er zu dem Schluss: »Bis auf den Blechschaden und die kaputten Scheiben scheint alles in Ordnung zu sein. Wenn Sie sich wirklich trauen, mit dem Ding bis nach Berlin zu fahren, bitte sehr.«

Und ob ich mich traute. Mit der schriftlichen Bestätigung des Inspektors setzte ich meine Reise endlich fort. Es war inzwischen Nachmittag. Bis Berlin brauchte ich mindestens vier Stunden, mit dem unerwartet zum Cabriolet gewordenen Auto eher länger.

Der Trip mit der Morchel war die wohl ungemütlichste Autofahrt meines Lebens. Spätestens als sich bei Einbruch der Dunkelheit die Temperaturen dem Minusbereich näherten, wurde es empfindlich kalt in der bis auf die Windschutzscheibe offenen Fahrerkabine. Zum Glück hatte ich eine Wolldecke dabei, in die ich mich einwickeln konnte. Trotzdem musste ich immer wieder an Rastplätzen anhalten, um mit Sprüngen, Kniebeugen und kleinen Sprints die Kälte aus meinen erstarrten Gliedern zu vertreiben. An Bewegung mangelte es mir an diesem Tag ebenso wenig wie an frischer Luft. Etwas weniger Zitterpartie wäre angenehmer gewesen, immerhin wärmten mich meine Gedanken an Isolde.

Spät am Abend erreichte ich Berlin. Wie immer musste ich die Nacht im Westteil der Stadt verbringen, deshalb fuhr ich direkt zum Grenzübergang. Diesmal war die Überprüfung des Wagens für die Kontrolleure eine Herausforderung. Irritiert betrachteten sie das zerknitterte Vehikel, doch gegen die Bestätigung des staatlichen Kfz-Inspektors konnten sie nichts einwenden. Dass jemand ein solch demoliertes Auto als Fluchtwagen verwendete, konnten sich wohl selbst die Wachposten nicht vorstellen. So musste ich mich diesmal keiner Kontrolle unterziehen. Die Grenzbeamten im Westen hoben die Augenbrauen, akzeptierten aber meine Bescheinigungen ebenfalls. Erschöpft und zähneklappernd checkte ich in einem kleinen Hotel ein, in dem ich mich aufwärmte, stärkte und für den nächsten Tag wappnete, an dem die Fortsetzung der Behördengroteske auf dem Programm stand.

Das ostdeutsche Ministerium für Verkehrswesen befand sich in einem Gründerzeitbau an der Leipziger Straße. Am Empfang verlangte ich nach dem Chef der Rechtsabteilung. Ich wurde zu einem seiner Mitarbeiter geführt. Dieser Beamte interessierte sich durchaus für mein Anliegen und notierte meinen Antrag auf Schadensersatz ohne Einwände.

»Ich werde den Fall meinem Vorgesetzten schnellstmöglich vorlegen«, erklärte er. »Bis zu einem Bescheid wird es dennoch eine Weile dauern. Kommen Sie bitte in einer Woche wieder.«

»In einer Woche?«, fragte ich entsetzt, doch im gleichen Moment kam mir ein genialer Gedanke: »Wissen Sie, für diese Zeitspanne habe ich kein Visum. Könnten Sie veranlassen, dass ich bis zum Eintreffen des Bescheids in Ostberlin bleiben kann?«

Vielleicht schmeichelte es seinem Patriotismus, dass ich in der Hauptstadt der DDR bleiben wollte, statt nach Westberlin zu gehen, vielleicht wollte er auch einfach nur keinen weiteren Ärger. Jedenfalls versprach er, mir eine Aufenthaltsgenehmigung bis zum Abschluss des Verfahrens zu beschaffen. So was nannte man wohl Glück im Unglück. Zwar war mein Auto im Eimer und Schadensersatz nicht wahrscheinlich, dafür hatte ich nun zum ersten Mal die Lizenz für einen ganz legitimen längeren Aufenthalt bei Isolde. So schenkte uns der freundliche Mitarbeiter der Rechtsabteilung kostbare Zeit, in der wir in Ruhe über unsere Situation sprechen und den Weg in eine gemeinsame Zukunft ebnen konnten. In dieser Form ließ ich mir die höhere Gewalt gern gefallen.

Mauerflieger

In den vergangenen Wochen hatte ich immer wieder darüber nachgedacht, ob und wie ein gemeinsames Leben für Isolde und mich möglich war. Eine gute Antwort fand ich nie. Eine Option, die mir anfangs vorgeschwebt hatte, war, mich um einen Job als

Handelsattaché oder Vertreter einer ausländischen Firma in Ostberlin zu bemühen. So hätte ich länger, vielleicht für einige Jahre in der DDR bleiben und mit Isolde zusammenleben können, während sie in ihrem vertrauten Umfeld geblieben wäre, um ihr Studium zu Ende zu bringen. Wir hätten heiraten, vielleicht auch Kinder bekommen können. Aber was dann? Eine Garantie, dass Isolde als meine Ehefrau legal in den Westen ausreisen durfte, gab es nicht. Nach allem, was ich in Erfahrung gebracht hatte, deutete eher alles darauf hin, dass weder Isolde noch unsere Kinder eine Ausreiseerlaubnis bekommen hätten.

Da seit dem Bau der Mauer kaum jemand an eine baldige Lockerung der Ausreisebestimmungen, geschweige denn an eine Wiedervereinigung Deutschlands glaubte, wären wir wohl vollständig vom DDR-System abhängig gewesen. Für mich war das keine akzeptable Perspektive. Der Gedanke, bei den hiesigen Behörden ständig um Genehmigungen zu betteln, war mir zuwider. Dieses Regime wollte ich um gar nichts bitten müssen. Nein und nochmals nein, unter den gegebenen Umständen war es mir unmöglich, in die DDR zu ziehen. Aber wie stand es mit Isolde? War sie bereit, in den Westen zu fliehen? Würde sie ihr bisheriges Leben – Eltern, Schwester, Freunde, Studium – einfach hinter sich lassen wollen? Solche Fragen musste ich jetzt unbedingt mit ihr besprechen.

Mit diesem Gedanken im Kopf und einem Sieben-Tage-Visum in der Tasche bog ich gegen Nachmittag in die Metzer Straße ein. Zum Glück traf ich Isolde zu Hause an. Da wir uns fünf lange Wochen nicht gesehen hatten, war die Freude groß. Dass ich diesmal länger und obendrein über Nacht bleiben konnte, machte sie noch größer. Wir sprachen über unsere Zukunft. Isolde konnte sich ebenfalls nicht vorstellen, dass ich zu ihr in die DDR zog, auch nicht für kurze Zeit, da das keine Lösung mit Perspektive gewesen wäre. Wir erwogen diverse Möglichkeiten, diskutierten lange hin und her, kamen aber nicht weiter. Wir standen im wahrsten Sinn des Wortes vor einer Mauer. Außerdem war mir noch immer nicht ganz klar, ob

Isolde wirklich bereit war, aus ihrer Heimat in den Westen zu fliehen und zu mir nach Schweden zu kommen.

Um unser Wiedersehen einmal angemessen zu feiern, wählten wir das *Café Moskau*, ein Lokal an der Karl-Marx-Allee. Nach dem Zweiten Weltkrieg war die Straße zum sozialistischen Prachtboulevard mit mächtigen »Arbeiterpalästen« ausgebaut worden und hatte zunächst Stalinallee geheißen. Nach dem Ende des Stalinkultes 1956 wurde sie in Karl-Marx-Allee umbenannt. Die Architektur der klotzigen Wohnhäuser entlang der Allee behielt im Volksmund trotzdem ihren Spitznamen: Stalinbarock.

Verglichen mit dem Pomp der Arbeiterpaläste wirkte der Pavillon des *Café Moskau* luftig, modern und einladend. Auf drei Etagen wurde hier in verschiedenen Salons und Foyers gegessen, getrunken, getanzt und ein wenig russische Folklore zelebriert. Letztere ignorierten wir. Im Restaurant bestellten wir eines meiner Lieblingsgerichte: Orangenente. Dazu tranken wir einen ungarischen Wein, den wir bereits aus Budapest kannten. Während des Essens sprachen wir nicht über unsere Zukunft. An einem öffentlichen Ort wie diesem war das Thema zu heikel, zudem wollten wir uns auch einfach mal nur amüsieren und über unsere Erlebnisse der letzten Wochen plaudern.

Nach der Mahlzeit folgten wir dem Klang der Swing-Rhythmen aus der unteren Etage. Hier spielte eine gut aufgelegte Band Evergreens. Für uns war das eine unwiderstehliche Aufforderung zum Tanz, für die wenigen Gäste, die ringsum an kleinen Tischen saßen, komischerweise nicht. Das wunderte uns zwar, störte uns aber gar nicht, denn so hatten wir die gesamte Tanzfläche für uns. Isolde war eine hervorragende Tänzerin. Leichtfüßig flog sie über das Parkett, sodass ich nicht anders konnte, als mich von ihrem Temperament mitreißen zu lassen.

Zu später Stunde gingen wir beschwingt und noch ein bisschen atemlos zu meinem verbeulten Auto. Mir klangen noch die schönen Tanznummern in den Ohren, aber auch die komplizierten Fragen nach der Zukunft kamen mir sofort wieder in den Sinn. Statt sofort loszufahren, legte ich meinen Arm sachte um Isolde, schaute ihr tief in die Augen und fragte leise: »Willst du zu mir nach Schweden kommen?«

Isolde antwortete nicht gleich. Sekunden blickte sie mich an, als wolle sie abschätzen, ob ich die Frage wirklich ernst meinte. Wir wussten ja längst, dass es ihr unmöglich war, mich auf legalem Weg in Schweden zu besuchen. Schließlich blickte sie mir tief in die Augen und antwortete mit fester Stimme: »Ja, das möchte ich.«

Damit war für mich alles klar. Isolde war also bereit zur Flucht. Und noch etwas: Für mich bedeutete ihre Antwort, dass wir jetzt verlobt waren. Natürlich war es eine streng geheime Verlobung, von der niemand etwas wissen durfte. Um sie zu besiegeln, kaufte ich am nächsten Tag, während Isolde in der Uni war, in Westberlin einen Ring für sie. Er hatte keinen großen Stein, nur einen kleinen Diamantsplitter, dafür hatte er den großen Vorteil, dass ich ihn mir leisten konnte.

Zurück in der Metzer Straße, feuerte ich den Kachelofen an, stellte eine Flasche Wein bereit und wartete, bis Isolde nach Hause kam. In der behaglichen Wärme des Ofenfeuers zauberte ich den Ring hervor. Isolde stutzte und schwieg andächtig. Sie wirkte völlig perplex. Erst als ich ihr das Schmuckstück an den Finger steckte und meinte, zu einer anständigen Verlobung gehöre natürlich auch ein Ring, rührte sie sich wieder. Allerdings anders, als ich es erwartet hatte. Sie lachte. Das ließ wiederum mich stutzen. War der winzige Diamant so lächerlich? Was sonst konnte an einem Ring so komisch sein?

Isoldes Lachen galt aber gar nicht dem Ring, sondern allein der Tatsache, dass sie unserer Unterhaltung vom Vorabend weniger Bedeutung beigemessen hatte als ich. Sie gestand mir, dass sie meine Frage im Auto gar nicht als Heiratsantrag gedeutet hatte. Am ersten Tag ihres Bestehens war unsere streng geheime Verlobung also so geheim gewesen, dass nicht mal Isolde von ihr gewusst hatte. Darüber musste auch ich lachen. Der

Ring behielt seine Bedeutung trotzdem. Isolde nahm meinen Antrag voller Freude mit geröteten Wangen an. Von diesem Augenblick an war unsere Verlobung offiziell, zumindest für uns beide. Nun konnten wir ernsthaft darüber nachdenken, auf welche Weise Isolde aus der DDR nach Schweden gelangen konnte.

Eine äußerst knifflige Aufgabe. Denn wie überwindet man eine rund um die Uhr bewachte Grenze, die lückenlos von bewaffneten Soldaten mit Schäferhunden bewacht wird und mit Stacheldraht und Minenfeldern gesichert ist? An diesem Herbstabend vor dem wärmenden Ofenfeuer setzten Isolde und ich uns erstmals zusammen, um das Für und Wider potenzieller Fluchtmöglichkeiten systematisch abzuwägen.

Vom Mauerbau 1961 bis zum Jahr unserer Verlobung 1965 starben in Berlin mehr als sechzig Menschen beim Versuch, in den Westen zu fliehen. Das erste Opfer war eine Frau namens Ida Siekmann. Sie sprang am 22. August 61 einen Tag vor ihrem 59. Geburtstag aus dem Fenster ihres Wohnhauses in der Bernauer Straße, das unmittelbar an der Grenze lag. Zuvor hatte sie Bettzeug aus dem Fenster geworfen, das den Aufprall abfedern sollte. Trotzdem verletzte sie sich so schwer, dass sie noch auf dem Weg ins Krankenhaus starb.

Der erste Flüchtling, der an der Mauer erschossen wurde, war der Student Günter Litfin. Elf Tage nach Beginn des Mauerbaus wollte er die Sektorengrenze am Humboldthafen überwinden, wurde aber von DDR-Polizisten überrascht. Litfin sprang in die Spree und schwamm Richtung Westufer. Die Polizisten schossen und töteten ihn durch einen Treffer in den Hinterkopf, bevor er das rettende Ufer erreichen konnte.

Knapp ein Jahr später versuchten die jungen Bauarbeiter Peter Fechter und Helmut Kulbeik, über die Mauer nahe dem Checkpoint Charlie zu klettern. Sie wurden von Wachen überrascht, die das Feuer eröffneten. Kulbeik schaffte es bis auf die Westseite, doch Fechter wurde so schlimm getroffen, dass er östlich der Mauer abstürzte. Hilflos und schwer verwundet blieb er im Todesstreifen liegen, rief laut um Hilfe, vergeblich. Die Westpolizisten wagten nicht, auf DDR-Hoheitsgebiet vorzudringen, während die ostdeutschen Ordnungskräfte sich darauf konzentrierten, den Schauplatz des Geschehens vor Passanten abzuschirmen. Eine geschlagene Stunde lang lag Fechter verblutend da. Als er endlich in ein Krankenhaus gebracht wurde, war er noch am Leben, starb aber noch am selben Nachmittag.

Allerdings gab es auch Fluchtversuche, die gelangen. Ein Mann fuhr mit Vollgas in einem extrem flachen Sportwagen unter den Straßensperren hindurch, andere durchbrachen die Grenzanlagen mit schweren Planierraupen, einem Zug und sogar mit einem gestohlenen Panzer. Diverse Menschen entkamen, indem sie sich im Kofferraum oder in anderen Hohlkörpern von Autos versteckten, die von Fluchthelfern oft eigens für diesen Zweck umgebaut worden waren. Immer wieder fielen bei solchen Vorfällen Schüsse. Manche verfehlten ihr Ziel, andere leider nicht. Ob geglückt oder missglückt, eines hatten all diese Fluchten gemeinsam: Sie waren mit akuter Lebensgefahr verbunden.

Die wichtigsten Kriterien beim Ausloten einer Fluchtmethode waren für Isolde und mich: Sie sollte realistisch und möglichst ungefährlich sein, außerdem wollten wir sie gemeinsam umsetzen können und dabei annähernd das gleiche Risiko tragen. Lösungen, bei denen nur Isolde ihr Leben riskierte oder Gefahr lief, an der Grenze geschnappt zu werden, lehnten wir ab, ich noch mehr als Isolde. Die Vorstellung, über Dritte zu erfahren, dass meine Verlobte auf der Flucht verhaftet worden oder, noch schrecklicher, ums Leben gekommen war, fand ich unerträglich. Eine solche Tragödie wollte ich auf keinen Fall erleben.

Das war für uns einer der Hauptgründe, keinen professionellen Fluchthelfer anzuheuern, denn damit hätten wir die Verantwortung in die Hände einer unbekannten Person gelegt. Woher sollten wir wissen, dass diese ihrer Aufgabe gewachsen war? Nein, dieser Weg schien uns zu unsicher. Abgesehen davon war jeder Eingeweihte eine potenzielle Gefahr für das Gelingen der Flucht. Wir wollten keine Mitwisser.

Wir verwarfen auch die Idee, für Isolde einen gefälschten Pass zu besorgen, mit dem sie hätte ausreisen können. Dies wäre zwar für keinen von uns lebensgefährlich gewesen, hatte aber den Nachteil, dass das Risiko allein bei Isolde lag. Wäre die Sache aufgeflogen, hätte sie mit einer langen Gefängnisstrafe rechnen müssen. Hinzu kam, dass die DDR-Behörden mithilfe eines ausgeklügelten Systems ermitteln konnten, ob Ausreisende mit dem Pass, mit dem sie das Land verließen, auch eingereist waren. Im Pass hätte sie also einen entsprechenden Stempel vorweisen müssen. Wo sollten wir den herbekommen?

Eine vergleichsweise sichere Methode wäre gewesen, Isolde in einem Pickup oder Lastwagen zu verstecken, den ich selbst fuhr. Sie war bereits mehrfach erprobt worden, mehrfach erfolgreich. Dies hatte allerdings auch dazu geführt, dass man immer schärfere Maßnahmen zur Verhinderung solcher Aktionen getroffen hatte. Nicht zuletzt aufgrund meiner Erfahrung mit den peniblen Kontrollen an den Grenzübergängen ließen wir lieber die Finger davon.

Noch eine Möglichkeit war ein Tunnel unter der Mauer hindurch. Auf diese Weise war es nicht wenigen Menschen gelungen, die DDR zu verlassen, für uns aber war sie völlig unrealistisch. Hätten wir einen bestehenden, unentdeckten Tunnel benutzen wollen, wären wir unweigerlich auf einen Fluchthelfer angewiesen gewesen, denn selbst einen zu graben, schien mir nicht machbar und hätte ewig gedauert. Garantiert wäre ich vor Abschluss dieser Arbeit entdeckt oder verschüttet worden. Also kein Tunnel.

Das Zwischenfazit war ernüchternd. Einen für uns geeigneten Weg *durch* die Mauer gab es nicht, eine realistische Methode, *unter ihr hindurchzuschlüpfen,* ebenso wenig. Die einzige verbliebene Möglichkeit führte *über sie hinweg.*

»Aber wie soll das funktionieren?«, sagte Isolde. »Du kannst doch nicht fliegen.«

»Nein, aber ich könnte es lernen«, antwortete ich ohne die geringste Vorstellung davon, was dies bedeutete.

Eine Weile saßen wir stumm und nachdenklich beieinander. Im offenen Kachelofen knisterte das wärmende Holzfeuer. Die Flammen warfen tanzende Muster auf die Wände und den Fußboden. Alles war still. In dieser verdichteten Atmosphäre überdachte jeder für sich den im Raum stehenden Gedanken und versuchte gleichzeitig, zu erraten, wie es dem anderen damit ging. Schließlich brach Isolde den Bann der Stille und rief: »Ja, tu es doch einfach. Lern fliegen!«

Auf einmal schien alles klar. Dass ich keine Ahnung hatte, wie man fliegen lernte, wie lange das dauerte und ob man überhaupt einfach so ein Flugzeug mieten konnte, war in diesem Moment nebensächlich. Wir hatten endlich die Lösung für unser Problem gefunden – ein unglaublich erhebendes und erleichterndes Gefühl, das uns auch ohne konkreten Plan Flügel verlieh. Euphorisch, trotzig und übermütig rief ich aus: »*Fuck you*, Ulbricht! Wir fliegen!«

Wir mussten so lachen über diesen Ausspruch, dass es uns die Tränen in die Augen trieb. Es war ein nervöses Lachen. Aber es war auch befreiend. Lachen ist immer schön. Wer zuletzt lacht, lacht am besten. Möge es nicht Ulbricht sein.

Nach einer Weile fingen wir uns wieder, wischten die Tränen aus den Augenwinkeln und ordneten ernsthaft ein, was wir uns gerade vorgenommen hatten.

»Wir werden also über die Mauer fliegen?«, fragte Isolde zögerlich. »So wie die Vögel, meinst du? Wie die Mauersegler?«

»Wenn es nur so einfach wäre«, überlegte ich. »Aber mit einem Segelflugzeug schaffen wir es auf keinen Fall. Es muss schon ein Flieger mit Motor sein.«

»Also kein Mauersegler, sondern ein Mauerflieger«, scherzte Isolde. Darüber mussten wir erneut laut lachen, aber letztlich befand ich: »Ja, warum nicht? Dann werden wir eben Mauerflieger!«

Darauf stießen wir an. Allerdings brachte uns die kuriose

Wortschöpfung »Mauerflieger« gleich danach wieder auf den Boden der Tatsachen zurück. Realistisch betrachtet war die Berliner Mauer der wohl denkbar ungünstigste Ort für eine Aktion wie diese. Es war davon auszugehen, dass sie der am schärfsten bewachte Abschnitt des Eisernen Vorhangs war, dicht gefolgt von der Grenze zwischen Ost- und Westdeutschland. Aussichtsreicher schien uns, den Blick Richtung Süden zu wenden. Vielleicht auf die Grenze zwischen Westdeutschland und der Tschechoslowakei oder zwischen der Tschechoslowakei und Österreich. Doch die Frage nach dem Wo mussten wir nicht heute beantworten. Zuvor gab es viele andere wichtige Dinge zu klären. Schließlich brauchten Mauerflieger erst mal einen Flugschein und ein Flugzeug, die ihnen Flügel verliehen.

Natürlich könnte man sagen, dass junge Leute, die auf solch eine Weise den Eisernen Vorhang überwinden wollten, eine Schraube locker haben mussten. Ich hörte bereits, wie kluge und vernünftige Menschen unsere Idee als romantische Fantasie abtaten. Allerdings sollte ja niemand von unseren Plänen erfahren, das hatten Isolde und ich vereinbart.

Bei näherer Betrachtung hatte der Plan in all seiner Verrücktheit vieles für sich. Soweit mir bekannt war, hatte noch niemand versucht, mit einem Flugzeug aus der DDR in den Westen zu fliehen. Wir konnten also die Ersten sein. Das Überraschungsmoment auf seiner Seite zu haben und den Gegner unvorbereitet zu treffen, war eine wichtige militärische Taktik, die ich während meiner Offiziersausbildung gelernt hatte. Mit einer ordentlichen Portion Glück und etwas Geschick konnte es uns gelingen, die Wachposten in ihren Türmen und das Luftabwehrsystem an der Grenze schlichtweg zu überrumpeln. Vor meinem inneren Auge sah ich bereits, wie ich mit großer Geschwindigkeit und auf geringer Höhe die Grenze überflog, auf der Ostseite landete, Isolde einsteigen ließ und schnell wie der Blitz wieder verschwand, bevor die Wachmänner überhaupt richtig begriffen, was da passierte. Ja, so stellte ich es mir vor.

Lufttaufe

Fiebrige Spannung trug uns durch die Woche nach der Verlobung. Da Isoldes Flucht nun beschlossene Sache war, schwänzte sie für ein paar Tage die Uni, und wir genossen zum ersten Mal mehrere Tage am Stück unsere Zweisamkeit. Rückblickend scheint mir, dass wir uns in dieser Woche erst wirklich kennenlernten. Das Eheversprechen und die gemeinsamen Herausforderungen, die vor uns lagen, schweißten uns zusammen.

Nach einigen Tagen meldete ich mich dann wegen meines Autos bei einem hohen Beamten im Verkehrsministerium. Als ich ihm gegenübersaß, war es das alte Lied. Er bedauerte den Unfall, stellte aber fest, dass an dem Beschluss aus Saßnitz nicht zu rütteln war. Er sah auch keinerlei Anlass dafür, warum die DDR für den Schaden aufkommen sollte. Wieder einmal wies man die Verantwortung von sich.

Mir reichte es nun, und ich verschaffte meiner Wut Luft, indem ich in meinem besten Deutsch die Absicht kundtat, alle großen schwedischen Tageszeitungen über den Vorfall zu informieren. »Das wäre gewiss keine vorteilhafte Werbung für die DDR«, schloss ich.

Dies verfehlte seine Wirkung nicht. Der Beamte verharrte eine Weile in eisigem Schweigen und erklärte dann etwas weniger entschieden: »Wir werden den endgültigen Bescheid des Ministeriums an die Verkehrsvertretung der DDR in Stockholm schicken. Melden Sie sich dort direkt nach Ihrer Heimkehr.«

Nach der innigen Woche fiel Isolde und mir der Abschied diesmal besonders schwer. Allerdings konnte ich endlich die konkrete Planung für unser Fluchtvorhaben – und damit für ein Zusammenleben ohne Abschiede – vorantreiben. Wehmütig verließ ich Berlin, diesmal mit klarem Fokus auf meine neue Aufgabe: einen Pilotenschein zu machen.

Daheim in Stockholm ging ich sofort zur DDR-Verkehrsvertretung, wo man mich bereits erwartete. Der Chef empfing mich persönlich. Mit freundlichem Lächeln sagte er: »Wir haben gute Nachrichten für Sie. Als Zeichen unseres aufrichtigen Bedauerns bieten wir Ihnen für Ihr beschädigtes Auto einen Ersatzwagen an. Wir haben einen fabrikneuen Wartburg für Sie reserviert.«

Ich begriff sofort, dass diese Offerte bemerkenswert war. Hier ging es nicht um einen kleinen Trabi, sondern um ein bedeutend besseres Auto, zudem mussten wegen der Planwirtschaft in der DDR Einheimische oft zehn Jahre warten, bis sie ein neues Auto bekamen. Ich hätte mich also glücklich schätzen können. Allerdings schwebte mir eine sinnvollere Lösung vor.

»Ihr Angebot ist sehr großzügig«, erwiderte ich freundlich. »Doch wie Sie sicher wissen, gibt es in Schweden keine Service-Werkstätten für DDR-Autos. Ich würde es deshalb begrüßen, wenn Sie mir die Ersatzleistung in Form einer entsprechenden Geldsumme zukommen lassen könnten.«

Zu meiner großen Genugtuung ließ sich der Mann ohne Lamento auf diesen Vorschlag ein. Nur wenige Tage später erhielt ich einen Scheck über einen Betrag, der den Anschaffungskosten des Genfer Käfers ungefähr entsprach. Damit war ich mehr als zufrieden, die Entschädigung war ein gerechter Lohn für meine Beharrlichkeit. Vor allem verhalf sie mir zu einer beträchtlichen Summe, die ich bitter nötig hatte. Ohne dieses Geld aus der DDR hätte ich nicht gewusst, wie das Projekt Flugschein zu finanzieren gewesen wäre. Zum zweiten Mal hatte sich die »höhere Gewalt« als Glücksfall entpuppt.

Bald meldete ich mich bei der Stockholmer Flugschule in Skå-Edeby an. Das Ausbildungszentrum mit dem kleinen Flugfeld lag ein gutes Stück von Stockholm entfernt auf einer Insel im Mälarsee. Hier konnte man Flugscheine für Hubschrauber und Sportflugzeuge machen. Sofort entschied ich mich für die zweite Option. Nicht nur hätte die Ausbildung zum Hubschrauberpiloten viel länger gedauert, sie wäre auch dreimal teurer gewesen. Ich wollte keine Zeit verlieren, und die Finanzspritze aus der DDR-Staatskasse hielt nicht ewig vor. Für den Erwerb eines einfachen Flugzertifikats wurden sechs bis acht Monate veranschlagt. Letztlich hinge die Dauer der Ausbildung aber auch von meiner Lernfähigkeit sowie der Häufigkeit der Flugstunden ab, hieß es.

An einem nebligen Nachmittag Anfang November 1965 ließ ich mich als Flugschüler registrieren. Da ich möglichst anonym bleiben wollte, erfolgte die Anmeldung unter einem falschen, oder besser gesagt unvollständigen Namen. Noch immer studierte ich Ost-West-Handel und wollte später auch in diesem Bereich arbeiten. Deshalb vermied ich es bei allen Aktivitäten, die Isoldes Flucht betrafen, so weit wie möglich, meine Identität preiszugeben. Der Grund lag auf der Hand: Sollte die Flucht gelingen, würde die Stasi mit Sicherheit Nachforschungen über Isoldes Verschwinden anstellen. Hätte sich dabei herausgestellt, dass ich ihr Fluchthelfer war, wären mir Reisen im Ostblock für lange Zeit unmöglich oder zumindest gefährlich für mich geworden. Aus heutiger Sicht mag dieser Gedanke übertrieben oder paranoid erscheinen, doch im Zeichen des Kalten Krieges war er realistisch. Entlang der Mauer und der innerdeutschen Grenze wurden Flüchtlinge und ihre Helfer von DDR-Wachposten kaltblütig erschossen. Ich hatte nicht den geringsten Zweifel, dass die Stasi nichts unversucht ließ, Fluchthelfern das Handwerk zu legen und sie hinter Schloss und Riegel zu bringen.

So meldete ich mich in der Flugschule nicht als Hans Christian Cars an, sondern als Göran Hadarsson. Die vielen Namen in meinem Ausweis, in dem ich als »Göran Hans Christian Hadarsson Cars« geführt wurde, machten es möglich. Ich behauptete einfach, mein Rufname sei Göran und mein Nachname Hadarsson. Der schwedischen Tradition zufolge, dass Familiennamen oft aus dem Vornamen des Vaters und einem angehängten »sson« (»Sohn von«) bestanden, war das durchaus logisch. Dass Hadarsson bei mir nur ein Beiname als Reverenz an meinen Vater Hadar war, musste ich den Leuten in der Flugschule ja nicht auf die Nase binden. Auch das polizeiliche Führungszeugnis und das Gesundheitszeugnis, die ich vorlegen musste, ließ ich auf den falschen Namen ausstellen. So war ich in der Flugschule in allen Dokumenten als Göran Hadarsson registriert.

Anfangs war es seltsam, unter einem Decknamen zu agieren, aber ich gewöhnte mich schnell an meine neue Identität. Ohnehin hielt ich mich beim Flugunterricht im Hintergrund und mied unnötige Kontakte zu anderen Schülern. Auch hier wollte ich nicht auffallen, außerdem teilte ich deren Euphorie nicht. Während sie von wahrer Leidenschaft fürs Fliegen getrieben waren, war der Kurs für mich ein Mittel zum Zweck. Ohne Flugschein kein Fliegen, und ohne Fliegen keine Flucht.

Der Theorieteil fiel mir nicht schwer. Wir lernten technische Details über Flugzeuge, die Analyse von Wetterbedingungen, wie man Wolkenformationen las und was im Funkverkehr mit dem Tower zu beachten war. Deutlich spannender war die Praxis. Für den Erwerb des Flugscheins wurden etwa 40 Flugstunden veranschlagt. Das kam mir zunächst sehr viel vor, hatte jedoch seine Berechtigung.

Bei meiner ersten Flugstunde saß ich auf dem Co-Pilotensitz, während mein Lehrer, ein agiler Mann Mitte 30, die einmotorige Cessna 172/175 steuerte. Aufmerksam verfolgte ich, wie er den Motor startete, den Steuerhebel betätigte, die Maschine zum Rollen brachte und beschleunigte. Wie von selbst schienen sich die Reifen von der Startbahn zu lösen, und das Flugzeug erhob sich in die Lüfte. Rasant entfernte sich die Welt unter uns. Bald kreisten wir über der weiten, glitzernden, von zahllosen Inseln durchbrochenen Fläche des Mälarsees. Schwebend zwischen Himmel und Erde, getragen von den metallenen Flügeln der Cessna. Es war ein durch und durch erhebendes Gefühl.

Dank der Doppelausstattung im Cockpit des Schulflugzeugs war mein Sitz mit sämtlichen Instrumenten ausgestattet. Als wir die volle Flughöhe erreicht hatten, forderte der Lehrer mich auf, die Steuerung zu übernehmen. Natürlich war ich nervös, aber es funktionierte. Ich staunte, wie unmittelbar die Cessna auf das Betätigen von Gashebel und Höhenruder reagierte. Die Maschine steuerte spielend nach rechts und links, manövrierte nach oben und unten, folgte brav jedem Kommando. Ich bekam eine erste Ahnung davon, was es bedeutete, so einen Vogel zu navigieren. Gelegentliche Schwenker und Luftlöcher erinnerten mich unsanft daran, dass ich von meinem Ziel noch weit entfernt war. Zudem hatte ich keinerlei Orientierung. Während wir über den endlosen Weiten des Mälarsees dahinglitten, war mir völlig schleierhaft, wie man den Weg zurück zur Flugschule finden konnte. Mein Lehrer lotste uns sicher zurück zum Ausgangspunkt.

Als wir uns nach einer knappen halben Stunde in der Luft wieder dem Flugfeld von Skå-Edeby näherten, folgte die nächste Herausforderung: die Landung. Mein Lehrer tat dies mit links und erklärte mir nebenbei seelenruhig, was beim Tiefergehen, Aufsetzen und Bremsen zu beachten war. Für mich sah das alles ganz schön kompliziert aus. Wie sollte ich selbst jemals die Vielzahl von Handgriffen und Funksprüchen hinbekommen, die mein Lehrer wie im Schlaf zu beherrschen schien?

»Und? Willst du immer noch weitermachen?«, fragte der Lehrer nach der Landung. Innerlich musste ich schmunzeln. Für mich war das Weitermachen keine Frage des Wollens. Ich *musste* es tun, für eine Zukunft mit Isolde. Trotzdem nickte ich eifrig – und ahnte bereits, dass ich jede meiner 40 Flugstunden brauchen würde, bis ich mich im Cockpit so richtig zu Hause fühlte.

Ab der zweiten Praxisstunde saß ich auf dem Pilotensitz und der Lehrer daneben. Er ließ mich nun das meiste selbst machen. Mit jedem Flug ließ meine Nervosität nach und gewann ich an Sicherheit. Mit der Zeit spürte ich sogar eine gewisse Gewohnheit im Umgang mit den Instrumenten und Abläufen. Trotzdem fand ich es sehr beruhigend, dass jemand neben mir saß, der bei Problemen jederzeit hätte einschreiten können.

Die Übungen liefen ab wie am Schnürchen, sogar die komplizierten Landungen bekam ich zunehmend besser hin. Die Stunden endeten jetzt oft damit, dass ich mehrfach hintereinander landete und wieder startete. Das hieß, ich setzte nur kurz auf der Rollbahn auf, um sofort wieder abzuheben. Damit sollte die Routine bei der Landung geschult werden. Meine zwölfte Flugstunde fand an einem strahlend schönen, kalten Herbsttag statt. Mein Lehrer war diesmal der Chef der Flugschule höchstpersönlich. An diesem Tag war ich zum ersten Mal mit meiner Leistung wirklich zufrieden und kam richtig in Fahrt. Als ich die Cessna zum x-ten Mal gelandet hatte und gerade wieder Gas geben wollte, hielt mein Lehrer mich zurück. Er trat auf die Bremse, stoppte die Maschine und stieg aus.

»Was ist denn los?«, fragte ich.

»Nichts«, rief er fröhlich. »Einfach so weitermachen, bis die Stunde um ist.« Damit schlug er die Tür zu und ließ mich allein.

Wie bitte? Einfach so weitermachen? Auf der Stelle war meine Entspannung wie weggeblasen, und Adrenalin pumpte durch meinen Körper. Allerdings hatte ich nicht viel Zeit, mich in ein Gefühl aufkommender Überforderung hineinzusteigern. Der Lehrer gab bereits das Zeichen, dass ich schleunigst wieder losfliegen sollte.

Ich sah auf meine Uhr. Bis zur vollen Stunde waren noch zwanzig Minuten Zeit. *Nun denn*, dachte ich, *einfach so weitermachen.*

Ich drückte den Choke und gab Gas wie so viele Male zuvor, dann stiegen wir allein in die Lüfte empor, die Cessna und ich. Zum ersten Mal ohne Geleitschutz.

Der kleine »Überfall« des Fluglehrers war ein cleverer psychologischer Schachzug, der mich von zu viel Nachdenken abhielt. Mechanisch rief ich das Erlernte ab. Erst als wir an Höhe gewannen und ich mich dem Himmel näher fühlte als der Erde, wurde mir etwas mulmig zumute angesichts der Tatsache, dass der Sitz neben mir leer war. Ich war ganz auf mich allein gestellt. Was, wenn jetzt etwas schiefging? Was, wenn der Motor ausfiel?

Ich konzentrierte mich auf das Wesentliche: die nächste

Landung. Das Flugfeld im Visier, zog ich den Choke heraus, lauschte, wie das Brummen des Motors schwächer wurde, und näherte mich im Sinkflug der Rollbahn. Als die Cessna aufsetzte, machte sie ein paar kleine Sprünge, rollte 50, 60 Meter ruhig dahin, dann schob ich den Choke wieder hinein, gab Gas und zog den Steuerhebel zu mir heran. Schon hatte die Maschine wieder Luft unter den Tragflächen. So ging es eine Weile weiter: rauf und runter. Bis die volle Stunde um war, ich das Flugzeug bremste und abstellte.

Im Clubhaus wurde mein erster Alleinflug vom Lehrer und einigen Mitschülern laut beklatscht. Ich schien den Test bestanden zu haben. Es folgte ein nach der Lufttaufe übliches Ritual: Jemand schnitt mir meine Krawatte ab und hängte sie an eine »Trophäenwand«, an der bereits zahlreiche Schlipsspitzen von Vorgängern baumelten. Zum Glück trug ich an diesem Tag weder meine beste Krawatte noch das heilige Exemplar, das mich am Checkpoint Charlie gerettet hatte.

Nach diesem ersten Etappenerfolg schlug das Wetter um, aus Herbst wurde Winter. Immer häufiger erschwerte dichter Nebel die Sicht, dann fiel der erste Schnee. Die Flugstunden fielen jetzt häufig aus. Wenn sie allerdings stattfanden, waren sie magisch. Die Landschaft war völlig verwandelt. Orientierungspunkte schneiten ein, Wasserflächen froren zu, statt Freizeitbooten sah man nur noch vereinzelte Eisbrecher, die ihre Fahrrinnen ins Eis des Mälarsees pflügten. Die Natur hielt den Atem an, fast als würde sie kommenden Ereignissen entgegenfiebern.

Abschiedsgedanken

Nachdem Hans Christian im November abgereist war, ging mein Leben in Ostberlin wie gewohnt weiter. Und doch war auf einmal alles anders. Zwar studierte ich voller Interesse und traf mich mit Freunden, auch besuchte ich regelmäßig meine liebe

Mutti und meine Schwester. Aber nicht einmal ihnen konnte ich erzählen, dass ich glücklich verlobt war, geschweige denn meinen Fluchtplan enthüllen. Konsequenterweise weihte ich wirklich keinen einzigen Menschen ein. Es ging dabei nicht nur um Hans Christian und mich. Mir war vor allem wichtig, meine Familie zu schützen und niemanden in die Lage zu bringen, im Stasi-Verhör geheime Kenntnisse abzustreiten oder zuzugeben. Letzteres wäre einer Selbstanzeige gleichgekommen. Von einem Fluchtplan zu wissen, ohne die Stasi zu informieren, war eine Straftat.

All das ließ sich vermeiden, indem ich Familie und Freunde über meine Pläne im Dunkeln ließ. Ich kann nicht leugnen, dass ich mich abends, wenn ich im Bett lag und an die Zukunft dachte, manchmal sehr einsam mit der Situation fühlte. Die Fluchtthematik war ganz neu für mich. Anders als Hans Christian hatte ich bis zum Zeitpunkt unserer Verlobung nie konkret über Möglichkeiten nachgedacht, die DDR zu verlassen. Es war ja auch nicht so, dass ich unbedingt wegwollte. Doch mit Hans Christian in einer dauerhaften Beziehung zu leben, war ohne Flucht kaum möglich, und ich wollte mit ihm zusammen sein.

In den Stunden vor dem Kachelofen hatte ich in erster Linie zugehört und Hans Christians Gedanken kommentiert. Grundsätze wie jene, dass wir keine Mitwisser und das Risiko gemeinsam tragen wollten, hatten wir gemeinsam getroffen. Wenn wir in einem Baum hängen blieben oder in den Knast wanderten, dann taten wir das zusammen, das war für mich selbstverständlich. Ging es allerdings um das Wissen über Fluchtarten, die geglückt oder missglückt waren, musste ich mich auf Hans Christian verlassen. Mir waren lediglich ein paar Berliner Tunnelfluchten bekannt und natürlich der gescheiterte Versuch meines Ex-Freundes. Das Wissen um sein Schicksal wirkte sich seltsamerweise nie auf meine Entschlossenheit aus. Seine Flucht stand für mich auf einem völlig anderen Blatt und hatte nichts mit meinem Plan zu tun.

Ob ich nach Hans Christians Abreise je daran zweifelte, dass er seine Idee mit dem Flugschein wirklich umsetzen würde? Ich glaube nicht. Ich vertraute ihm ja. Gerade deshalb wurde mir mehr und mehr das volle Ausmaß meiner Entscheidung bewusst. Dass ich meine Mutti und Schwester, meinen Vater und gute Freunde nach der Flucht nicht mehr würde sehen und umarmen können, machte mich traurig. Dass ich alles aufs Spiel setzen musste und vielleicht nie mehr zurückkehren konnte, machte mir Angst. Aus diesem Grund war ich froh, Weihnachten 1965 mit meiner Familie feiern zu können.

Neujahr 1966 wollten Hans Christian und ich hingegen zusammen begrüßen. Wir entschieden, ins polnische Zakopane zu fahren. Den Wintersportort am Fuße des Tatra-Gebirges kannte ich bereits von einer früheren Reise. Die urigen Holzhäuser und die verschneite Landschaft erschienen mir als romantische Kulisse für den ersten gemeinsamen Urlaub mit meinem Verlobten. Wie üblich musste ich die Reise bei den DDR-Behörden beantragen, sie wurde ohne Probleme genehmigt. Nun hatten wir uns nur noch einer Herausforderung zu stellen: dem Skifahren. Ich war eine lausige Skiläuferin. Bei meinem früheren Besuch in Zakopane war ich schon beim kleinsten Gefälle ins Straucheln geraten und den Hang nicht selten auf dem Hosenboden heruntergerutscht. Es bestand also auch diesmal die Gefahr, dass ich keine besonders sportliche Figur abgeben würde. Augenzwinkernd könnte man diesen Punkt als Zeichen dafür werten, wie gut Hans Christian und ich zueinanderpassten. Um seine skiläuferischen Qualitäten war es nämlich auch nicht besonders gut bestellt.

Guten Rutsch!

Ein Visum für Polen, Wintersportkleidung und ein Paar Ski – mit diesem Gepäck machte ich mich nach einem gemütlichen Weihnachtsfest im Kreis meiner Eltern und Geschwister auf den Weg zu Isolde. Niemand aus meiner Familie wusste, wohin ich reiste und wen ich treffen wollte, denn keiner außer Bertil wusste von Isolde. Bis die Flucht geglückt war, wollte ich es dabei belassen. Meinen Eltern sagte ich, ich würde Silvester mit Freunden in Genf feiern, hielt mich aber sonst bedeckt. Möglicherweise vermuteten sie bereits, dass ich eine Freundin hatte. Aber sie hakten nicht weiter nach.

Nach Zakopane zu fahren, sahen Isolde und ich als Möglichkeit, von der ewigen Heimlichtuerei und den Gedanken an die ungewisse Zukunft eine Auszeit zu nehmen. Wir wollten einfach ein paar unbeschwerte Tage in Zweisamkeit verbringen. Für mich war es außerdem die letzte Urlaubsgelegenheit, bevor ich am 3. Januar eine Stelle in der Osteuropa-Sektion des Schwedischen Exportvereins antrat. Der Job war wie zugeschnitten auf mich und meine Ausbildung. Ich freute mich darauf. Einerseits war mir zwar bewusst, dass die neue Aufgabe mit viel Arbeit und Verantwortung verbunden war und sie die Fortschritte im Fluguntericht verlangsamen würde, andererseits war es beruhigend, ein gutes Monatsgehalt zu bekommen. Mir war klar, dass ich für die Flucht eine Menge Geld brauchen würde.

Da ich kein Auto mehr hatte, reiste ich diesmal wieder mit dem Zug. Bei meiner Ankunft in Ostberlin wartete Isolde bereits auf mich. In einem roten Schneeanzug und mit einem Paar hölzerner Ski im Arm stand sie am Bahnsteig und winkte freudig, als sie mich sah. Wie immer war sie überaus hübsch anzusehen, ein strahlender Blickfang in der wintergrauen Bahnhofshalle.

»Meine Ski sind nur geliehen«, lachte sie. »Sie sind auch etwas aus der Mode. Stahlkanten und Schuhhalterungen haben sie leider noch nicht, die alten Lederriemen müssen reichen.«

»Dann passen wir ja gut zusammen«, erwiderte ich schmunzelnd. »Stahlkanten haben meine Ski zwar, aber das ist auch schon das Modernste an ihnen.«

Wir mussten beide lachen über unsere veraltete Ausrüstung. Auf Skiern würde uns die Flucht mit Sicherheit nicht gelingen. Aber wir planten das Projekt zum Glück nicht im Schnee, sondern in der Luft. Im Zugabteil, das wir eine Weile für uns allein hatten, berichtete ich stolz über meine Flugstunden und welche Fortschritte ich bereits gemacht hatte. Die Fahrt bot reichlich Gelegenheit zum Austausch von Neuigkeiten, denn sie dauerte einen ganzen Tag. Als wir endlich in Zakopane ankamen, waren wir fix und fertig und sehnten uns nach einem bequemen Bett. Leider waren wir damit nicht allein. Es wimmelte von Touristen auf Zimmersuche. Buchungen waren damals kompliziert und eher unüblich, deshalb hatten wir nicht reserviert, was sich jetzt als Problem erwies. Nachdem uns allerhand Hotels und Pensionen abgewiesen hatten, bot uns ein Gastwirt eine Unterkunft im Nebengebäude seines Hofs an. Er warnte uns, dass dort nicht geheizt war, dennoch nahmen wir das Angebot dankbar an. Wir waren froh, die Nacht nicht im Freien verbringen zu müssen.

So begann unser Skiurlaub unterm Dachjuchhe in einer Art Scheune, durch deren undichte Ritzen ein scharfer Wind pfiff. Zwischen den Holzplanken sah man sogar die Skipisten, das Bergpanorama und den Sternenhimmel. Es war sozusagen ein Zimmer mit Aussicht. Nur warm war es nicht. In voller Skimontur mit Schal, Mütze und doppelten Socken kuschelten wir uns eng aneinander und wärmten uns wie kleine Eisbären. Rückblickend hatte diese Nacht eine gewisse Romantik. Damals war sie allerdings vor allem eines: eisig kalt.

Am nächsten Morgen hatten wir mehr Glück, im Haupthaus wurde ein Zimmer frei. Es war das komplette Kontrastprogramm zu unserer rustikalen Scheune. Es gab solide Wände und anheimelnde Wärme, zudem war hier von den Tapeten über die Bettwäsche bis hin zu den Handtüchern alles rosa. Das Zimmer glich einer Hochzeitssuite und lud dazu ein, den ganzen Tag drinnen zu bleiben, aber wir waren ja nicht zum Faulenzen gekommen. Die Stunde der Wahrheit brach an: Es war an der Zeit, Ski zu laufen.

Schon die erste Liftfahrt war denkwürdig. Während wir auf unseren Skiern in der Schlange standen und im Schneckentempo vorwärtsruckelten, stellte Isolde voller Entsetzen fest:

»Oh nein, das ist ja ein Ankerlift!« Ich nickte schweigend. Auch mir graute vor den Schleppliften mit den ankerförmigen Bügeln, die man sich unter den Hintern klemmte. Für Skianfänger war es ungemein schwierig, die Balance zu halten und gleichzeitig darauf zu achten, dass der Bügel nicht wegrutschte.

»Ich bin noch nie mit einem Ankerlift gefahren«, zeterte Isolde. »Bekommen wir das überhaupt hin?« Wieder schwieg ich, denn ich war keineswegs überzeugt davon, dass wir es hinbekamen.

Da meldete sich hinter uns eine sonore Stimme zu Wort: »Wenn Sie möchten, können wir zusammen fahren.«

Als ich mich umdrehte, sah ich einem braun gebrannten, sportlichen, unverschämt gut aussehenden jungen Mann ins Gesicht, der Isolde freundlich anlächelte: »Ich bin recht sicher auf Skiern und würde Sie schon festhalten, bevor Sie aus dem Lift fallen.«

Diese Worte hörte ich mit gemischten Gefühlen. Einerseits fand ich das Angebot sehr zuvorkommend und sinnvoll, andererseits passte es mir überhaupt nicht, dass dieser Kerl Isolde »festhalten« wollte. Er sah ja nicht nur gut aus, er war außerdem sehr charmant. Das war wohl auch Isolde nicht entgangen, die in diesem Moment antwortete: »Oh ja, das wäre mir sehr recht.«

Damit waren die Würfel gefallen. Ich hatte keine andere Wahl, als meine Verlobte mit dem Schönling vorfahren zu lassen und ihnen mit dem nächsten Ankerbügel zu folgen. Vielleicht war es ja besser so. Der Kerl würde Isolde eine gewisse Sicherheit geben und damit die Angst nehmen, während ich die beiden von hinten im Auge behalten konnte. So stellte ich es mir zumindest vor. Doch das Im-Auge-Behalten ging gründlich schief. Eine Familie drängelte sich vor, sodass ich erst den drittnächsten Lift nehmen konnte und damit viel zu weit entfernt war, um zu erkennen, ob der Schönling es mit dem Festhalten übertrieb. Außerdem hatte ich auf der Fahrt andere Sorgen, als den Aufpasser zu spielen.

Als ich an der Reihe war, glitt ich vorsichtig an den Startpunkt, um mir den heranschwebenden Ankerlift zu schnappen. Leider unterschätzte ich dessen Tempo. Ich konnte ihn zwar ergreifen und mir notdürftig hinter den rechten Oberschenkel klemmen, aber der Bügel saß äußerst wackelig. Noch während ich versuchte, ihn höher zu schieben und mich ordentlich zurechtzusetzen, kam der erste Stützpfeiler, es rüttelte an den Stahlseilen, und der Anker rutschte zur Seite. Mir blieb nichts anderes übrig, als mich mit beiden Händen am Bügel festzuklammern und von ihm ziehen zu lassen wie ein Pflug von einem Pferd. Leider war der Lift kein Pferd, sonst hätte er vielleicht gespürt, dass da etwas nicht mit rechten Dingen zuging, und seine Geschwindigkeit gedrosselt. Bei der nächsten Steigung zog das Tempo noch an, meine Kräfte ließen nach, mein Griff lockerte sich, und schließlich sah ich ein, dass ich es auf diese Weise nie im Leben bis zum Gipfel schaffen konnte. Ich musste loslassen. Dann würde ich eben am Rand der Liftschneise zurück ins Tal rutschen und einen zweiten Versuch starten.

Doch die Schneegeister von Zakopane hatten offenbar noch nicht genug Spaß mit mir gehabt. Als ich losließ, verhedderte sich die Schlaufe meines Skistocks am Liftbügel. Mein linker Arm war nun an den Anker gekettet wie ein Sträfling an seine Zellenwand. Bevor es mich endgültig von den Skiern fegte und mich die Teufelsmaschine hinter sich her schleifte, bis mir das Handgelenk abriss, gab ich lieber auf. Ich zog meine Hand aus dem Handschuh, der nun gemeinsam mit dem baumelnden Skistock seine Liftfahrt Richtung Bergspitze fortsetzte, machte auf Skiern eine Kehrtwende und glitt so elegant und unbekümmert, wie es mir eben möglich war, zurück ins Tal, während der Jubel all jener, die den Vorfall mitverfolgt hatten, keine Grenzen kannte. Um das berühmte Zitat von Winston Churchill zu travestieren: »Selten haben so viele über so wenig so herzlich gelacht.«

Letztlich kam mein Skistock nach vollendeter Ehrenrunde mitsamt dem Handschuh wieder im Tal an. Einem zweiten Versuch zum Gipfelsturm stand nun nichts mehr im Wege. Einer der lachenden Beobachter aus der Warteschlange bot mir an, die nächste Liftfahrt mit ihm zusammen zu machen. Ich war schlau genug, das Angebot anzunehmen. So kam ich am Ende doch noch bei Isolde an, die sich längst von ihrem charmanten Wohltäter verabschiedet hatte und ungeduldig auf mich wartete.

Auf dem Berg schien die Sonne, aber es fegte ein eisiger Wind. Da es an den Tagen zuvor recht warm gewesen war und getaut hatte, war die Piste infolge des Kälteeinbruchs zu einer brettharten und spiegelglatten Eisschicht gefroren. Für Anfänger wie uns waren das denkbar ungünstige Bedingungen, doch wir wollten uns nicht sofort unterkriegen lassen. Wir versuchten, den Hang zu bezwingen, waren allerdings vor allem damit beschäftigt, das Gleichgewicht zu halten, was nicht wirklich gelang. Die Folge waren halsbrecherische Stunts und unsanfte Stürze. Bald sahen wir ein, dass auf dieser glatten Unterlage keiner von uns heil und würdevoll bis ins Tal kommen würde. Ich schnallte als Erster die Ski ab, warf sie mir über die Schulter und begann den Abstieg zu Fuß. Isolde machte es sich leichter, sie setzte sich einfach mit dem Hosenboden auf ihre Bretter und benutzte sie als Schlitten. Während ich mühsam einen Fuß vor den anderen setzte, sauste meine Verlobte lachend die Piste hinunter an mir vorbei. Zum zweiten Mal an diesem Tag sah ich ihr neidisch, aber auch voller Bewunderung hinterher.

Isoldes clevere Lösung änderte nichts daran, dass wir nun bereits genug Wintersport getrieben hatten. Unsere Ski durften von jetzt an im rosa Zimmer Urlaub machen. Wir vergnügten uns anderweitig. Romantischer Höhepunkt war eine Fahrt in einem geräumigen Schlitten, den zwei Ardenner Kaltblutpferde zogen. Unterm sternenklaren Himmel sausten wir mit läutenden Glöckchen durch den glitzernden Schnee und hielten uns unter einer dicken Wolldecke an den Händen. In diesem Moment verstummten alle Gedanken zum Gestern und Morgen, zu Sinn und Unsinn, Ost und West. Wir waren einfach nur glücklich, zusammen zu sein.

Am 31. Dezember mussten wir raus aus dem rosa Zimmer,

deshalb beschlossen wir, etwas früher zurück nach Berlin zu fahren. Wieder hatten wir eine lange Zugreise vor uns. Diesmal gab es keine Abteile, sondern nur Großraumwagen mit Mittelgang und Holzbänken. Wir hatten uns darauf eingestellt, den Jahreswechsel im Zug zu verbringen, aber als wir uns nach zwölf Stunden Fahrt gegen 21 Uhr Posen näherten, bescherte mir mein schmerzendes Hinterteil eine spontane Eingebung.

»Es wäre doch schade, unser erstes gemeinsames Silvester im Zug zu feiern«, sagte ich zu Isolde. Sie sah mich fragend an.

»Wie wär's, wenn wir an der nächsten Station aussteigen und uns ein Lokal suchen? Posen ist eine Universitätsstadt, da ist zu Silvester bestimmt irgendwas los.«

Isoldes Augen begannen zu leuchten. Sofort kramte sie aus ihrer Reisetasche etwas Schickes zum Anziehen hervor und verschwand auf der Zugtoilette. Am Posener Bahnhof gaben wir die Ski und unsere Taschen bei der Gepäckaufbewahrung ab. Danach machten wir uns voller Unternehmungslust auf die Suche nach einem Restaurant, das noch Platz für uns hatte.

In einer Kneipe mit einer tollen Band wurden wir fündig. Die Silvesterfeier war schon in vollem Gange, trotzdem führte uns ein hilfsbereiter Kellner an einen freien Tisch und nahm sofort unsere Bestellung entgegen. Das Essen war heiß, der Weißwein kalt, die Stimmung ausgelassen. Als es auf Mitternacht zuging, wurde Sekt ausgeschenkt. Die kleine Tanzfläche vor dem Podest wurde immer voller. Auch wir konnten jetzt nicht länger stillsitzen.

Um zwölf Uhr erbebte der Saal vom Tusch der Kapelle und fröhlichen Neujahrsrufen auf Polnisch und Russisch. Auf der Tanzfläche, eng umschlungen, hatten wir nur Augen füreinander, ungestört von der fröhlich tobenden Menge um uns herum. Ohne Worte verstanden wir, woran der jeweils andere dachte. An die Familie, aber auch an die Zukunft, an das, was das neue Jahr uns bringen würde. Wir wussten beide, dass ein bedeutungsvolles Jahr vor uns lag, in dem wir mehr Glück brauchten, als es die üblichen Neujahrsformeln zu wünschen imstande waren. In dieser gefühlsträchtigen Stimmung drückten wir uns fest aneinander, mit einem langen Kuss begrüßten wir voller Hoffnungen das neue Jahr.

Schon war der Zwölf-Uhr-Schlag vorbei. Aufbruchsstimmung lag in der Luft, ein spürbares Zusammengehörigkeitsgefühl und große Zuversicht. Fröhlich stießen wir auf das Jahr 1966 an. Isolde brachte die Bedeutung dieser Jahreswende mit drei schlichten Worten auf den Punkt, als sie im Sturm der klirrenden Gläser rief: »Auf die Zukunft!«

Die angeschossene Krähe

Der neue Job beim Schwedischen Exportverein war interessant, stimulierend und ganz nach meinem Geschmack. Wie erwartet hatte er aber auch einen Nachteil: Er ließ mir wenig Freizeit. Flugstunden konnte ich nun nur noch an den Wochenenden nehmen. Jeden Freitag hoffte ich inständig auf gutes Wetter – eine Hoffnung, die in den Wintermonaten oft enttäuscht wurde. Immer wieder musste der Unterricht wegen Schnee, Regen oder Nebel ausfallen, meine Pilotenausbildung kam nur im Schneckentempo voran. Meiner Moral war das ziemlich abträglich. Mehr als einmal fragte ich mich, ob ich noch richtig bei Verstand war. War das, was wir uns vorgenommen hatten, überhaupt realistisch zu schaffen? Konnte ich die Grenze zum Ostblock mit einem Sportflugzeug überfliegen, ohne dass die Wachposten in ihren Aussichtstürmen das Feuer eröffneten? Und wenn ja, würde es beim Rückflug auch noch ein zweites Mal gelingen? Wie sollte ich aus der Luft auf Anhieb die Stelle finden, an der Isolde auf mich wartete? Wie sollten wir kommunizieren? Und was, wenn im entscheidenden Moment der Flucht das Wetter schlappmachte? Das ganze Projekt kam mir immer irrwitziger vor.

Der Frühling war meine Rettung. Mit den längeren Tagen, steigenden Temperaturen und regelmäßigeren Trainingseinheiten hellte sich mein Gemüt spürbar auf. Da ich meine letzten achtundzwanzig Flugstunden allesamt ohne Lehrer absolvierte, wurde ich selbstständiger und wagemutiger. Jetzt, wo ich keinen Aufpasser mehr an meiner Seite hatte, fiel es mir leichter, mich in die Fluchtsituation hineinzuversetzen. Wenn ich meine Runden über den spiegelnden Weiten des Mälarsees drehte, stellte ich mir vor, wie es sein würde, über den lückenlos bewachten Eisernen Vorhang zu fliegen. Wie das Ganze aus der Luft aussehen würde. Wie ich das Risiko minimieren konnte, abgeschossen zu werden. Gesteigerte Aufmerksamkeit schenkte ich dem Niedrigflug. In geringer Höhe zu fliegen, ohne in einer Baumkrone stecken zu bleiben, war eine Technik, die ich beherrschen musste, denn ich wollte vermeiden, vom Radarsystem am Eisernen Vorhang erfasst zu werden.

Auch überlegte ich, wie der Landeplatz aussehen musste, an dem ich Isolde abholen würde. Wir hatten den genauen Ort der Flucht noch gar nicht bestimmt, aber weil wir möglichst wenig Aufsehen erregen wollten, musste es eine dünn besiedelte, im besten Fall ländliche Gegend sein. Es war davon auszugehen, dass ich nicht viel Platz zum Landen und Starten haben würde. Ich musste also herausfinden, wie lang die Strecke für eine einigermaßen sichere Landung mindestens sein musste. Das beim Flugtraining herauszufinden, ohne unangenehm aufzufallen, war schwierig bis unmöglich. Ich versuchte es trotzdem.

Bei einer meiner frühlingshaften Flugstunden im April 1966 steuerte ich die Cessna so langsam wie möglich aufs Flugfeld von Skå-Edeby zu. Als die Reifen den Boden berührten, bremste ich maximal ab, brachte die Maschine zum Stehen, um sofort wieder Vollgas zu geben und erneut abzuheben. Dies wiederholte ich zweimal. Bei jeder Landung wackelte die Cessna gefährlich, trotzdem hoffte ich, dass die Mitarbeiter der Flugschule den Vorgang als gewöhnliche Übung verbuchten. Doch diese Rechnung ging nicht auf. Nach der dritten Vollbremsung lief mein Fluglehrer mit hochrotem Kopf aufs Rollfeld und gab mir mit wildem Gestikulieren zu verstehen, dass ich den Motor ausschalten sollte. Dann riss er die Flugzeugtür auf und rief mit sich überschlagender Stimme: »Was machst du denn hier für einen Blödsinn?«

»Wie immer«, tat ich unschuldig. »Ich übe Start und Landung.«

»Wie immer?«, schnaufte er verächtlich. »Du hast ausgesehen wie eine angeschossene Krähe! Sei froh, dass der Chef gerade nicht hier ist. Wenn du so weitermachst, ist hier garantiert bald Schluss für dich.«

Zweifellos meinte er jedes Wort ernst. Damit traf er mich an einem empfindlichen Punkt. Auf keinen Fall wollte ich die bevorstehende Prüfung aufs Spiel setzen. Dass Isoldes Flucht scheiterte, bevor sie überhaupt begonnen hatte, war mein größter Albtraum. Dies zu provozieren, wäre eine Riesendummheit gewesen. Es musste also Schluss sein mit waghalsigen Alleingängen. Von diesem Tag an ging die Ausbildung wieder ihren gewohnten, monotonen Gang. Ich hielt mich strikt an die Regeln und vermied jede Form von Spezialmanövern. Immerhin kamen ein paar neue Lektionen hinzu, die für die Flucht nicht unwesentlich waren: So lernte ich, was bei einer Notlandung zu beachten ist und wie man sich mithilfe einer Flugkarte über unbekanntem Terrain orientiert.

Mitte Juni 1966 hatte ich alle Unterrichtseinheiten und Pflichtflüge absolviert. Die Flugschule meldete mich bei der schwedischen Luftfahrtbehörde zur Prüfung an. Sie bestand aus drei Bereichen: Theorie, Funklizenz und Praxis. Alles, was ich für die theoretische Prüfung wissen musste, stand in einem dicken Buch, das seit November mein ständiger Begleiter gewesen war. Jede freie Minute hatte ich genutzt, um die komplizierten Lektionen über Flugzeugtechnik, meteorologische Besonderheiten und Luftfahrtregeln zu pauken. Nun zahlte sich die Büffelei aus. Ich bestand die Theorie ohne Fehler. Deutlich schlechter vorbereitet fühlte ich mich bei der Funkprüfung, denn hier hatte ich bisher wenig Gelegenheit zum Üben gehabt. Letztlich bekam ich aber auch den Funkschein ohne nennenswerte Probleme. Zwei Punkte von dreien waren damit abgehakt. Nun musste ich nur noch beweisen, dass ich auch in der Lage war, ein Flugzeug unbeschadet in die Luft und zurück auf den Erdboden zu bringen.

Meine praktische Prüfung fand Anfang Juli statt, etwa acht Monate nach meiner ersten Flugstunde. Ich war ziemlich angespannt. So vieles konnte schiefgehen. Außerdem verspürte ich einen großen Druck. Durchfallen konnte ich mir nicht leisten, das hätte nicht nur weitere Kosten bedeutet, sondern auch weitere Wartezeit für Isolde und mich. Wiederholungsprüfungen wurden in der Regel erst mehrere Monate später genehmigt. Ich wollte nicht länger warten. Es *musste* beim ersten Anlauf klappen.

Zum Glück durfte ich bei der Prüfung dieselbe Cessna fliegen, mit der ich geübt hatte. Ihre Flugeigenschaften waren mir vertraut, ihre Instrumente geläufig. Ein Inspektor der Luftfahrtbehörde saß mit im Cockpit. Er wies mich an, das Flugzeug in Startposition zu bringen, abzuheben und eine Runde über Skå-Edeby zu drehen. Währenddessen sagte er auf einmal: »Stellen Sie sich vor, Sie haben einen Defekt und müssen notlanden, so schnell wie möglich. Wo würden Sie das tun?«

Ich kannte diese Frage aus den Übungsstunden. Sie zielte darauf ab, die ebenste Stelle im Gelände zu erkennen und die Landung so zu kalkulieren, dass man dabei nicht in ein Hindernis krachte. Die Schwierigkeit war, den Flieger ohne Motor, nur unter Berücksichtigung von Gleitfähigkeit und Flugtempo heil auf den Boden zu bringen. Nicht zuletzt wegen der Risiken bei der Flucht hatte ich mich mit diesem Thema eingehend beschäftigt. Ich konnte leicht Auskunft dazu geben. Aber reden allein genügte nicht in einer praktischen Prüfung, mit gedrosseltem Motor musste ich zudem eine Notlandung simulieren. Wir verloren an Höhe, ich hielt Ausschau nach einem geeigneten Notlandeplatz, manövrierte die Cessna in die richtige Position ... Kurz vor dem Aufsetzen sagte der Prüfer: »Das reicht, Sie können wieder hochgehen.«

Ich schloss daraus, dass er zufrieden war. Aber die Schlacht war noch nicht gewonnen. Gegen Ende der Prüfung kam ich doch noch ins Schwitzen. Der Prüfer stellte mir Fragen zu einem Bereich, in dem ich mich am wenigsten sattelfest fühlte: das Navigieren. Ich tat mein Bestes, ihn mit meinem Wissen über die Orientierung via Funk, Landmarken, Weitsicht oder Kartensysteme zu beeindrucken. Er hörte sich das geduldig an, ohne mich zu unterbrechen. Trotzdem war ich nicht sicher, ob ich ihn überzeugt hatte. Nachdem ich gelandet war und den Motor abgestellt hatte, harrte ich unruhig seines Urteils. Der Prüfer schien nachzudenken, dann drehte er sich zu mir und sagte: »Na, ging doch richtig gut.«

Das war keine klare Antwort auf die einzig wichtige Frage: War ich durchgekommen oder nicht? Als der Mann mir die Hand hinstreckte und sagte »Gratuliere! Sie haben die Prüfung bestanden«, entspannte ich mich schlagartig. Die Erleichterung, die mich in diesem Augenblick durchströmte, war unvergleichlich. Es war vollbracht. Der beiläufige Dialog »Du kannst doch nicht fliegen« / »Nein, aber ich könnte es lernen« hatte tatsächlich bis zur Fluglizenz geführt. Aus der angeschossenen Krähe war ein startbereiter Mauerflieger geworden. Mir fielen tausend Steine vom Herzen. Ich hatte Mühe, meine Erleichterung vor dem Prüfer nicht allzu offensichtlich zur Schau zu stellen, deshalb sagte ich nur: »Danke.«

»Nichts zu danken«, erwiderte er. »Den Flugschein schicken wir Ihnen in Kürze zu. Es dürfte allerdings mindestens einen Monat dauern.«

Ein ganzer Monat? Das hörte sich unglaublich lang an. Letztlich war die Wartezeit aber ein perfekter Anlass für eine überfällige Maßnahme: Ich nahm eine Woche Urlaub, um endlich wieder zu Isolde zu fahren. Wegen der vielen Aufgaben, mit denen ich im Frühling beschäftigt gewesen war, hatten wir uns lange nicht gesehen. Die bestandene Flugprüfung war ein schöner Anlass für einen Besuch. Dabei konnten wir letzte Vorbereitungen für die Flucht treffen. Es sollte das letzte Mal sein, dass ich Isolde auf dem Boden der DDR besuchte.

Heißes Pflaster

Mitte Juli machte ich mich auf den Weg nach Berlin. Viele Urlaubstage konnte ich nicht rausschlagen, denn ich war noch ziemlich neu bei der Arbeit und musste ein paar Urlaubswochen für die Flucht aufheben. Passend zu meiner bestandenen Flugprüfung, aber vor allem, um Zeit zu sparen, trat ich meine Reise diesmal mit dem Flugzeug an. Ich wählte die günstigste Verbindung nach Westberlin, fuhr dann aber mit der S-Bahn in den Osten weiter, denn diesmal hatte ich mir vor der Abreise beim DDR-Konsulat in Stockholm ein Ostberlin-Visum für zehn Tage besorgt.

Nach der Landung in Tempelhof nutzte ich jedoch zuerst die Gelegenheit, noch schnell die Freie Universität aufzusuchen, um mich nach den Immatrikulierungsvoraussetzungen zu erkundigen – eine sehr vorausschauende Maßnahme. Für den Fall, dass Isolde nach der Flucht keinen Studienplatz in Stockholm bekam, wollte ich vorsichtshalber schon mal wissen, wie die Bedingungen für Medizinstudenten in Westdeutschland aussahen. Man gab mir ein paar Broschüren mit und bot mir einen Termin für nähere Informationen an. Darauf verzichtete ich allerdings vorerst und verabschiedete mich.

Auf der Universitätstreppe stieß ich überraschend auf einen ehemaligen Kommilitonen aus Genf. Weil ich so in Gedanken war, hätte ich ihn vermutlich übersehen, aber er stellte sich mir frech in den Weg, breitete die Arme aus und begrüßte mich herzlich. Er hieß Thomas und war Amerikaner. Obwohl wir am selben Institut studiert hatten, kannten wir uns nur flüchtig, aber wir waren einander sympathisch. Unter anderen Umständen hätte ich gerne etwas länger mit ihm geplaudert, doch jetzt passte mir das unerwartete Wiedersehen nicht in den Kram. Wenn ich Isolde besuchte, war es mir am liebsten, dass niemand von meiner

Anwesenheit in Berlin wusste. Und schon gar nicht wollte ich irgendwelche Fragen nach dem Grund meines Aufenthalts beantworten. So verabschiedete ich mich nach dem Austausch einiger Belanglosigkeiten bald von Thomas und machte mich eilig auf zum Grenzübergang an der Friedrichstraße.

Als ich in der Metzer Straße eintraf, glühte die Stadt. Die Sonne brannte unerbittlich auf die flimmernden Katzenkopfsteine, kein Lüftchen wehte. Nachdem ich mich die vier Stockwerke zu Isoldes Wohnung hochgeschleppt hatte, war ich vollkommen durchnässt. Schweißperlen standen mir auf der Stirn, mein Hemd klebte am Körper. Leider boten Isoldes vier Wände keine Zuflucht vor den hohen Temperaturen, im Gegenteil. Trotz weit geöffneter Fenster und zugezogener Vorhänge zeigte das Thermometer in der Wohnung 34 Grad.

»Berlin ist gerade ein ziemlich heißes Pflaster«, lachte Isolde. »Es hat seit drei Wochen nicht geregnet. Ich habe schon überlegt, nach Warnemünde an die Ostsee zu fahren. Dort kann man wenigstens ins Meer springen, und es geht fast immer ein kühler Wind. Hättest du Lust?«

Lust hatte ich natürlich, aber leider keine Aufenthaltsgenehmigung für Warnemünde, denn meine galt nur für Ostberlin. Reisen im Rest der DDR waren mir nicht gestattet. Aber das ließ sich ja vielleicht ändern. Einen Versuch war es wert.

»Prima«, freute sich Isolde. »Dann können wir auf dem Weg ans Meer gleich noch meine Verwandten besuchen. Meine Großeltern, meine Tante und meine Cousinen leben in einem Dorf in Mecklenburg, in Kambs. Es liegt in der Nähe von Bützow, einer schönen kleinen Stadt aus dem 12. Jahrhundert. Von dort aus sind es nur noch knapp 40 Kilometer bis nach Warnemünde.«

Noch am selben Tag erkundigte ich mich, wie man eine Reiseerlaubnis für Mecklenburg bekommen konnte. Man verwies mich an die Polizei. Isolde wartete in einer Kneipe, während ich mich aufs Revier begab. Selbstverständlich verschwieg ich der Polizistin den wahren Grund meines Anliegens. Stattdessen erzählte ich irgendetwas über mein großes Interesse an der schönen mecklenburgischen Landschaft. Die Frau sah mich befremdet an.

»Was reizt Sie an der mecklenburgischen Landschaft denn besonders?«, fragte sie skeptisch.

Zunächst wusste ich nicht, was ich antworten sollte, doch dann fielen mir Isoldes Worte von vorhin wieder ein.

»Besonders interessiere ich mich für Bützow«, behauptete ich.

»Bützow?« Die Frau schien den Namen noch nie gehört zu haben.

»Genau«, nickte ich eifrig. »Allein aus historischer Sicht ein ganz einmaliges Städtchen. Seine Wurzeln reichen bis ins 12. Jahrhundert zurück.«

Auch jetzt schien die Beamtin nicht wirklich überzeugt zu sein. Ein triftiger Grund zur Ablehnung meines Gesuchs fiel ihr aber auch nicht ein. So bekam ich eine Aufenthaltsgenehmigung für den Bezirk Schwerin, der Bützow und Kambs einschloss. Warnemünde und die Ostseeküste gehörten nicht dazu. Sollte ich wagen, auch noch eine Reisegenehmigung für den Bezirk Rostock zu erbitten?

»Dieses Dokument berechtigt *nicht* zu Reisen außerhalb des Bezirks Schwerin«, sagte da bereits die Beamtin in strengem Tonfall. »Sie sind angehalten, sich direkt nach Ihrer Ankunft im Bahnhofhotel von Bützow anzumelden.«

Ich nickte artig, war aber enttäuscht. Wie es aussah, würde ich die Nächte in Bützow verbringen müssen. Ich richtete mich schon mal darauf ein, abends zu pendeln, um nicht das Misstrauen der Aufpasser im Hotel zu erregen. Alles in allem keine besonders verlockende Vorstellung, aber wenn ich wenigstens die Tage mit Isolde verbringen konnte, würde ich es schon aushalten.

Am Bahnhof besorgten wir Fahrkarten für den Morgenzug nach Bützow. Auf dem Weg zurück zu Isoldes Wohnung huschten wir wie lichtscheue Wesen von einem Schattenfleck zum nächsten. Die Hitze lähmte unsere Unternehmungslust. Am

Abend lagen wir träge auf dem Sofa, tranken literweise Wasser und redeten zum ersten Mal ausführlicher über die bestandene Flugprüfung und die bevorstehenden Herausforderungen. Weil die Fenster noch immer offen standen, sprachen wir nur sehr leise. Auf den letzten Metern wollten wir keine unerwünschten Mitwisser auf den Plan rufen.

Gerade als ich Isolde zuflüsterte, dass es mir am sinnvollsten erschien, unser Vorhaben im Süden, an der Grenze zwischen der Tschechoslowakei und Österreich umzusetzen, klapperte es plötzlich an der Wohnungstür. Von außen drehte sich ein Schlüssel im Schloss. Ich verstummte auf der Stelle und setzte mich alarmiert auf. Auch Isolde wirkte überrascht. Als sich die Tür öffnete und ihre Schwester Helga in die Wohnung trat, entspannte ich mich zunächst, um prompt erneut zu erstarren. Denn Helga war nicht allein. Sie hatte einen jungen Mann im Schlepptau – einen Mann, den ich kannte.

»Entschuldigt die Störung, ich wusste nicht, dass ihr hier seid. Darf ich vorstellen? Das ist Thomas«, sagte Helga fröhlich. »Er kommt aus den USA. Wir haben uns gerade zufällig kennengelernt.«

Wie hoch war die Wahrscheinlichkeit, dass man in einer geteilten Millionenstadt wie Berlin am gleichen Tag ein und derselben Person zweimal zufällig begegnet? Und wie wahrscheinlich war es, dass man diese Person erst im Westteil und dann im Ostteil der Stadt trifft? Und wie hoch war bitte sehr die Wahrscheinlichkeit, dass die zweite Begegnung ausgerechnet in der Wohnung jener Frau stattfand, mit der man heimlich verlobt war und gerade eine Flucht plante? Für mich waren das ein paar Fügungen zu viel, um noch als Zufall durchgehen zu können. Dass Thomas Helga wirklich nur beiläufig kennengelernt hatte, um dann mit ihr in Isoldes Wohnung zu gehen, war entweder völlig unglaublich oder verdächtig. Während wir alle vier sichtlich irritiert ein paar Worte wechselten, arbeitete mein Hirn auf Hochtouren. Thomas war Amerikaner. Arbeitete er für die CIA und machte zum Schein gemeinsame Sache mit der Stasi? Oder steckten die beiden Geheimdienste unter einer Decke? War man Isolde und mir auf die Spur gekommen? Sollte ihre Flucht mit allen Mitteln verhindert werden? Und welche Rolle spielte Helga in diesem Mysterienspiel?

Die Situation löste sich so schnell auf, wie sie entstanden war. Nach wenigen Minuten verabschiedeten sich Helga und Thomas mit »Tschüss« und »Good-bye«, und der Spuk war vorüber. Eine Zeit lang rätselten Isolde und ich über die Merkwürdigkeit des Ereignisses, zerbrachen uns aber schließlich nicht mehr weiter die Köpfe. Es half nichts, darüber zu sinnieren, ob jemand unserem Fluchtplan auf die Schliche gekommen war, wir konnten es sowieso nicht nachprüfen. Die einfache Möglichkeit, Helga zu fragen, stand wegen unseres Gebots zur Verschwiegenheit nicht zur Debatte, die Möglichkeit, dass mit Thomas ausgerechnet ein Amerikaner als Spitzel auf uns angesetzt worden war, ergab keinen Sinn. Wir entschieden, den Vorfall als bemerkenswerte Verkettung von Zufällen zu verbuchen.

So etwas gab es ja durchaus. Einige Jahre zuvor waren mein Bruder und ich per Anhalter in England unterwegs gewesen und von einem netten Briten mitgenommen worden, der uns in London absetzte. Später fuhren wir mit dem Zug weiter nach Paris. Als wir ein paar Abende später in einer kleinen Bar in Montmartre saßen, trat auf einmal der Brite an unseren Tisch und begrüßte uns freudig überrascht. Ohne dass wir mit ihm über Frankreich gesprochen hatten, war er ebenfalls in Paris und obendrein zur selben Zeit in derselben Bar gelandet wie wir. Es erwuchsen keine Konsequenzen daraus und gab keine Erklärung dafür, es war einfach ein unglaublicher Zufall. Vielleicht verhielt es sich hier ja genauso. Wir konnten es nur hoffen.

Am nächsten Morgen machten wir uns mit dem Dampfzug auf den Weg nach Bützow. Als wir aus der Schalterhalle traten, liefen wir direkt auf ein großes, etwas düster wirkendes Gebäude zu, an dessen Fassade ein riesiges, weiß emailliertes Schild mit der Aufschrift »Bahnhofhotel« prangte. Dort ging ich hin, um mich anzumelden, während Isolde im Schatten einer Linde auf mich wartete. Als ich die Klinke herunterdrückte, passierte nichts, die Tür war verschlossen. Energisch klopfte ich mit der Faust an die Pforte und wartete eine Weile. Niemand öffnete. Die trüben Fenster im Erdgeschoss gaben den Blick auf staubige, verwaiste Räume frei, die schon seit Längerem kein Mensch mehr betreten zu haben schien. Offensichtlich war das Hotel verlassen und geschlossen. Davon hatte die Polizistin in Berlin wohl nichts gewusst. Aber für mich hieß es, dass ich doch nicht pendeln musste. Frohen Mutes kehrte ich zurück zu Isolde.

»Das fängt gut an«, rief ich. »Das Hotel ist dicht. Nun darf ich doch wohl wohnen, wo es mir gefällt, oder?«

»Dann können wir ja rund um die Uhr zusammen sein, und du könntest bei mir schlafen. Was hältst du davon?«, fragte Isolde schelmisch.

»Klingt gar nicht so übel«, gab ich lachend zurück.

Bis der Bus nach Kambs fuhr, dauerte es noch eine Stunde. Wir nutzten die Wartezeit und ließen uns ein bisschen durch Bützow treiben. Tatsächlich merkte man dem beschaulichen Örtchen seine lange Historie an. Von den Fachwerkhäusern, der alten Stiftskirche und dem verwitterten Renaissanceschloss ging der kühle Atem der Geschichte aus. Wir wandelten allerdings eher auf den Spuren der sommerlichen Gegenwart mit ihren duftenden Gärten und blühenden Obstbäumen. Als wir an einem Lebensmittelladen vorbeikamen, schlug ich vor: »Lass uns deinen Verwandten doch etwas mitbringen – Pralinen oder einen Blumenstrauß.«

Isolde nickte, schien aber nicht überzeugt.

»Weißt du, Schnittblumen sind bei uns Luxus«, erklärte sie. »Nur zum Tag der Arbeit am 1. Mai gibt's überall Nelken. Die steckt man sich dann ins Knopfloch oder – ein bisschen kesser – hinters Ohr. Sonst kaufen wir Blumen nur für Hochzeiten und Beerdigungen. Hierzulande lässt man lieber Gemüse wachsen. Erst sollen die Mägen gefüllt sein, dann die Vasen. Aber nicht mit Schokolade. Wir finden garantiert was Besseres.«

Mit diesen Worten marschierte Isolde in den Laden und ließ

Isolde in Budapest, als sie Hans Christian kennenlernte

Isolde als kleines Mädchen

Am ersten Schultag

Isolde als 17-Jährige

Am Strand in Warnemünde, kurz vor der Flucht

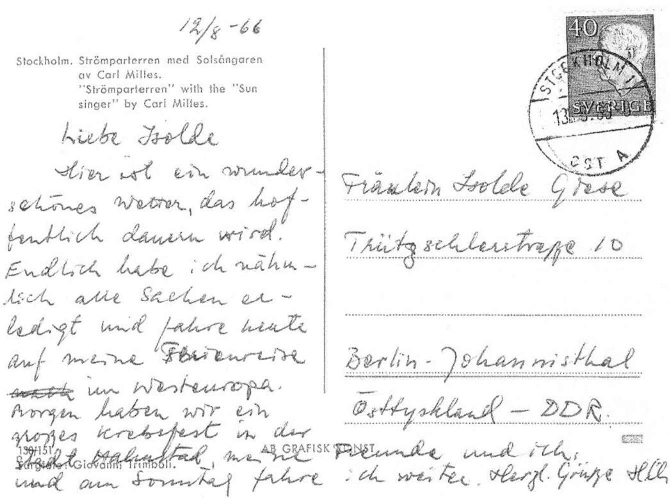

12/8 -66

Stockholm. Strömparterren med Solsångaren av Carl Milles.
"Strömparterren" with the "Sun singer" by Carl Milles.

Liebe Isolde
Hier ist ein wunderschönes Wetter, das hoffentlich dauern wird. Endlich habe ich nämlich alle Sachen erledigt und fahre heute auf meine ~~Ferienreise~~ ~~nach~~ in Westeuropa. Morgen haben wir ein grosses Krebsfest in der Stadt Halmstad, meine Freunde und ich, und am Sonntag fahre ich weiter. Herzl. Grüße HCh

Fräulein Isolde Grese
Trützschlerstraße 10
Berlin-Johannisthal
Östtyskland – DDR.

40 SVERIGE
STOCKHOLM 1 13.8.66

130/151
Skulptör: Giovanni Trimboli.
AB GRAFISK KONST

Ansichtskarte, die Hans Christian Isolde am 12. August 1966, eine Woche vor der Flucht (und genau ein Jahr vor ihrer Hochzeit!), schickte

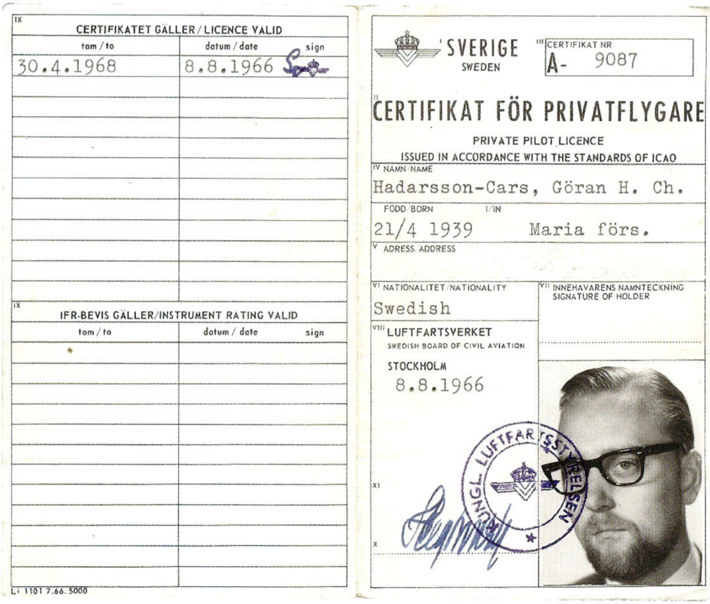
IX
CERTIFIKATET GÄLLER / LICENCE VALID

tom / to	datum / date	sign
30.4.1968	8.8.1966	

IX
IFR-BEVIS GÄLLER / INSTRUMENT RATING VALID

tom / to	datum / date	sign

L: 1101 7.66. 5000

SVERIGE
SWEDEN

III CERTIFIKAT NR
A- 9087

II
CERTIFIKAT FÖR PRIVATFLYGARE
PRIVATE PILOT LICENCE
ISSUED IN ACCORDANCE WITH THE STANDARDS OF ICAO

IV NAMN NAME
Hadarsson-Cars, Göran H. Ch.

FÖDD BORN I/IN
21/4 1939 Maria förs.

V ADRESS ADDRESS

VI NATIONALITET NATIONALITY
Swedish

VII INNEHAVARENS NAMNTECKNING
SIGNATURE OF HOLDER

VIII LUFTFARTSVERKET
SWEDISH BOARD OF CIVIL AVIATION
STOCKHOLM
8.8.1966

KUNGL. LUFTFARTSSTYRELSEN

XI

X

Hans Christians Flugzertifikat, am 8. August 1966 von der schwedischen Luftfahrtbehörde ausgestellt

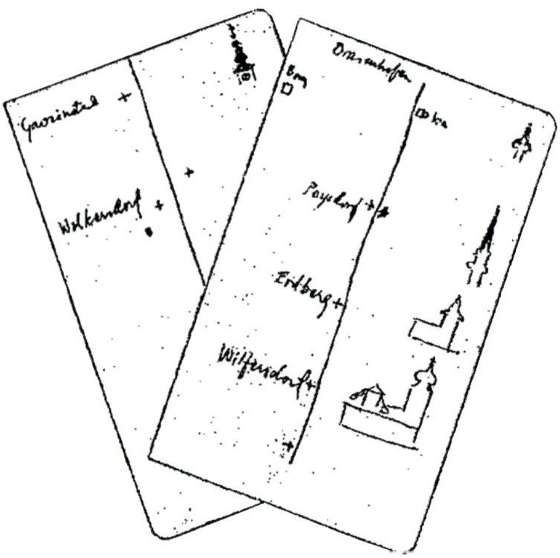

Anhand dieser selbst gezeichneten Kirchtürme konnte Hans Christian dem Weg bis zur Grenze leichter folgen.

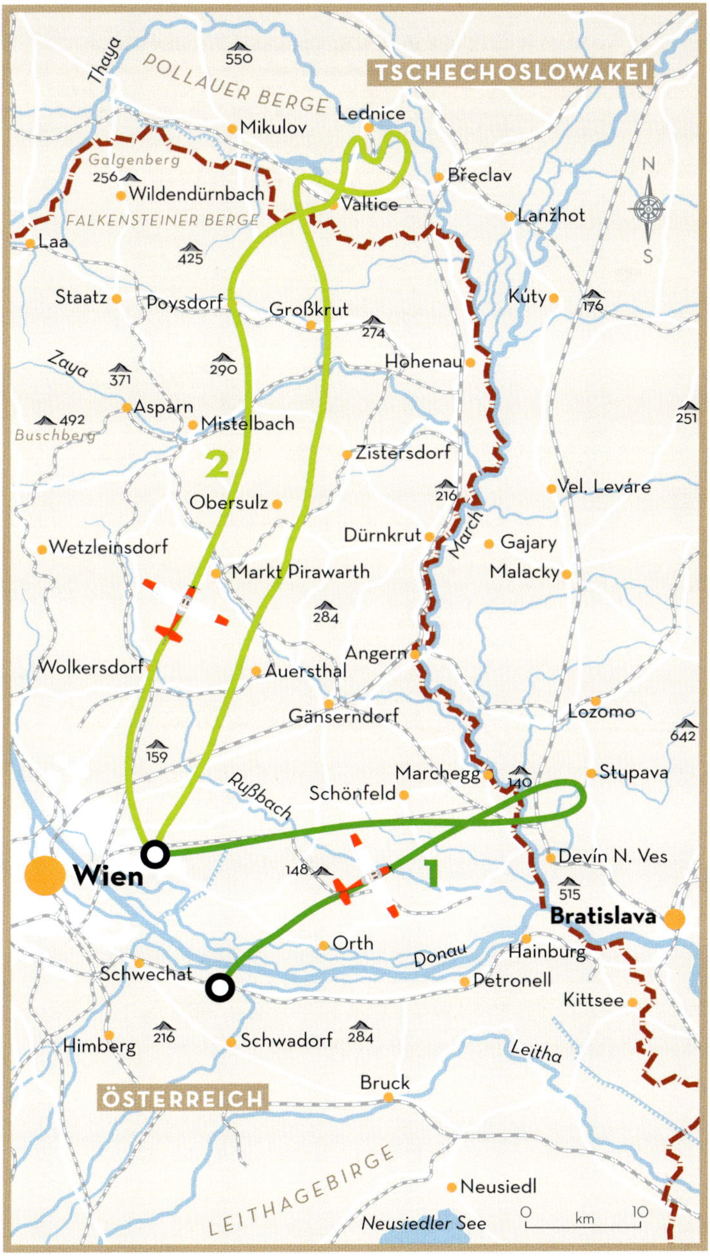

Die zwei Fluchtwege

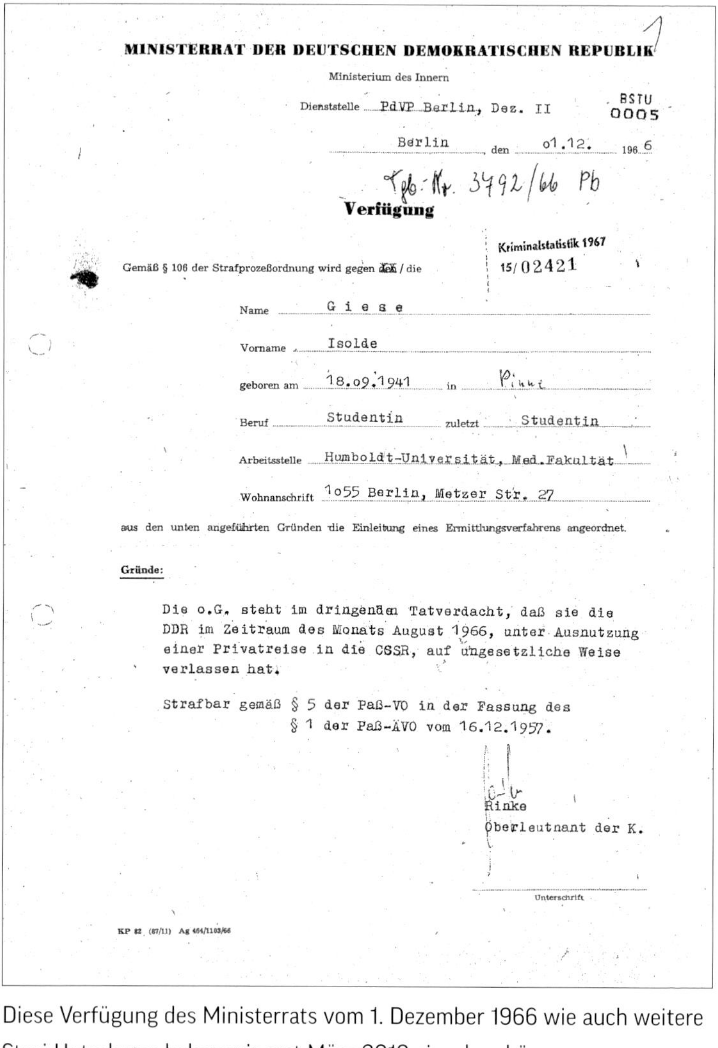

MINISTERRAT DER DEUTSCHEN DEMOKRATISCHEN REPUBLIK

Ministerium des Innern

Dienststelle PdVP Berlin, Dez. II

BSTU 0005

Berlin, den 01.12. 1966

Tgb.-Nr. 3492/66 Pb

Verfügung

Kriminalstatistik 1967
15/02421

Gemäß § 106 der Strafprozeßordnung wird gegen ~~den~~ / die

Name: G i e s e

Vorname: Isolde

geboren am 18.09.1941 in Pinni

Beruf: Studentin zuletzt: Studentin

Arbeitsstelle: Humboldt-Universität, Med. Fakultät

Wohnanschrift: 1055 Berlin, Metzer Str. 27

aus den unten angeführten Gründen die Einleitung eines Ermittlungsverfahrens angeordnet.

Gründe:

Die o.G. steht im dringenden Tatverdacht, daß sie die DDR im Zeitraum des Monats August 1966, unter Ausnutzung einer Privatreise in die CSSR, auf ungesetzliche Weise verlassen hat.

Strafbar gemäß § 5 der Paß-VO in der Fassung des § 1 der Paß-ÄVO vom 16.12.1957.

Rinke
Oberleutnant der K.

Unterschrift

KP 82 (67/11) Ag 464/1103/66

Diese Verfügung des Ministerrats vom 1. Dezember 1966 wie auch weitere Stasi-Unterlagen haben wir erst März 2019 einsehen können.

Zu Hause in Stockholm im Herbst 1966

Ein glücklicher Bräutigam empfängt seine Braut, 1967 in Südschweden.

Im Mauermuseum am Checkpoint Charlie posiert ein Großneffe Hans Christians vor einem Bild mit einem kurzen Bericht über unsere Flucht.

Nach dem Fall des Eisernen Vorhangs konnten wir zum ersten Mal das Feld besuchen, von dem uns die Flucht 1966 gelang.

sich das aktuelle Angebot präsentieren. Besonders stolz war der Verkäufer auf frisch geerntete Tomaten und Zwiebeln aus eigenem Anbau. Isolde war sofort Feuer und Flamme. Wir verließen das Geschäft mit einer großen Papiertüte, die bis zum Rand mit prallen roten Tomaten und Zwiebeln gefüllt war. Ich konnte mein Befremden über diesen Einkauf nicht verbergen.

»Was soll denn das für ein Geschenk sein?«, fragte ich ungläubig. »Denkst du wirklich, deine Verwandten freuen sich über eine Ladung Gemüse? Das kann ich mir nicht vorstellen.«

»Doch, doch«, erwiderte Isolde unbeirrt. »Glaub mir, darüber freuen die sich viel mehr als über Blumen oder Schokolade.«

Ich nahm das zur Kenntnis. Isolde musste wissen, womit man ihren Verwandten eine Freude machen konnte. Vielleicht handelte es sich hierbei ja um ganz besondere Tomaten und Zwiebeln.

Kambs lag etwa 15 Kilometer von Bützow entfernt. Die Busfahrt dorthin führte durch die fruchtbare mecklenburgische Ebene, vorbei an Äckern, Weiden, Kirsch- und Apfelbaumalleen. Nach einer Viertelstunde Fahrt sprang Isolde plötzlich begeistert von ihrem Sitz auf und rief: »Guck mal, wir sind bereits in Kambs. Siehst du das Haus mit der Wasserpumpe vorm Gartenzaun? Dort wohnt meine Tante Irma.«

Es machte mich glücklich, Isolde so fröhlich zu sehen. War es wirklich richtig von mir, sie aus ihrer vertrauten Welt herauszureißen, die sie vielleicht zu sehr vermissen würde? Im Moment hatten wir jedoch keine Zeit für solche Gedanken. Mit der großen Tüte Zwiebeln und Tomaten stieg ich aus dem Bus und kam mir auf einmal ein bisschen fremd vor.

Schöne heile Welt?

Das Haus von Tante Irma und ihrem Mann, Onkel August, war für mich ein Ort voller schöner Erinnerungen. In meiner Kindheit hatte ich hier oft die Sommerferien verbracht. Dann war ich durch die offenen Felder getobt, hatte in der Warnow gebadet, war barfuß durch den Matsch gelaufen und auf Pferden geritten. Der Alltag auf dem Land folgte seinem ganz eigenen, natürlichen Rhythmus. Die Tage begannen früh, das Leben war geprägt vom Wechsel der Jahreszeiten. Bei der Ernte im Spätsommer wurde jede Arbeitskraft gebraucht. Meine Mutter fuhr dann oft nach Kambs, um zu helfen. Auch wir Kinder packten ab und zu mit an. Wenn Eierlikör gemacht wurde, schlugen wir Eier auf und halfen beim Stampfen. Wir gingen frühmorgens mit in den Stall, um die Kühe zu melken, in einem Riesentopf kochten wir Unmengen von Kartoffeln für die Schweine. Von diesen Kartoffeln sollten wir eigentlich nicht naschen, taten es aber trotzdem. Heimlich fischten wir einzelne Prachtexemplare aus dem Topf und aßen sie mit etwas Salz. Mir schmeckten die stibitzten Knöllchen immer besonders gut, schließlich kamen sie aus der Ernte von Onkel und Tante.

August und Irma waren tüchtige Menschen, fleißig, gastfreundlich und herzensgut. Sie arbeiteten für die Landwirtschaftliche Produktionsgenossenschaft (LPG), das staatliche Bauernkollektiv der DDR. August kümmerte sich um die Traktoren und die Landwirtschaft, Irma um die Pferde, Kühe, Ziegen, Gänse und Hühner. Und dann waren da noch ihre fünf Kinder: Gunnar, Gudrun, Walburga, Lutz und die kleinste: Martina.

Als Hans Christian und ich an jenem Julinachmittag in Kambs aus dem Bus stiegen und uns dem Zaun mit der Wasserpumpe näherten, öffnete sich die Haustür schon, bevor wir das Gartentor erreicht hatten. Wenn es ihre Zeit zuließ, schaute Tante Irmchen stets nach, wer mit dem Bus im Ort ankam. Hinter ihr drängten sich dann die weißblonden Köpfe der neugierigen Kinder. So auch diesmal. Da ich unseren Besuch nicht angemeldet hatte, blickte uns anfangs eine Reihe überraschter Gesichter entgegen, deren Ausdruck zwischen Verblüffung und Ungläubigkeit schwankte. Am schnellsten fing sich der kleine Lutz. Als er mich erkannte, rannte er jubelnd und lachend auf uns zu. Er hatte gerade seine ersten Milchzähne verloren, deshalb entblößte sein weit geöffneter Mund ein zahnloses schwarzes Loch. Dass er meinen Begleiter nicht kannte, schien den kleinen Wildfang nicht zu stören. Ich konnte gerade noch die kostbare Tüte mit den Tomaten und Zwiebeln an mich nehmen, da hatte Lutz uns schon erreicht, ließ sich von Hans Christian auffangen und von ihm durch die Luft wirbeln. Ich wurde derweil von den anderen Kindern umringt. Es war ein großes Hallo.

Als ich mich endlich durch den Pulk meiner schnatternden Cousinen und Cousins zu Tante Irmchen vorgearbeitet hatte, nahm sie mich in den Arm und überschüttete mich mit Fragen: »So eine Überraschung, was machst du denn hier? Warum hast du deine Eltern nicht mitgebracht? Wie geht es ihnen? Und deine Schwester? Was treibt sie eigentlich inzwischen?«

Sie redete viel zu schnell, als dass ich etwas hätte erwidern können, aber darum ging es in diesem Moment auch nicht. Erst als Irma sich mit einem vielsagenden Blick zu Hans Christian erkundigte »Und wer ist der junge Mann, den du da mitgebracht hast?«, wartete sie eine Antwort ab. Ich sagte dasselbe, was ich meiner Mutter und Helga erzählt hatte: dass er ein Bekannter aus Schweden sei, ein Kommilitone auf der Durchreise. Anschließend fragte ich beiläufig: »Können wir vielleicht für ein paar Tage bei euch bleiben?«

»Aber natürlich«, rief meine Tante, als hätte sie nur auf diese Frage gewartet. »Du weißt doch, dass du bei uns jederzeit willkommen bist. Und deine Freunde auch.«

Das war Hans Christians Stichwort. Er gab Irma die Hand, stellte sich vor und überreichte ihr die braune Tüte mit den Zwiebeln und Tomaten, etwas skeptisch, doch Irma zerstreute seine Zweifel auf der Stelle. Als sie den Inhalt der Tüte inspizierte, fingen ihre Augen an zu leuchten, und sie klatschte vor Freude in die Hände. Dann sagte sie: »Vielen Dank, ihr Lieben. Ihr seid mit Sicherheit hungrig, oder?«

Auch jetzt wartete sie keine Antwort ab. Im nächsten Moment hatte sie Gunnar zum Wasserschöpfen geschickt, Walburga beauftragt, Butter, Brot und Wurst aus der Speisekammer zu holen, und uns Geschirr und Bestecke in die Hand gedrückt, mit denen wir den Tisch deckten. Nebenbei rief sie ihren Mann aus dem Garten herbei. August freute sich ebenfalls sichtlich über unseren Besuch. Zehn Minuten später saßen wir zu neunt fröhlich plappernd am Küchentisch und genossen frisch gebackenes Brot mit selbst gemachter Butter, Tomatenscheiben, Zwiebelringen, Salz und Pfeffer. Es war wie mit den Kartoffeln – es schmeckte himmlisch. Das fand auch Hans Christian, der nun lachend zugab, dass Tomaten und Zwiebeln gar kein übles Geschenk waren.

Nach dem Essen kletterten Hans Christian und ich die steile Treppe zum Gästezimmer unterm Dach hinauf. Ein breites Doppelbett erwartete uns. Die Laken und Bezüge waren frisch gewaschen und dufteten nach Kernseife und Sommer, die bauschigen Decken und dicken Kissen waren wunderbar weich.

»Weißt du was?«, sagte ich zu Hans Christian. »Irma und August machen sogar ihr Bettzeug selbst. Die Kissen und Decken sind mit den Federn ihrer eigenen Gänse gefüllt. Auf dem Hof ist weitgehende Selbstversorgung angesagt.«

»Ein Grund mehr, hierzubleiben«, erwiderte er. »Ich bin so froh, dass ich nicht zurück ins Bahnhofhotel muss.«

»Ich auch«, stimmte ich zu. »Lange im Bett faulenzen können wir hier allerdings nicht. Die Sommernächte in Mecklenburg sind nicht nur kurz, sie sind *sehr* kurz. Mit dem ersten Hahnenschrei geht auf dem Hof der Betrieb los.«

Hans Christian lachte und flüsterte: »Dann warte mal, bis du die Sommernächte in Stockholm erlebst. Die sind so kurz, dass es sie eigentlich gar nicht gibt. In dieser Jahreszeit ist es bei uns die ganze Nacht über hell. Du wirst schon sehen.«

Stockholm ... Hier, in der vertrauten Umgebung bei Tante Irma, war dieser Ort für mich unendlich weit weg. Den ganzen Tag hatten wir nicht über unsere Zukunft gesprochen. Im Zug und in Gegenwart meiner Verwandten ging das nicht. Das kleine Wort »Stockholm« erinnerte mich wieder daran, dass die Flucht jetzt, wo der Flugschein bald ausgestellt war, gar nicht mehr fern lag. Und dass ein wesentlicher Grund für Hans Christians Besuch das Besprechen ihrer konkreten Umsetzung war. Doch jetzt und hier waren weder der richtige Zeitpunkt noch der richtige Ort dafür. So schmiegten wir uns schweigend aneinander und lauschten dem Rauschen der Bäume, das durchs geöffnete Fenster in die Kammer drang – begleitet von warmen Sommerböen, die unsere Gesichter streichelten, bis wir in einen tiefen, friedlichen Schlaf fielen.

Am nächsten Morgen war es doch nicht das Krähen des Hahns, das uns weckte. Es waren auch nicht die ersten Sonnenstrahlen, die in die Dachkammer fielen. Nein, zwanzig kleine Finger kamen den morgendlichen Wecksignalen des Hofes zuvor. Am Fußende unseres Bettes standen Lutz und Martina und kitzelten kichernd unsere nackten Füße.

»Nanu, wer reißt mich denn so brutal aus meinen Träumen?«, sagte Hans Christian theatralisch und richtete sich auf. »Wer verflixt noch mal ist dieser Frechdachs, der da meine Füße kitzelt?«

Während der Kleinste nur sein zahnloses Grinsen sehen ließ und unbeirrt weiterkitzelte, war Martina mitteilungsfreudiger.

»Lut-scheißt-er!«, rief sie lachend. So klang es jedenfalls in Hans Christians Ohren.

Seit auch ihr einige Monate zuvor die Milchzähne ausgefallen waren, sprach sie »z« als »sch« aus. Tante Irma tadelte sie dafür immer scherzhaft, doch das kleine Mädchen machte sich einen Spaß daraus, den Sprachfehler zu pflegen. Nicht zuletzt, weil sie merkte, dass sie ihre Mitmenschen damit zum Lachen bringen konnte. Das wussten alle in der Familie. Hans Christian wusste es nicht.

»Was sagt sie da?«, fragte er staunend.

»Keine Sorge«, gluckste ich mit Lachtränen in den Augen. »Sie will dir nur sagen, dass der kleine Übeltäter Lutz heißt.«

Nun war es Hans Christian, der erst stutzte und dann loslachte. Am lautesten von allen kicherte allerdings Martina. Den

Grund für unser Amüsement verstand sie nicht richtig, doch sie spürte, dass sie mit ihrem Sprachfehler mal wieder einen Treffer gelandet hatte.

Tante Irmas Ruf aus dem Erdgeschoss unterbrach die allgemeine Heiterkeit: »Kinder, beeilt euch, das Frühstück ist fertig. Mutti hat die Ziege gemolken, und die Hühner haben fleißig Eier gelegt!«

Während über den Feldern die Morgensonne hochstieg, frühstückten wir alle neune am langen Küchentisch, bis nur noch ein paar Brotkrümel übrig waren. Die kippte meine Tante aus dem Fenster in den Garten, wo sich sofort ein paar Spatzen und Meisen über sie hermachten. Danach zerstreute sich unsere traute Runde in alle Himmelsrichtungen. Die drei älteren Geschwister eilten zum Schulbus, Onkel und Tante gingen zur Arbeit in die LPG. Die beiden Kleinen wanderten Hand in Hand mit Hans Christian und mir los, um meine Großeltern zu besuchen, die am anderen Ende der Dorfstraße im Nebengebäude eines alten Herrenhauses wohnten. Das Grundstück mit der breiten Auffahrt, der Prunktreppe und der großen Terrasse am Wasser war einst das prächtige Anwesen eines Adelsgeschlechts gewesen, aber nach dem Zweiten Weltkrieg hatte man es zum Wohnsitz für ältere Menschen umfunktioniert. Zum Hof gehörten Kartoffeläcker, Gemüse- und Getreidefelder, die seit 1951 im Auftrag der LPG bewirtschaftet wurden. Anfangs hatten meine Großeltern noch dort gearbeitet, doch jetzt waren sie in Rente, wie die meisten Nachbarn, mit denen sie sich das Herrenhaus teilten.

Im Lauf der Jahre hatte der Zahn der Zeit an dem Gebäude genagt. Der Putz bröckelte von den Mauern, Treppengeländer und Regenrinnen verrosteten, die Fenster waren undicht und ewig nicht gestrichen worden. Trotzdem waren Oma Grete und Opa Richard, die Eltern meines Vaters, zufrieden mit ihrer kleinen Wohnung auf der Rückseite des Hauses. Für mich war sie sowieso ein Ort der Geborgenheit. Als Kind hatte ich Oma hier oft geholfen, ihre legendären Pfannkuchen zuzubereiten. Sie rollte den Teig aus, und ich stach mit einem Glas runde Formen hinein, die wir gemeinsam mit Pflaumenmus füllten. Dann wurden die rohen Teigkugeln in einem Topf mit siedendem Schweinefett frittiert, der zuvor auf dem Kohleherd erhitzt worden war. Es beeindruckte mich immer ungemein, wenn beim Schüren des Feuers eine glühende Kohle auf den Boden fiel und Oma sie ohne mit der Wimper zu zucken mit den Fingern auflas und zurück in die Glut warf. Auch wenn Opa Richard anschließend ganze zehn Pfannkuchen hintereinander verspeiste, machte ich große Augen. Ich selbst bekam schon nach dreien Bauchschmerzen.

Solche Dinge erzählte ich Hans Christian, während wir die Dorfstraße Richtung Herrenhaus hinuntergingen. Auch dieser Weg war gepflastert mit Erinnerungen. Als Kind war ich unzählige Male zwischen dem Gutsgelände und dem Haus meiner Tante hin und her geflitzt, nicht selten mit großen Tellern voller Pfannkuchen, die ich vor mir her balancierte. Für mich war Kambs ein Stück schöne heile Welt gewesen, ein Ort, an dem ich auch als Erwachsene noch ein bisschen Kind bleiben konnte, dessen Geborgenheit sich nie abnutzte oder veränderte.

Folglich war auch bei Oma und Opa alles wie immer. Als wir ankamen, saß Richard auf seinem Thron, einem Küchenstuhl, am Fenster und strahlte, als er mich sah. Grete bekam vor Aufregung rote Wangen und fing an zu plappern: »Kinder, was für eine Überraschung! Immer hereinspaziert, ihr Lieben. Dein Opa hat gerade ein Nickerchen gemacht, Isolde. Er ist noch ein bisschen verschlafen, aber dein Besuch macht ihn sicher schnell wieder munter.«

Mit seinen klaren blauen Augen zwinkerte Richard beipflichtend, dann drückte er mich auch schon fest an sich – so lange, bis meine Wangen rot wurden und ein wenig brannten, weil sich die Stoppeln von Opas unrasiertem Gesicht an ihnen rieben. Da Richard auf dem rechten Ohr nicht mehr gut hörte, sprach ich meine Begrüßung laut und deutlich in sein linkes. Er nickte, dann fragte er: »Und wer ist der da?«

»Das ist Hans Christian, ein schwedischer Student«, rief ich. »Wir haben uns in Berlin getroffen und werden ein paar Tage hierbleiben.«

Oma hatte derweil ihre silberne Büchse aus dem Schrank geholt. Sie war kostbar, denn in ihr bewahrte sie gemahlenen Bohnenkaffee auf. Kaffee war in der DDR eine seltene, heiß begehrte Ware, deshalb wurde die Büchse nur zu besonderen Anlässen hervorgeholt. Unser Besuch war offenbar so ein Anlass. Aber es kam noch besser.

»Ich habe auch schon eine Idee, was wir zum Kaffee essen«, frohlockte Oma. »Wir machen Pfannkuchen. Der Teig ist schon fertig, und das Fett ist rasch heiß. Isolde, weißt du noch, was du zu tun hast?«

Natürlich wusste ich das. Großmutter rollte den Teig einen Zentimeter dick aus, ich stach mit einem Glas runde Kreise hinein, und weil uns Hans Christian half, die Pfannkuchen mit Pflaumenmus zu füllen, waren wir schnell fertig. Eine Stunde später saßen wir zu viert am Tisch und fühlten uns wie die Könige. Besonders Opa kam mächtig auf Touren. Wie immer, wenn er Kaffee trank, wurde er redselig und erzählte Geschichten aus vergangenen Zeiten.

»Vergesst nie, wie gut ihr es habt«, sagte er und schob sich genüsslich einen Pfannkuchen in den Mund. »Eure Generation wächst friedlich auf. Diesen Frieden müsst ihr verteidigen. Glaubt mir, ich weiß, wovon ich spreche. Oma und ich haben in unserem langen Leben zwei schreckliche Weltkriege miterlebt und dabei viele Ängste und Entbehrungen durchlitten. Nach dem Ersten Weltkrieg bestellten wir unsere Felder noch mühsam mit Pferd und Pflug, damals, in Westpolen. Nach langen Jahren harter Arbeit hatten wir unsere Landwirtschaft zu einem Bauernhof mit ausgedehnten Ländereien ausgebaut. Wir hatten dreißig Kühe, ebenso viele Kälber, mehrere Pferde, außerdem Kleinvieh, Geflügel und einen Gemüsegarten. Wir dachten, wir hätten ausgesorgt. Dann kam der Zweite Weltkrieg. Ich war zu diesem Zeitpunkt bereits über fünfzig und musste zum Glück nicht mehr an die Front, aber die Wirren des Krieges trafen uns trotzdem. Nach der Niederlage der Deutschen bei Stalingrad Anfang 1943 rückte die Rote Armee stetig weiter nach Westen und damit auf unseren Hof vor. Februar 1945 wurden wir evakuiert. Uns blieben nur zwei Stunden, um die wichtigste Habe zusammenzuraffen. Was uns in die Finger kam, luden wir auf zwei Pferdegespanne, dann brachen wir mit den anderen Bewohnern unseres Dorfes auf Richtung Westen. Jeder fürchtete sich vor Racheaktionen der Russen, von denen wir so viel Schlimmes hörten, da ließen wir lieber alles hinter uns. Es herrschten minus 20 Grad, wir kamen nur mühsam voran. Die Wege waren uneben, vereist und überfüllt. Zwischen all den Menschen, Leiterwagen und Fahrzeugen verlor man jede Orientierung. Wir folgten stumpf dem Strom der Massen, Tag für Tag, mehrere Wochen lang, ohne ein klares Ziel. Irgendwann strandeten wir hier in Kambs. Der Krieg in Europa war inzwischen vorbei. Wir bekamen ein Stückchen Erde, mit dem wir noch mal von vorne anfingen, inzwischen war ich über sechzig Jahre alt. Leicht war das nicht, aber wir taten unser Bestes. Jetzt schlagen wir uns durch, so gut es geht. Ohne die Hilfe von Irma und August wären wir schlecht dran, aber wir beklagen uns nicht. Wir sind froh, dass wir hier in Frieden leben können. Noch mal würden wir es nicht schaffen, alles hinter uns zu lassen. Deshalb müsst ihr unseren Frieden verteidigen.«

Opas Geschichte hatte ich schon häufig gehört, doch in diesem Augenblick machte sie mich besonders nachdenklich. Was war meine Not im Vergleich zu jener, die meine Großeltern erlitten hatten? Was war eine Mauer gegen einen Krieg? Und was war eine Liebe, die nicht sein durfte, gegen die Tatsache, dass Millionen Menschen voneinander getrennt leben mussten? Opa hatte techt: Eigentlich hatte ich es gut. Trotzdem war ich drauf und dran, alles hinter mir zu lassen.

Strandflucht

Die Herzlichkeit und Gastfreundschaft von Isoldes Verwandten beeindruckten mich nachhaltig. Wir blieben noch drei Tage in Kambs. Neben den Kindern entwickelte ich dabei einen besonderen Draht zu Onkel August. Ihm verdankte ich Einblicke hinter die Kulissen des DDR-Systems, die in dieser ungeschönten und ideologiefreien Form wohl den wenigsten Westlern vergönnt waren. Er lud mich sogar zu einem Rundgang durch die LPG ein.

»Ursprünglich sollte diese Art ostdeutscher Kolchose auf freiwilliger Basis funktionieren«, erklärte August, während er mich durch die Stallungen und den Fuhrpark führte. »In Wahrheit hatten die Bauern aber schon vor der Zwangskollektivierung in den Fünfzigerjahren keine andere Wahl, als sich der Genossenschaft anzuschließen. Da alle landwirtschaftlichen Geräte wie Traktoren und Mähdrescher in Staatsbesitz übergingen, entstand für die Bauern automatisch eine Abhängigkeit, die ihnen autonomes Wirtschaften mehr oder weniger unmöglich machte. Inzwischen gibt es in der DDR praktisch keine privaten Ländereien mehr, zumindest nicht in größeren Dimensionen. Nur einzelne Familien bekommen kleine Parzellen, auf denen sie auf eigene Faust Getreide, Kartoffeln und Gemüse anbauen oder ein paar Tiere halten, so wie wir es tun.«

Ich war erstaunt, mit welcher Offenheit August die Mechanismen des Systems mit all ihren Tücken schilderte. Er berichtete, dass die LPG in finanziellen Schwierigkeiten steckte und auf staatliche Subventionen angewiesen war, um etwa die Wasserversorgung und die Arbeitsplätze dauerhaft zu sichern. Abseits davon war ich durchaus beeindruckt von den Ausmaßen des Betriebs. Neben Ackerbau und Viehwirtschaft gehörten eine Tankstelle, eine Gärtnerei und ein kleiner Landhandel dazu, der an der Ecke des ehemaligen Herrenhauses einquartiert war, in dem Isoldes Großeltern lebten.

»Alles in allem kommen wir ganz gut über die Runden«, lautete Augusts Fazit am Ende des Rundgangs. »Aber machen wir uns nichts vor: Irgendwas fehlt immer.«

Nach drei Tagen im Kreis der Verwandten kündigten Isolde und ich an, dass wir das gute Wetter nutzen wollten, um noch ein paar Tage Strandurlaub in Warnemünde zu machen. Und wieder überraschte mich August mit seiner Freigebigkeit: Er bot uns an, für unsere Fahrt ans Meer seinen dunkelgrünen Wartburg zu benutzen, was mich sehr erstaunte. Ich wusste, dass Wartburgs in der DDR echte Luxuskarossen waren, zudem hatte mir August erzählt, dass er jahrelang auf das Auto gewartet hatte und es nun hütete wie seinen Augapfel. Während unseres Besuchs war kein Tag vergangen, an dem ich ihn nicht hatte in der Garage stehen und den dunkelgrünen Lack polieren sehen. Dass er sein Schmuckstück nun mir, den er kaum kannte und der obendrein noch nie mit einem Ost-Modell gefahren war, anbot, war ein echter Vertrauensbeweis, der mir großen Respekt abverlangte. Ich war ein bisschen angespannt, als ich den Motor startete und aufs Gaspedal trat.

Der Wagen war ein Zweitakter. Er ratterte ziemlich laut und unterschied sich im Fahrgefühl deutlich von den Autos, mit denen ich bisher gefahren war. Doch ich gewöhnte mich schnell an das Vehikel. Außerdem waren es von Kambs bis zur Ostsee nur knapp 50 Kilometer. Wir brauchten nicht mal eine Stunde bis zum Ziel.

In Warnemünde kannte Isolde zwei ältere Eheleute, bei denen sie früher bereits mit ihrer Schwester untergekommen war. Für wenig Geld vermieteten sie uns ihr Häuschen direkt am Wasser. Es war traumhaft. Im Hintergrund rauschten unaufhörlich die Ostseewellen. Traten wir aus der Tür, waren es nur ein paar Schritte bis zum Strand mit seinem feinen, weißen Sand und der frischen, salzigen Meeresbrise. Aufs Neue genoss ich es, mit Isolde alleine zu sein. Nach drei Tagen, in denen wir fast pausenlos von quirligen Kindern umgeben oder in Gespräche mit Irma, August und den Großeltern vertieft gewesen waren, empfand ich die Zweisamkeit als ein angenehm beruhigendes Kontrastprogramm. Die Dünen, die Sonne, das Meer – das kleine Sommerparadies lud dazu ein, die Welt auszuschließen und die Wirklichkeit hinter sich zu lassen. Doch das ging bei uns nicht. Denn jetzt hatten wir zum ersten Mal seit meiner Ankunft die Gelegenheit, ausführlich unsere Planung für die bevorstehende Flucht in Angriff zu nehmen. Es gab eine Menge zu besprechen.

Am Strand steckten Isolde und ich die Köpfe zusammen und entwickelten Schritt für Schritt unsere Strategie – dazu verfügten wir lediglich über eine Landkarte, unseren Verstand und ein bisschen Fantasie. Dass die Aktion weiter südlich stattfinden sollte, hatten wir bereits entschieden. Jetzt studierten wir die Landkarte auf der Suche nach einer passenden Stelle. Die Grenze zwischen Ungarn und Österreich war ungeeignet. Das Gelände dort war flach wie ein Brett, sodass die Wachposten in ihren Türmen mit Sicherheit eine gute Weitsicht hatten. Sie hätten mich schon aus weiter Ferne heranfliegen sehen, der Überraschungseffekt wäre damit futsch gewesen. Ungarn schied also aus.

Nördlich der Donau hingegen, an der Grenze zwischen der Tschechoslowakei und Österreich, gab es einen Abschnitt, der bessere Bedingungen zum Überfliegen in geringer Höhe zu bieten schien. Westlich der Grenze war das Terrain hügelig und bewaldet, östlich gab es mehrere unbesiedelte Freiflächen, von denen sich hoffentlich wenigstens eine als Landepiste eignete. Der ideale Platz wäre ein Gelände, das eben und lang genug war, um das Flugzeug problemlos zu landen, und einen Unterschlupf bot, in dem sich Isolde verstecken konnte. Da ich keine Nachtfluglizenz hatte, konnten wir die Aktion nicht im Dunkeln vornehmen, deshalb hatten wir beschlossen, sie im Morgengrauen mit dem ersten Tageslicht zu beginnen. Davon versprachen wir uns, dem Weckerklingeln der meisten Menschen zuvorzukommen und möglichst wenig oder gar keine Zeugen auf den Plan zu rufen. Es bedeutete allerdings auch, dass Isolde eine ganze Nacht unter freiem Himmel auf mich warten musste. Wo genau all das geschah, musste ich später an Ort und Stelle auskundschaften. Jetzt ging es erst einmal nur darum, zu bestimmen, wohin ungefähr Isolde von Berlin aus reisen musste. Dem Kartenstudium zufolge kamen als Zielorte nur Bratislava und Brno infrage.

Aus Sicherheitsgründen beschlossen wir, in den Wochen vor der Flucht einander keine Briefe zu schicken und nicht zu telefonieren. Erst wenn ich mich auf den Weg nach Österreich machte, wollte ich Isolde durch einen kurzen Postkartengruß signalisieren, dass es jetzt losging, und wenn ich vor Ort alle Vorbereitungen getroffen hatte, ein Telegramm senden, in dem ich mitteilte, wohin sie mit welchem Zug reisen sollte. Dafür entwickelten wir einen einfachen, aber gewieften Code. Der Basistext des Telegramms lautete: »X kommt um Y Uhr an. Z«

Im schwedischen Kalender, von dem ich Isolde ein Exemplar geschenkt hatte, war jedem Tag ein Name zugeordnet. Das X bezog sich auf den Namen jenes Tages, an dem Isolde mit dem Zug aus Ostberlin in die Tschechoslowakei kommen sollte. Das Y stand für die Ankunftszeit am Zielort und das X für den Zielort selbst, also Brno oder Bratislava, denen wir die Pseudonyme »Bruno« und »Slavomir« zuordneten. Das Beste an diesem Telegrammtext war, dass er sich für Stasi-Spitzel anhören musste, als sollte Isolde Besuch bekommen, statt selbst zu verreisen. Da sich die Beschattungen der Stasi in erster Linie auf DDR-Bürger konzentrierten, die aus ihrem gewohnten Umfeld ausbrachen, schien mir dieser Kniff geradezu genial, denn zum Zeitpunkt der vermeintlichen Ankunft von Bruno oder Slavomir würde Isolde längst über alle Berge und bei mir am Zielort eingetroffen sein.

Das Flugzeug wollte ich in Österreich mieten. Es bereits in Schweden zu tun, hätte eine lange, kostspielige Anreise auf dem Luftweg bedeutet, zudem hätte ich zwei Landesgrenzen überfliegen müssen, was mit lästigem Papierkram einhergegangen wäre. Auch hätten Wachposten, die meine Grenzverletzung mitbekamen, meiner Identität deutlich leichter auf die Schliche kommen können, wenn ich mit einem schwedischen Flugzeugkennzeichen unterwegs gewesen wäre, als das mit einem österreichischen Kennzeichen der Fall war.

Der Rest waren praktische Details. Zum Beispiel, dass Isolde ein auffälliges rotes Tuch bei sich tragen sollte, mit dem sie wedeln konnte, falls ich sie aus der Luft nicht sofort fand oder erkannte. Oder dass Isolde sich beim Zulaufen auf die Maschine vor dem Propeller in Acht nehmen musste, der beim Rotieren praktisch unsichtbar war. Oder dass sie warten sollte, bis ich die Seitentür des Flugzeugs von innen öffnete, anstatt sie selbst von außen aufzumachen. Alles Besprochene wiederholten wir mehrfach, um uns jedes Detail einzuprägen. Unsere Planung hatte ohnehin genügend Leerstellen, da sollte wenigstens alles Berechenbare tief in unseren Köpfen verankert sein.

Als wir nach zwei Tagen Sonne, Strand und Fluchtplanung in Onkel Augusts Wartburg zurück nach Kambs fuhren, fühlten wir uns gut vorbereitet und trotz der Aufregung einigermaßen ausgeruht. Ich war sogar so entspannt, dass mir auf der Zielgeraden beinahe doch noch ein folgenschwerer Fehler unterlaufen wäre. Als ich in Kambs tanken wollte, hätte ich aus Gewohnheit beinahe normales Benzin statt Zweitaktgemisch gewählt. Im letzten Moment wies mich der freundliche Tankwart darauf hin, dass der Wartburg mit »Vergaserkraftstoff« zu befüllen war. So bekam Onkel August sein dunkelgrünes Schmuckstück unbeschadet und obendrein vollgetankt zurück. Das war das Mindeste, was er für seine Großzügigkeit verdient hatte.

Zweifel und Enthüllungen

Der Herbstabend, an dem unsere Fluchtidee vor dem flackernden Kachelofen in Isoldes Wohnung ihren Anfang genommen hatte, erschien mir inzwischen unendlich weit weg. Damals hatte das Ganze wie ein romantisches Abenteuer geklungen. Das Auflehnen gegen die vermeintliche Ausweglosigkeit unserer Situation war mir tollkühn vorgekommen und mein heldenhafter Kampf gegen die böse Macht, die Isolde hinter hohen Mauern gefangen hielt, vollkommen gerechtfertigt. Auf jeden Fall war die Hoffnung viel größer gewesen als jeder Zweifel. Inzwischen war die erste Euphorie einer realistischen Einschätzung gewichen. Jetzt, wo das Abenteuer unmittelbar bevorstand, hatte der romantische Schimmer eine gewisse Düsternis angenommen. Die Wochen, in denen ich nach dem Urlaub in der DDR auf mein Flugzertifikat wartete, war ich einerseits ungeduldig, andererseits voller Skrupel.

Auf der Arbeit, wo ich einen Bericht über die ungarische Wirtschaft als Leitfaden für schwedische Exportfirmen erstellen sollte, konnte ich mich nur schwer konzentrieren. Pausenlos kreisten meine Gedanken um mögliche Probleme bei der Flucht. Was, wenn das Flugzeug bei der Landung Schaden nahm und wir nicht mehr starten konnten? Was, wenn wir abgeschossen oder verhaftet wurden? Welche Risiken ließen sich minimieren oder sogar ausschließen?

Vor meiner Abreise schrieb ich einen Brief an meine Eltern. Für den Fall, dass ich nicht zurückkehrte, sollten sie aus erster Hand erfahren, was passiert war und warum. Es kostete mich mehrere Stunden und acht Seiten, das Schreiben zu Ende zu bringen. Allein über die ersten Sätze dachte ich sehr lange nach. Es musste ja nicht zwangsläufig ein Abschiedsbrief sein. Wenn ich von der Flucht nicht zurückkehrte, hieß das nicht unbedingt, dass ich verunglückt war. Ich hätte genauso gut im Knast oder verwundet im Krankenhaus enden können. Schließlich begann ich das Schreiben mit den Worten: »Liebe Eltern, wenn Ihr diesen Brief in den Händen haltet, heißt das, dass mir etwas zugestoßen ist. Ich möchte Euch erklären, wie es dazu gekommen ist.«

Danach erzählte ich die ganze Geschichte. Wie ich Isolde kennengelernt hatte, warum wir den Fluchtplan entwickelt hatten und wie wir ihn in die Tat umzusetzen gedachten. Ich erklärte auch, warum ich meinen Eltern nichts von unserem Vorhaben erzählt hatte. Dafür gab es zwei Gründe: Erstens wusste ich genau, dass sie versucht hätten, mich davon abzuhalten. Sie hätten immer wieder auf mich eingeredet, der Plan sei unrealistisch und zum Scheitern verurteilt. Damit wäre ich nicht klargekommen. Es genügte, dass ich mit meinen eigenen Zweifeln rang. Mich auch noch vor meiner Familie zu rechtfertigen, hätte mich vollends überfordert. Wenn ich im Moment etwas brauchte, dann war es Zuspruch, der mein angeknackstes Selbstvertrauen auf Vordermann brachte. Der zweite Grund für meine Verschwiegenheit war folgender: Ich wollte meine Eltern und Geschwister nicht unnötig beunruhigen. Lieber ließ ich sie im Ungewissen, bis die Aktion – mit welchem Ausgang auch immer – gelaufen war.

Am Ende des Briefs dankte ich meiner liebevollen Familie für alles, was sie für mich getan hatte, und bekannte, wie viel sie mir bedeutete. So etwas zu schreiben, war sehr emotional. Als ich die letzte Seite unterzeichnete und den Stift weglegte, fühlte ich mich aufgewühlt, aber auch erleichtert. Es war mir in dem Schreiben gelungen, meine Liebe zu Isolde zum Ausdruck zu bringen und die Kernaussage zu vermitteln, dass uns beiden die Gefahren unseres Fluchtvorhabens bewusst waren. Dass wir uns trotzdem entschieden hatten, die Flucht zu wagen, sprach für sich.

Der Brief zog eine weitere Enthüllung nach sich. Bertil, der Isolde kannte und dem ich als Einzigem von dem Fluchtplan erzählt hatte, wurde in die Details eingeweiht. Ich verriet ihm, dass es nun bald losginge, und bat ihn, meinen Eltern den Brief zu übergeben, falls ich nicht zurückkam. Es war ein seltsames, aber befreiendes Gefühl, mit ihm über das Vorhaben und meine Bedenken sprechen zu können. Anfangs hatte ich gehofft, dass er Verständnis haben und mich unterstützen würde. Doch Bertil war ein nüchterner, realistisch denkender Mann. Schon als er zum ersten Mal von meinen Gedanken Wind bekam, warnte er mich: »Das wird niemals funktionieren. Es gibt einfach zu viel, das schiefgehen kann.« Diese Worte blieben auch jetzt sein ständiges Mantra. Aber was hatte ich erwartet? Er hatte ja schon in Budapest auf die Mädchen westlich des Eisernen Vorhangs hingewiesen und mich damit zur Vernunft bringen wollen. Dass er es jetzt erneut versuchte, war nicht verwunderlich. Natürlich blieb er erfolglos. Ich war schon viel zu weit gegangen, um mich von Zweiflern beeindrucken zu lassen. Außerdem wusste ich, dass Isolde auf mich zählte.

Mitte August hatte das Warten endlich ein Ende. Mit der Post kam meine Fluglizenz: ein unscheinbares Dokument in der Größe eines Führerscheins, von der schwedischen Luftfahrtbehörde ausgestellt am 8. August 1966 auf den Namen Hadarsson-Cars, Göran H. Ch. Es beglückte mich unglaublich, dieses kostbare Papier in den Händen zu halten. Es bescheinigte mir, dass ich berechtigt war, Maschinen vom Typ Cessna 172/175 zu fliegen. Nun hielt mich nichts mehr zurück, das Abenteuer konnte losgehen. Für einen kurzen Moment schien es beinahe seinen alten romantischen Schimmer zurückzugewinnen.

Doch das hielt nicht lange an, zu viele Dinge mussten nun zügig vorbereitet werden. Zuallererst musste ich zwei Wochen Urlaub erbitten. Zum Glück hatte mein Chef kein Problem damit, er bewilligte den Antrag ohne Einwände. Ich durfte keine wichtigen Utensilien vergessen, darunter mein monokulares Fernrohr, das ich extra gekauft hatte, um die Wachtürme aus der Ferne besser beobachten zu können, meinen Pass mit zwei Visa für die Tschechoslowakei, mein druckfrisches Flugzertifikat sowie meinen Führerschein, dazu einen Kompass und eine Reservebrille, die Zugfahrkarte und schließlich eine erhebliche Summe Bargeld. Die Flugkarten für den Luftraum Österreich-Tschechoslowakei wollte ich erst in Österreich kaufen.

Zuallerletzt schickte ich die besprochene Grußpostkarte an Isolde. In der stand nichts drin, was die Aufmerksamkeit von Stasi-Spitzeln erregen konnte. Ihr bloßes Eintreffen signalisierte Isolde, dass sie sich ab jetzt bereithalten sollte.

Als ich mich am letzten Arbeitstag von meinem Chef verabschiedete, wünschte er mir erholsame und erlebnisreiche Wochen. Innerlich musste ich schmunzeln. Erlebnisreich würde der Urlaub sicher werden, aber erholsam? »Dann sehen wir uns also in vierzehn Tagen in alter Frische wieder«, schloss mein Chef und schüttelte mir die Hand.

»Das will ich doch stark hoffen«, gab ich lachend zurück. Ich ließ den Satz klingen wie einen Scherz. Als stünde es außer Frage, dass ich termingerecht und wohlbehalten wieder zur Arbeit erschien. Ob es wirklich so werden würde, stand in den Sternen. Ich konnte es nur von ganzem Herzen hoffen.

Ein waschechter Pilot

Am 13. August 1966, einem Samstag, bestieg ich in Stockholm den Zug Richtung Wien. Nun war kein Raum mehr für Zweifel oder Rückzieher. Die Operation Flucht hatte begonnen, auf den Tag genau fünf Jahre nach Beginn des Mauerbaus.

Zuvor hatte ich Bertil über meine Abreise informiert, ihm den Brief an meine Eltern gegeben und ihm versprochen, ihm als Erstem Bescheid zu geben, wenn die Aktion geglückt war. Beim Abschied war er nicht länger der Bedenkenträger, nun war er nur noch ein Freund, der mir Glück wünschte, auch wenn sein besorgter Blick nicht darüber hinwegtäuschte, dass er mich am liebsten zurückgehalten hätte.

Als ich nach über 24 Stunden ermüdender Zugfahrt mit zahlreichen Umstiegen endlich in Wien ankam, erhielt ich sofort den ersten Dämpfer. Schon als ich den Südbahnhof verließ, wunderte ich mich über die leeren Straßen und geschlossenen Geschäfte, ging aber direkt zur österreichischen Luftfahrtbehörde, um meinen Flugschein autorisieren zu lassen. Leider waren auch dort die Türen geschlossen, denn in Österreich beging man Mariä Himmelfahrt. Aus dem protestantischen Norden kommend, hatte ich katholische Feiertage bei meiner

Planung nicht bedacht. So viel zur perfekten Vorbereitung. Zum Glück gab es noch genug andere wichtige Dinge zu organisieren, denen der Feiertag nicht im Weg stand.

Beim Auskunftsdienst des Wiener Flughafens erkundigte ich mich, wo ich in Österreich eine Cessna 175 leihen konnte. Hier sah es zunächst schlecht aus, die Antwort lautete, dass es in Wien kein solches Flugzeug zu mieten gab. Mir stockte der Atem. Schließlich ließ sich der Grundsatz »Kein Flugschein, keine Flucht« ebenso gut in die Formel »Kein Flug*zeug*, keine Flucht« umwandeln. Doch die Dame von der Auskunft beruhigte mich: am Salzburger Flughafen sei die Anmietung einer Cessna möglich.

Ich war erleichtert. Zwar lag Salzburg 300 Kilometer westlich von Wien, dafür auf dem Weg in die Bundesrepublik, den ich im Fall der geglückten Flucht ohnehin fliegen wollte. So bedankte ich mich und eilte weiter zu den Schaltern der Autovermieter. Bevor es in die Luft ging, musste ich das Gelände um den Eisernen Vorhang vom Boden aus erkunden, erst von der österreichischen, dann von der tschechoslowakischen Seite.

Den Rest des Tages verbrachte ich teils in einem VW-Käfer vom gleichen Typ wie mein verunglückter Wagen aus Genf, teils kraxelnd in allen möglichen Gebüschen und Gehölzen nahe des schmalen Grenzflusses March, von dem aus ich auf österreichischem Gebiet die Verteilung der Wachtürme entlang der Grenze ermittelte.

Während ich mich in geheimer Mission mit Fernrohr durchs Geäst kämpfte und dabei ziemlich verwegen fühlte, überraschte mich ein Bild des Friedens. Am westlichen Flussufer, nur etwa hundert Meter vom nächsten Wachturm entfernt, badeten lachend und kreischend zwei Eltern mit ihren beiden Kindern im Fluss. Für sie war es das Normalste auf der Welt, sich im Schatten der Grenze ein bisschen Abkühlung zu verschaffen. Während ich auf Schritt und Tritt fürchtete, erwischt zu werden, schienen sie keinerlei Gefahr zu empfinden. Es war ein harmonisches Idyll vor der Kulisse des Kalten Krieges.

Für mich ging es nicht ums Baden, sondern darum herauszufinden, ob alle Wachtürme mit Posten besetzt waren und ob es irgendwo größere Lücken zwischen ihnen gab. Letzteres schien nicht der Fall zu sein. Nach mehreren Stunden Kampf gegen das Unterholz kam ich zu dem Schluss, dass die Grenze in diesem Abschnitt überall gleich gut bewacht war. Die Abstände zwischen den Türmen betrugen jeweils nur 200, maximal 300 Meter. Aus Sicht der Grenzwächter war das sinnvoll, denn auf diese Weise hatten die Posten von Turm zu Turm Blickkontakt zueinander. Für mich jedoch war es äußerst ungünstig. Es bedeutete, dass ich höchstens 100 bis 150 Meter von den Türmen entfernt sein würde, wenn ich zwischen ihnen hindurchflog. Das war nicht viel. Selbst ein herkömmliches Jagdgewehr hatte eine längere Reichweite, die Waffe eines Scharfschützen sowieso. Leider konnte ich mit meinem Fernglas nicht erkennen, ob oder in welcher Stärke die Türme bemannt waren. So konnte ich nicht beurteilen, ob es wahrscheinlich war, dass Wachen von ihren Schusswaffen Gebrauch machten. Kurzum: Das Resultat der ersten Erkundung war unbefriedigend.

Auf der tschechoslowakischen Seite war die Lage nicht besser. An der Grenze nördlich von Bratislava war die Vegetation sogar noch dichter als in Österreich. Ich musste mich sehr nahe an die Wachtürme heranpirschen, um überhaupt etwas zu erkennen. Aus Angst, von patrouillierenden Grenzwachen entdeckt zu werden, gab ich die Erkundungen bald auf. Stattdessen machte ich mich auf die Suche nach einem geeigneten Feld mit einem Versteck für Isolde. Damit hatte ich eine Weile zu tun, denn ich musste viele Felder in Augenschein nehmen. Die meisten waren zu kurz, zu matschig oder hatten Hindernisse wie größere Steine, Löcher, Gräben, Bäume oder Zäune.

Am späten Nachmittag kam ich an eine Wiese, die mir geeignet schien. Der Boden war fest, grasbewachsen und frei von Furchen, in denen die Reifen des Flugzeugs stecken bleiben konnten. Das Gelände lag nur anderthalb Kilometer vom Eisernen Vorhang entfernt und bot mit einer kleinen Baumgruppe sogar ein Versteck für Isolde. Sofort markierte ich die Stelle auf meiner Karte. Anschließend versuchte ich, mir vorzustellen, wie die Gegend aus der Luft aussah, und prägte mir Landmarken in der näheren Umgebung ein. Gerne hätte ich noch ein zweites Feld als Alternative gehabt für den Fall, dass man am Tag der Flucht Kühe, Schafe oder sonstiges Vieh auf die Wiese trieb oder den Boden umpflügte. Wegen der einbrechenden Dunkelheit war es aber zwecklos weiterzusuchen. Ein bisschen musste ich wohl auch auf mein Glück vertrauen. Kurzfristig dastehende Tiere oder Pflüge wären ein solches Pech gewesen, dass man nur von »höherer Gewalt« hätte sprechen können. Davon hatte ich in den vergangenen Monaten schon genug erlebt.

Während die Sonne sank, fuhr ich in meinem Käfer Richtung Bratislava, wo ich mir eine Unterkunft für die Nacht suchen wollte. Zufällig fiel mein Blick zur Seite Richtung Grenze. Vor dem blutroten Sonnenuntergang zeichnete sich die messerscharfe Silhouette eines tiefschwarzen Wachturms ab. Der Anblick ließ mich erschauern.

Die Nacht verbrachte ich in der Jugendherberge *Mladá Garda*, was »Junge Garde« bedeutet. Ich war nicht sicher, ob ich mit meinen 27 Jahren noch zur Zielgruppe des Hauses gehörte, aber man nahm mich ohne Widerstände auf.

Früh am nächsten Morgen fuhr ich schon wieder nach Wien zur Luftfahrtbehörde. Zu meiner Freude ging die Anerkennung meines Flugscheins erstaunlich schnell. Anschließend gab ich den Käfer zurück und nahm den Zug nach Salzburg. Dort mietete ich erneut ein Auto, um in Westdeutschland ein Feld zu suchen, auf dem ich Isolde nach der Flucht absetzen konnte. Auf einem Flugplatz zu landen, hätte das Risiko mit sich gebracht, dass ich als Fluchthelfer erkannt wurde, was ich wegen meiner beruflichen Tätigkeit im Ost-West-Handel vermeiden wollte, deshalb musste Isoldes Ankunft im Westen auf dem freien Feld stattfinden. In der bayerischen Grenzregion fand ich bald einen Acker, der sich als Landebahn eignete und verhältnismäßig nah am Grenzbahnhof Freilassing lag, von wo aus ich mit Isolde per Zug Richtung Flüchtlingsbehörde zu reisen gedachte. Allmählich begann die Flucht vor meinem inneren Auge Gestalt anzunehmen.

Am Mittwochmorgen wurde ich am Salzburger Flughafen bei einem Flugzeugverleih vorstellig, der eine Cessna 175 im Angebot hatte. Der Betrieb war in einem einfachen Gebäude am Rand des Rollfelds untergebracht. Ein Herr mittleren Alters mit dünnen Haaren und wässrigem Blick befasste sich mit meinem Anliegen. Erst kontrollierte er meine Flugdokumente routinemäßig, dann deutlich aufmerksamer, schließlich tanzten seine Augen unentwegt zwischen mir und meinen Papieren hin und her. Ich ahnte schon, was sein Problem war. Sicher hatte er registriert, dass meine beiden Bescheinigungen nigelnagelneu waren, und er fragte sich nun, was ein unerfahrener junger Pilot aus Schweden mit einer Cessna in Österreich vorhatte und ob ihm zuzutrauen war, dass er das Leihflugzeug unbeschädigt zurückbrachte. Ich konnte diese Bedenken bestens nachvollziehen, schließlich hatte ich sie selbst. Aber ich hielt den Mund. Dafür fand der Mann mit den dünnen Haaren die Sprache wieder.

»Wissen S'«, druckste er in österreichischem Dialekt herum. »Ich denke, es ist das Beste, vielleicht auch für Sie, wenn Sie erst mal einen Probeflug mit unserem Inspektor absolvieren, bevor ich Ihnen den Flieger überlasse.«

Was? Das hatte mir gerade noch gefehlt. Ich war seit mehr als einem Monat nicht mehr geflogen und hatte im Moment wirklich andere Dinge im Sinn, als mich einer spontanen Flugprüfung auszusetzen. Nervös und unsicher, wie ich war, fürchtete ich zu scheitern. Aber hatte ich eine Wahl? Also machte ich gute Miene zum bösen Spiel und antwortete betont selbstsicher: »Selbstverständlich! Ich bin bereit.«

Am Ende stellte sich heraus, dass meine Unruhe übertrieben war. Sobald ich in der Maschine saß, rief ich meine Kenntnisse ganz automatisch ab. Starten, anrollen, abheben – alles ging wie von selbst. Nach drei Runden um den Salzburger Flughafen hatte ich den Inspektor überzeugt. Ob vielleicht doch ein waschechter Pilot in mir steckte? Jetzt konnte ich es beweisen. Ich durfte das Flugzeug mieten. Innerlich stieß ich einen tiefen Seufzer der Erleichterung aus. Es sollten noch viele weitere folgen.

Als ich nach Erledigung der Formalitäten allein in der Cessna saß, fühlte ich mich voll in meinem Element. Was war es doch für ein herrliches Gefühl, sich hinter den Hebeln und Schaltern zurechtzusetzen und mit einem lässigen Spruch ins Mikrofon vom Tower *taxing instructions* zu erbitten. Wie ernüchternd war es allerdings auch, vom Tower eine Antwort zu bekommen, die laut und deutlich durch meine Kopfhörer schallte, von der ich aber kein Wort verstand. Das Englisch des Fluglotsen hatte einen so starken Akzent, und er redete so undeutlich und schnell, dass ich schlicht nicht folgen konnte. Das Einzige, was ich mitbekam, war, dass er irgendwas von »Millibar« redete. Es ging also unter anderem um Luftdruck. Aber um welchen Wert? Keine Ahnung.

Noch viel problematischer war, dass ich nicht wusste, welche Startbahn ich benutzen und wie ich dorthin kommen sollte. Mir blieb nichts anderes übrig, als den Mann im Tower zu bitten, seine Ansage zu wiederholen und etwas langsamer und deutlicher zu sprechen. Dem kam er nach, wenn auch für meine Begriffe ziemlich halbherzig. Diesmal verstand ich neben den Millibar zusätzlich, dass es um Wetteraussichten ging. Was für welche? Fehlanzeige. Und meine Startbahn sowie den Weg dorthin wusste ich auch immer noch nicht. Mit rotem Kopf bat ich den Mann im Tower nochmals um Mäßigung seines Sprechtempos. Das wirkte. Beim dritten Mal verstand ich nicht nur, welche Bahn ich benutzen sollte, sondern sogar, wie ich sie erreichte. Minuten später war ich schon in der Luft. Kein Inspektor der Welt konnte mich jetzt noch aufhalten. Voller Tatendrang nahm ich Kurs auf Wien.

Höher und höher stieg die Cessna über den Bergkämmen östlich von Salzburg auf, um schließlich wie ein Adler auf gleichbleibender Höhe über der traumhaft schönen Landschaft zu schweben. Ich genoss es in vollen Zügen, diese mir völlig unbekannte Gegend aus der Luft zu betrachten. Ein unermessliches Freiheitsgefühl erfasste mich. In der Flugschule hatte ich nie eine solche Freude am Fliegen empfunden, doch jetzt, mit den Alpen unter mir, den zarten Schleierwolken über mir und der Sonne im Rücken, gab ich mich ganz dem Gefühl der Schwerelosigkeit hin. Das Navigieren war leicht, ich musste nur dem breiten, schimmernden Band der Donau mit seinen majestätischen Schleifen folgen. Es leitete mich den ganzen Weg bis nach Wien. Als die große Stadt mit ihrem Häusermeer, ihren Kirchtürmen und ihrem Labyrinth aus Straßen, Kanälen und Brücken unter mir lag, war das ein unbeschreibliches Erlebnis. Rund um den Donaukanal breitete sich die historische Hauptstadt eines Imperiums aus – eines Imperiums, das schon lange untergegangen war, dessen Strahlkraft ich in diesem Moment dennoch empfand.

Ich steuerte den Sportflugplatz Aspern im Osten Wiens an. Dank der klaren Sicht und des guten Wetters war es kein Problem, das kleine Flugfeld zu finden. Hier landete ich, ließ das Flugzeug auftanken und startete anschließend gleich wieder durch. Mein Ziel war der Wiener Hauptflughafen in Schwechat, von dem aus ich am Tag der Flucht ganz früh in der Morgendämmerung starten wollte. Auf dem Weg dorthin machte ich einen kleinen Abstecher Richtung Osten, um mir die Grenze zur Tschechoslowakei aus der Luft anzusehen. Ich hoffte, dabei vielleicht doch noch einen größeren Abstand zwischen zwei Wachtürmen zu entdecken, doch ich wurde auch jetzt enttäuscht. Der Eindruck vom Montag bestätigte sich, es gab keine großen Lücken. Etwas entmutigt drehte ich nach Westen ab und steuerte Schwechat an.

Nie zuvor war ich auf einem Flugplatz mit solch dichtem Verkehr gelandet. Mich in den Reigen der großen Maschinen einzugliedern, war eine Herausforderung. Allerdings hatte ich mittlerweile an Selbstvertrauen gewonnen. Schlimmer als beim misslungenen Funkkontakt in Salzburg konnte es kaum kommen. So griff ich beinahe gelassen zum Mikrofon, um den Tower anzufunken. Prompt bekam ich eine deutliche Antwort, die ich auf Anhieb verstand. Mir wurde eine Warteposition ein paar Kilometer östlich des Flughafens zugewiesen, die ich mithilfe meiner Luftfahrtkarte und einiger unmissverständlicher Instruktionen aus dem Tower schnell fand. Nun hieß es warten, bis ich mit Landen an der Reihe war. Aus einer Höhe von achthundert Metern beobachtete ich die Anflugmanöver der großen Brummer vor mir: Erst kam eine Boeing 707, dann eine Douglas DC 8. Schließlich signalisierte mir der Tower, dass ich dran war. Beherzt folgte ich der DC 8. Diese Maschine war zwanzigmal größer als meine, trotzdem benutzten wir die gleiche Landebahn. Ich spielte jetzt bei den großen Jungs mit, das motivierte mich. Als hätte ich nie etwas anderes getan, setzte ich die Cessna auf der enormen Rollbahn auf. Danach steuerte ich den Bereich für Kleinflugzeuge an, wo man mir eine Parkposition zuwies und ich den Papierkram erledigte. Das ging fix, wenig später saß ich bereits im Bus nach Wien.

Die Vorbereitungen waren hiermit abgeschlossen. Ich hatte die Grenze ausgekundschaftet, zwei Landeplätze ausgewählt (in der Tschechoslowakei und der Bundesrepublik) und ein Flugzeug am Flughafen stehen, das nur darauf wartete, dass ich mit ihm losflog. Auch Tag und Zielort von Isoldes Anreise waren nun klar. Ich beschloss, dass sie am Freitag, 19. August anreisen sollte. Das war der Namenstag von Magnus. Als Zielort wählte ich Brno. Für das codierte Telegramm fehlte nur noch die genaue Ankunftszeit.

Am Nachmittag des 18. August 1966 trat ich am Infostand des Wiener Westbahnhofs einer molligen Frau mit rosigen Wangen und riesigen Ohrringen gegenüber, um mich nach Zügen von Berlin nach Brno zu erkundigen. Sie griff nach einem dicken Fahrplanbuch, in dem sie eifrig blätterte, wobei sie nach jeder fünften Seite ihren Zeigefinger an einem kleinen Schwämmchen befeuchtete.

»Sagten Sie Brno?«

»Genau«, antwortete ich, »Brünn auf Deutsch.«

»Ich glaube, ich kenne die Stadt, vielen Dank«, schmetterte sie meinen Versuch, hilfsbereit zu sein, routiniert ab. »Verraten Sie mir lieber, ob von Ost- oder Westberlin?«

»Ost«, erwiderte ich, diesmal ohne belehrende Zusätze.

»Hm ... soweit ich sehe, kommt ein Zug vom Berliner Ostbahnhof morgen Nachmittag um 16.40 Uhr in Brno an. Benötigen Sie eine Fahrkarte?«

Nein, eine Fahrkarte nicht, ich benötigte ein Postamt. Zum Glück gab es eines direkt im Bahnhof. Von dort schickte ich ein Telegramm an Isolde: »Magnus kommt 16.40 Uhr an. Bruno.«

Von Augenblick zu Augenblick

Spätestens ab Mitte August führte ich ein Leben auf Abruf. Nachdem ich Hans Christians Postkarte erhalten hatte, wusste ich, dass er seinen Flugschein erhalten und mit der Fluchtvorbereitung begonnen hatte. Sein Telegramm konnte also jeden Moment eintreffen. Ich war bereit, meine Zelte in Berlin jederzeit abzubrechen. Meinen Alltag machte dieser Zustand seltsam verschwommen und ungreifbar. Ich funktionierte weiter wie zuvor, doch weil ich wusste, dass es sinnlos war, größere Vorhaben anzugehen oder Zukunftspläne zu schmieden, zog ich mich intuitiv zurück. Wenn jemand mir an der Uni zurief »Bis nächste Woche«, nickte ich freundlich, aber teilnahmslos, weil ich nicht wusste, ob es eine nächste Woche an der Uni für mich überhaupt geben würde. Lebensmittel kaufte ich nur noch in kleinen Mengen. Wenn mich jemand zu einer Feier in ein paar Wochen einlud, vermied ich spontane Zusagen und meinte nur: »Ich muss mal gucken.«

So saß ich zwischen den Stühlen, lebte von Augenblick zu Augenblick und hatte das Gefühl, aus meiner Welt allmählich zu verschwinden. Nur bei meiner Mutti war ich präsenter, als ich es unter normalen Umständen gewesen wäre. Wann immer ich konnte, besuchte ich sie in ihrer kleinen Wohnung in Berlin-Johannisthal, wo sie seit der Trennung von meinem Vater lebte. Ich wollte ihr nahe sein, Zeit mit ihr verbringen. Schließlich blieb uns nicht mehr viel davon.

Auch als Hans Christians Telegramm ankam, war ich gerade in Johannisthal. Mit einer Notlüge hatte ich meine Mutti bereits darauf vorbereitet, dass ich möglicherweise unvermittelt wegmusste. Ich hatte behauptet, ich müsste als Teil meiner Arztausbildung eine zweimonatige Famulatur in Prag leisten, zu der ich kurzfristig abberufen wurde. Als das Telegramm mit der mysteriösen Nachricht dann wirklich eintraf, war ich trotzdem überrumpelt.

Hatte ich eben noch meiner Mutti fröhlich plappernd dabei geholfen, eine Rutsche Spreewälder Gurken einzulegen, stand ich jetzt sprachlos mit meinem Namenstagekalender im Korridor und entschlüsselte den codierten Text. Bruno bedeutete Brno, 16.40 Uhr war die Zeit, zu der der Zug dort ankommen sollte. Der Namenstag von Magnus war der 19. August. Hilfe, das war schon morgen!

Die Reisegenehmigung für die Tschechoslowakei hatte ich schon in der Tasche, aber eine Fahrkarte, Bargeld und mein Gepäck musste ich noch organisieren. So verabschiedete ich mich übereilt. Mutti nahm es mir nicht übel, sie war selbst auf dem Sprung, weil sie am nächsten Tag zu ihrer Schwester nach Polen fahren wollte. Wir verabschiedeten uns wie immer, vielleicht ein bisschen inniger, weil wir beide auf Reisen gingen. Für mich fühlte es sich aber nicht wie ein Abschied für lange oder gar für immer an. In meiner Aufregung drückte ich die Endgültigkeit des Moments beiseite. So war er besser auszuhalten.

Mit der S-Bahn fuhr ich von Johannisthal zum Ostbahnhof, um mir eine Fahrkarte nach Brno zu besorgen. Danach flitzte ich in die Metzer Straße, raffte einige Sachen zusammen. Viel nahm ich nicht mit, ein paar Klamotten, meine heiß geliebten goldenen Sandalen, Zahnbürste, Zahnpasta, das rote Tuch zum Wedeln und ein Buch für die Zugfahrt: »Das rote Zimmer« von August Strindberg, das mir Hans Christian bei seinem letzten Besuch geschenkt hatte.

Nach welchen Kriterien ich meine Reisegarderobe auswählte, kann ich rückblickend nicht mehr nachvollziehen. Vermutlich sollte sie robust und hochwertig sein, damit sie die Flucht überstand, vielleicht aber auch in erster Linie schick für Hans Christian. Die Wahl meiner Schuhe war jedenfalls bezeichnend für meinen Mangel an Vorstellungskraft für das, was mich in den nächsten Tagen erwartete: Ich trippelte in schwarzen Lackschuhen mit hohen Absätzen zum Ostbahnhof.

Auf der Fahrt nach Brno kam ich erstmals richtig ins Grübeln. An Lesen war nicht zu denken, zu viele Fragen gingen mir durch den Kopf. Was wurde jetzt aus den Menschen, die ich verlassen hatte? Würde ich sie wirklich niemals wiedersehen? Und wie war es Hans Christian seit unserem letzten Treffen ergangen? Meine Gedanken waren glücklicherweise ziemlich allgemein. Ich dachte nicht konkret darüber nach, dass ich noch nie geflogen war und was das Fliegen für mich, die schon auf Schiffen seekrank wurde und sich als junges Mädchen sogar auf ruckeligen Zugfahrten übergeben hatte, bedeuten mochte. Ich verdrängte auch Gedanken an mögliche Pannen, Abstürze oder die Zeit danach. Noch immer ging alles Schritt für Schritt, von Augenblick zu Augenblick.

Als ich in Brno ankam, war Hans Christian nirgends zu sehen. Also setzte ich mich auf die Bahnhofstreppe in die Sonne und wartete. Währenddessen überlegte ich die ganze Zeit, was er so lange trieb. Ob ich mich auch fragte, was ich tun würde, falls er nicht kam? Für mich war das eine unnötige Frage. Ich wusste, er würde kommen.

Henkersmahlzeit

Mein Herz schlug höher, und ich spürte eine riesige Erleichterung, als ich gegen 17 Uhr am Bahnhof von Brno ankam und Isolde auf der Treppe sitzen sah. Ihr Anblick glich einem Gemälde. Den bevorstehenden Strapazen zum Trotz trug sie ein elegantes grünes Kostüm mit eng anliegendem Rock und hochhackige schwarze Schuhe. Für mich war sie schon jetzt der schönste Flüchtling aller Zeiten. Mit ausgebreiteten Armen lief ich ihr entgegen. Sie sprang auf, lief auf mich zu, und wir fielen einander jubelnd um den Hals.

»Da bist du ja«, sagte Isolde mit einem augenzwinkernden Tadel in der Stimme. »Ich hab mir schon Sorgen gemacht.«

»Die Verspätung tut mir leid«, entschuldigte ich mich. »Aber ich kann sie erklären. Es gab noch eine Menge zu tun.«

Das war die Wahrheit. Seit ich mich früh am Morgen im Wiener Hotel aus dem Bett geschwungen hatte, war ich ununterbrochen mit den mentalen und praktischen Vorbereitungen der Flucht beschäftigt gewesen. Am Anfang stand ein erneutes, sehr genaues Studium der Flugkarten. Ich wollte mir den Flugweg bis ins kleinste Detail einprägen, denn das Risiko, die unscheinbare Wiese, an der Isolde auf mich warten sollte, aus der Luft zu übersehen, war hoch. Schon während meiner Ausbildung hatte ich gelernt, wie schwierig die Navigation per Flugkarte sein konnte. Selbst in der Region am Mälarsee, die ich während meiner Flugausbildung kennengelernt und in einer Höhe von 200 Metern überflogen hatte, war es mir zuweilen schwergefallen, die verschiedenen Inseln, Buchten und Strände klar zu erkennen und auseinanderzuhalten. Mehr als einmal war es vorgekommen, dass ich im Rausch der Geschwindigkeit an Zielen vorbeigeflogen war, ohne es zu bemerken. Hier, über völlig unbekanntem Terrain, das ich im Eiltempo und in geringer Höhe zu überfliegen gedachte, konnte es noch viel komplizierter werden.

Nachdem ich an der Grenze zur Tschechoslowakei schnell abgefertigt worden war, hatte ich einen erneuten Abstecher zur Fluchtwiese unternommen. Ich wollte sichergehen, dass nicht die höhere Gewalt in Form grasenden Viehs oder pflügender Bauern zugeschlagen hatte, außerdem wollte ich mir nochmals die wichtigsten Orientierungspunkte einprägen: den schmalen Wassergraben, die umliegenden Wege und das Gebüsch, in dem Isolde sich verstecken sollte. Das markanteste Merkmal zur groben Orientierung war eine unweit gelegene Dorfkirche. Ihre hohe Turmspitze mit grüner Kupferpatina war eine ideale Landmarke.

Über alledem war die Zeit wie im Flug vergangen, und weil ich die 100 Kilometer bis nach Brno unterschätzt hatte, kam ich mit einer kleinen Verspätung an.

Nachdem wir unserer Wiedersehensfreude Luft gemacht hatten, packten wir Isoldes Köfferchen in den Käfer und bummelten ziellos durch die Straßen von Brno. Wir hatten keine Eile. Vor Mitternacht brauchten wir nicht an der Fluchtwiese zu sein. So flanierten wir durch das geschäftige Stadtzentrum mit seinen bimmelnden Straßenbahnen, Kirchen, der alten Universität und dem mittelalterlichen Krautmarkt wie Touristen auf der Durchreise.

In diesen ersten Stunden war das Thema der bevorstehenden Nacht tabu. Wir genossen einfach, wieder zusammen zu sein. Erst als wir auf einer Parkbank in einem Grünstreifen unterhalb der Festung Spielberg Rast machten, ließ sich nicht mehr verbergen, dass wir beide eigentlich nur an eines dachten.

»Darf ich deinen Flugschein mal sehen?«, kam Isolde auf unser Vorhaben zu sprechen.

Diesen Wunsch konnte ich ihr nicht erfüllen. Ich hatte alle Flugdokumente an der Rezeption des Hotels in Wien verwahrt, um sie der Kontrolle an der tschechoslowakischen Grenze zu entziehen. Hätte man neben meinen Passdaten auch die Nummer des Flugscheins registriert, wäre es später sehr einfach geworden, meine Funktion als Fluchthelfer aufzudecken.

»Aber ein Flugzeug hast du schon?«, fragte Isolde weiter. Diesmal konnte ich zustimmen. Ich berichtete ihr von der unverhofften Flugprüfung in Salzburg, den Problemen mit dem Tower und meinem wunderschönen Flug entlang der Donau. »Jetzt wartet die Maschine am Wiener Flughafen nur noch darauf, mit uns gen Westen zu fliegen«, gab ich mich optimistisch. Doch ich bemerkte, dass Isoldes Lächeln eher verhalten ausfiel. Verständlicherweise, schließlich lagen vor dem Flug in die Bundesrepublik noch die Überwindung des Eisernen Vorhangs – und natürlich die Nacht auf der Wiese. Während ich das Gelände, den Kirchturm und den Unterschlupf im Gebüsch beschrieb, wurde Isoldes Gesicht immer länger. Der Gedanke, einsam und allein auf offener Flur auszuharren, ließ sie erschauern.

»Ich hätte dir gern ein nettes Hotelzimmer mit Bad und Balkon geboten, aber sie waren leider alle ausgebucht«, versuchte ich zu scherzen.

Isolde lachte ohne wirkliches Vergnügen und sah mir tief in die Augen: »Mir war schon klar, dass es nicht luxuriös werden würde. Aber eigentlich fällt mir erst jetzt auf, dass ich für eine Nacht im Freien völlig falsch angezogen bin. Weil wir uns so lange nicht mehr gesehen haben, wollte ich bei unserem Wiedersehen besonders hübsch für dich sein.«

Mich rührte dieses Bekenntnis. Zugleich fühlte ich mich ein bisschen schuldig, weil ich offenbar nicht deutlich genug zum Ausdruck gebracht hatte, dass die Nacht vor der Flucht für Isolde kein Zuckerschlecken sein würde.

»Das bist du«, sagte ich anerkennend, »du siehst wirklich sehr schick aus. Allerdings wären Hosen und Stiefel besser gewesen. Hast du welche im Koffer?«

Isolde schüttelte betreten den Kopf. »Nein, leider nicht. Da ist kaum etwas drin, nur ein Regenmantel und das rote Kopftuch. Du meintest doch, das rote Tuch sei so wichtig.«

»Das ist es auch«, sagte ich nickend. Das Bekleidungsproblem war damit jedoch nicht gelöst. Es ließ sich jetzt auch nicht mehr lösen, denn es war schon nach 20 Uhr, und alle Geschäfte waren geschlossen. Isolde musste sich wohl oder übel mit der Situation arrangieren.

»Ach, was soll's, irgendwie wird's schon schiefgehen«, versuchte ich, sie aufzumuntern. »Lass uns erst mal etwas essen gehen. Mit vollem Magen sieht die Welt gleich viel schöner aus.«

Wir fanden eine gediegene Gaststätte. Von ihrer Decke hing ein gewaltiger schmiedeeiserner Kronleuchter mit dunkelgrünen Tropfen aus Bleiglas. Unter gewöhnlichen Umständen wäre Isolde in diesem Ambiente in Feierstimmung gekommen, aber unsere Lage war nun mal nicht gewöhnlich. Während die Stimmung im Lokal ausgelassen war, herrschte an unserem Tisch bedrücktes Schweigen. Ein banales Gespräch zu erzwingen hätte einer Schmierenkomödie geglichen, und weil wir beide keinen großen Hunger hatten, war auch das Blättern in der Speisekarte ein eher lustloses Unterfangen. Erst als Isolde bei der Seite mit den Hauptgerichten angelangt war, hellte sich ihr Blick auf. Sie lächelte verheißungsvoll.

»Rat mal, was es hier gibt«, sagte sie und deutete mit dem Zeigefinger auf die Spalte mit den Geflügelgerichten. Als ich mich vorbeugte und meine Augen ihrem Finger folgen ließ, musste auch ich schmunzeln.

»Orangenente!«, rief ich.

»Dein Lieblingsgericht und unser Verlobungsessen«, bestätigte Isolde. »Genau das Richtige für unsere Henkersmahlzeit.«

Es beruhigte mich, bei Isolde nun immerhin einen gewissen Galgenhumor wahrzunehmen, trotzdem wurde die Atmosphäre auch jetzt nicht wirklich locker. Während des Essens sprach ich über meinen für alle Fälle ausgeheckten Plan B. War ich bis morgens acht Uhr nicht aufgetaucht, sollte Isolde ihren Warteposten verlassen. Die Sonne ging zu dieser Jahreszeit gegen sechs Uhr auf. Wenn ich nicht innerhalb der ersten zwei Tageslichtstunden erschien, war etwas schiefgegangen oder mussten wir die Flucht verschieben. Für diesen Fall riet ich Isolde, sich nach Bratislava zur Jugendherberge *Mlada Garda* durchzuschlagen. Wenn ich nicht abgestürzt oder verhaftet worden war, würde ich dort hinkommen.

Angesichts der Wörter »abgestürzt« und »verhaftet« war es wohl kein Wunder, dass unser Appetit zu wünschen übrig ließ. Die Ente schmeckte an diesem Abend jedenfalls nicht halb so gut wie im *Café Moskau*. Wir waren einfach zu angespannt. Jeder Bissen kostete Überwindung.

Der Himmel war schwarz und sternenlos, als wir auf die Straße traten. Es ging auf Mitternacht zu. Durch ausgestorbene, spärlich beleuchtete Gassen gingen wir schweigend zum Auto und fuhren los. Bald hatten wir das düstere Labyrinth von Brno hinter uns gelassen und tauchten ein ins noch düsterere Dunkel der Landstraße. Wir hatten die Route ganz für uns allein. Kein einziges Auto kam uns entgegen. Nicht einmal in den Dörfern sahen wir Menschen, nur ein paar Hühner, die vom Scheinwerferlicht aufgeschreckt zur Seite flatterten. Es schien nur uns und den Lichtkegel der VW-Scheinwerfer zu geben. Ich fuhr hektisch und gab mächtig Gas. Das war eigentlich Unsinn, es gab ja keinen Grund zur Hetze. Mein Kopf sagte mir immer wieder, dass wir viel Zeit hatten, doch mein Inneres trieb mich an. Ich wollte ankommen, das Ganze hinter mir haben, ich wollte einfach raus aus dieser Dunkelheit.

Gegen Ende hätten wir uns fast noch verfahren. Obwohl ich die Strecke nur wenige Stunden zuvor zurückgelegt hatte, erkannte ich sie nun in umgekehrter Richtung und kohlrabenschwarzer Nacht nicht wieder. Mithilfe einer Landkarte fanden wir schließlich die Stelle, an der es zur Fluchtwiese ging. Als wir von der Straße in den schmalen, holprigen Feldweg abbogen, schaltete ich sofort die Scheinwerfer aus. Ich wollte nicht, dass aus der Ferne jemand auf das grelle Licht aufmerksam wurde. Aus demselben Grund vermied ich es bewusst zu bremsen, weil das zum Aufflammen der roten Bremsleuchten geführt hätte. Viel zu schnell rollten wir die leicht abschüssige Strecke hinunter, doch nach ein paar Metern wurde der Weg ebener. Zum Glück kam der Käfer kurz vor Isoldes Versteck von sich aus zum Stehen.

Wir stiegen aus und warteten eine Weile, bis aus dem Schwarz der Nacht allmählich die Konturen der Landschaft hervortraten. Flüsternd erklärte ich Isolde, dass in anderthalb Kilometern Entfernung parallel zur Landstraße der Eiserne Vorhang verlief, dass sie auf patrouillierende Grenzsoldaten achtgeben musste und dass sie sich möglichst unsichtbar machen sollte, weil eine einzelne Person auf freiem Feld nahe der Grenze sicher Misstrauen erregte. Isolde hörte aufmerksam zu, nickte zu jeder meiner Anweisungen, aber sagte nichts. Ihre Angst und Anspannung waren deutlich spürbar.

Vorsichtig schlichen wir zu der Reihe von Büschen, die den flachen Graben säumten. Sie eigneten sich tatsächlich gut als Versteck. Gleichwohl: Eine bequeme Nacht würde es für Isolde nicht werden. Zum Glück war die Luft noch relativ warm. Allerdings war sie auch voller Mücken. Doch darauf war ich vorbereitet, weil ich bei meiner Feldforschung drei Tage zuvor selbst mehrfach gestochen worden war. »Hokuspokus«, raunte ich und zauberte aus der Sakkotasche eine grüne Flasche Mückenschutzmittel hervor. »Damit dich die Mücken nicht aufgefressen haben, bevor ich komme.«

Isolde nahm das Fläschchen dankend an und rieb sich sofort die Arme mit der süßlich riechenden Tinktur ein. Eine Weile lauschten wir dem Zirpen der Zikaden. Noch immer waren weder Mond noch Sterne zu sehen. Die Nacht schützte uns mit ihrer Schwärze. Trotzdem war es an der Zeit, Adieu zu sagen. Das Scheinwerferlicht eines vorbeifahrenden Autos hätte sich in den Hecklichtern meines VW spiegeln können, was die Aufmerksamkeit patrouillierender Grenzsoldaten erregt hätte. Dieses Risiko wuchs mit jeder Minute.

Wir küssten uns innig zum Abschied. Zurück im Auto, ließ ich den Motor an und setzte vorsichtig und ohne Beleuchtung zurück zur Landstraße. Noch einmal schaute ich hinüber zu

Isolde, doch ihre Gestalt war mit den Schatten der Wiesen, Felder und Büsche verschmolzen. Im Schauspiel unserer Flucht wartete sie auf ihren nächsten Auftritt. Die Handlung war skizziert, die Rollen waren verteilt, der Vorhang hochgezogen. Wie jedoch das Stück enden würde, wussten wir nicht. Nicht mal, ob wir an einer Komödie oder Tragödie mitwirkten.

Eine Ewigkeit im Dunkeln

Das Motorgeräusch von Hans Christians Wagen verklang schnell in der Ferne. Jetzt fühlte ich mich wie der letzte Mensch auf der Welt. Ich war allein mit der Nacht, der Finsternis, in einer fremden Gegend, von der ich nur ein paar Umrisse erkannte. Das war hart für mich, die ich beinahe nachtblind war und schon unter normalen Umständen die Dunkelheit mied. Während ich auf der Suche nach einem Platz zum Hinkauern vorsichtig zwischen den Büschen umhertappte, jagte mir alles Angst ein: das raschelnde Gras, sogar das Pochen meines eigenen Herzens, das bis zum Hals schlug. Wenn doch wenigstens der Mond etwas Licht gespendet oder ein Stern geleuchtet hätte. Aber da war nichts. Schwarz und leer war das Gewölbe des Himmels über mir aufgespannt. Es war wie ein Spiegel der Einöde, in der ich mit grünem Kleid, hohen Schuhen und schwarzer Handtasche herumirrte und mich fragte, wie ich es in diesem Aufzug eine ganze Nacht aushalten sollte. Hans Christian würde nicht vor der Morgendämmerung kommen. Bis dahin war es noch sechs, vielleicht sieben Stunden. Mir erschien das wie eine Ewigkeit

Weil Wind aufkam, nahm ich meinen zusammengerollten Regenmantel aus der Handtasche und wickelte mich so gut es ging darin ein. Der Mantel – braun, mit Taillengurt, Stehkragen und Kapuze – war mein ganzer Stolz. Mutti hatte ihn vor dem Mauerbau aus Westberlin mitgebracht. Wir hatten ihn immer »amerikanische Pelle« genannt. Für eine nächtliche Eskapade wie diese war er viel zu schade, aber angesichts meiner unpassenden Kleidung war ich froh, dass ich ihn dabeihatte. Das rote Tuch, mit dem ich später wedeln sollte, band ich mir um den Kopf. In dieser Vermummung setzte ich mich am Feldrain auf meine Handtasche, damit das feuchte Gras mein Kleid nicht durchnässte. Mehr konnte ich nicht tun, nur noch warten und ins Dunkel starren.

Wie sagt man so schön? Wenn ein Sinn blockiert ist, rückt ein anderer nach. Während meine Augen praktisch blind waren, waren meine Ohren voll im Einsatz. Jedes Knacken im Unterholz und jedes Rascheln in den Büschen ließ mich zusammenzucken. Dazwischen herrschte gespenstische Stille. Auf einmal hörte ich ganz in der Nähe etwas, das wie Flügelschlagen klang. Waren das etwa Fledermäuse? Bitte nicht!

Bevor ich diesen Gedanken vertiefen konnte, wurde ich von einer anderen Sorte Blutsauger abgelenkt. Die Mücken kamen zurück. Ein ganzer Schwarm machte sich über meine nackten Beine und Hände, über Gesicht und Nacken her. Schon spürte ich die ersten Stiche, sie juckten unerträglich. Voller Dankbarkeit erinnerte ich mich an Hans Christians Mückenöl, holte es aus der Tasche und rieb erneut meine freien Körperstellen ein. Dabei verspürte ich fast ein bisschen Schadenfreude gegenüber den kleinen Biestern, die sich von dem intensiven Geruch des Mittels tatsächlich in die Flucht schlagen ließen. Doch mein Triumph währte nicht lang, ihn vertrieb ein dumpfes, rollendes Geräusch, das rasant näher kam. Ich hielt den Atem an. Dann fielen auch schon die ersten Regentropfen.

Ehe ich mich versah, befand ich mich im Zentrum eines gewaltigen Gewittersturms. Donner grollte, Wind zerrte an meinem Mantel, immer wieder erhellten Blitze das Dunkel mit ihrem grellen Licht. Sehen konnte ich noch immer kaum etwas, nur fühlen. Feuchtigkeit. Wasser. Der Himmel hatte seine Schleusen geöffnet und ergoss sich ohne Gnade auf mich und die tschechoslowakische Einöde, bis auch die Kapuze meiner amerikanischen Pelle nicht mehr verhindern konnte, dass mir ein kaltes Rinnsal den Rücken hinunterlief. Ich zitterte am ganzen Körper.

Wie ein gepeitschtes Tier ging ich am Grabenrand in Deckung, so tief ich konnte, hielt mir die Ohren zu und kniff die Augen fest zu. Doch das krampfhafte Wegducken konnte weder meine panische Angst vor dem Gewitter in die Knie zwingen noch verhindern, dass Donner, Kälte und der Geruch nach feuchter Erde Erinnerungen wach rüttelten. Es waren Erinnerungen an eine andere Flucht in einer anderen Zeit – an die Flucht nach dem Zweiten Weltkrieg. Seit Großvaters Erzählungen bei unserem Besuch in Kambs hatte ich nicht mehr über diese traumatische Erfahrung nachgedacht. Jetzt, unter dem tobenden Himmel, holte sie mich unweigerlich ein.

Es war im Winter 1945. Ich war kaum dreieinhalb Jahre alt, also zu jung, um die genauen Umstände zu erfassen. Trotzdem sind mir einige prägende Eindrücke unauslöschlich im Gedächtnis geblieben. Meine Eltern arbeiteten damals in Posen, während meine Schwester und ich vorübergehend bei meinen Großeltern auf dem Land lebten. Eines Abends stand Mutti unerwartet im Flur. Sie trug Lederstiefel und einen dicken Wintermantel. Sie war gekommen, um uns zu holen, es hatte einen Aufruf gegeben. Die ganze Region musste geräumt werden, weil die Rote Armee im Anmarsch war. Von einem Moment zum anderen herrschte großer Aufruhr. Meine Schwester und ich wurden warm eingepackt und zwischen Kupferkessel, Decken und Bettzeug auf einen Pferdewagen gesetzt. Ich weiß noch, dass das Federkissen, auf dem Helga lag, bei den frostigen Minusgraden ganz steif wurde. Es fühlte sich an, als würde es um ihren Körper herum gefrieren.

In der Dunkelheit zogen wir in einem großen Treck Richtung Westen. An diese endlose Karawane Flüchtender erinnere ich mich noch sehr genau. Manche waren mit Pferdewagen unterwegs wie wir, andere zu Fuß mit schweren Taschen, Säcken oder voll beladenen Bollerwagen. Auch einzelne Autos waren zu sehen. Die gehörten wohl flüchtenden Militärs. Auf einmal krachte es irgendwo. Ein Luftangriff. Hektisch hob meine Mutti uns vom Wagen. Während in der Ferne Bomben einschlugen, pressten wir uns in einem Graben am Straßenrand flach auf den Boden. Anfangs sah ich noch, dass der ganze Himmel von Phosphor leuchtete wie bei einem Feuerwerk. Dann drückte Mutti meinen Kopf nach unten, sodass ich nur noch das dumpfe Krachen, das gefrorene Gras, den kalten Boden und den Geruch feuchter Erde wahrnahm.

Diesen Geruch habe ich nie vergessen. Er erinnerte mich seither an die Angst und die Hilflosigkeit, die ich als kleines Kind in jenem Straßengraben verspürt hatte. So auch jetzt, wo ich erneut in einem Graben am Wegrand kauerte, während der Himmel über mir stürmte, brüllte und flackerte, als wolle er die Erde in Stücke reißen. Wie lange das Gewitter tobte, weiß ich nicht mehr. Es ist gut möglich, dass die gefühlte Ewigkeit, in der ich mich im Mittelpunkt des Weltuntergangs wähnte, nur eine halbe Stunde dauerte. Jedenfalls zogen Donner und Sturm weiter, und auch der Regen ließ mit der Zeit nach, bis er irgendwann ganz aufhörte.

Mühevoll stand ich auf, streckte meine steifen Glieder und schüttelte die Regentropfen aus dem Mantel wie ein nasser Hund. Jetzt war nirgends mehr Summen von Mücken oder Flügelschlagen zu hören. Nur noch das träge Platschen des abtropfenden Regenwassers durchbrach die Stille. Und das Klappern meiner Zähne, die ich in der feuchten, alles durchdringenden Kälte einfach nicht unter Kontrolle bringen konnte. Um etwas Wärme in meine Gliedmaßen zu pumpen, machte ich die eigenartigsten Verrenkungen, schlenkerte mit den Beinen herum, hüpfte auf der Stelle, rotierte mit den Armen. Am liebsten hätte ich einen kleinen Dauerlauf gemacht, doch das wagte ich nicht, aus Furcht, die Aufmerksamkeit möglicher Grenzpatrouillen auf mich zu ziehen. Außerdem waren meine Schuhe dafür völlig ungeeignet, mit deren Eleganz es nach dem Herumgehüpfe im Matsch allerdings nicht mehr weit her war.

Nach Angst, Zähneklappern und Herumgehampel kam die

Langeweile. Da es zum Lesen zu dunkel und zum Singen zu gefährlich war, vertrieb ich mir die Zeit, indem ich im Flüsterton alle lateinischen Skelett-Begriffe aus meiner letzten Anatomieprüfung aufsagte. Angefangen beim Kopf repetierte ich sämtliche Knochen, Sehnen und Muskeln, bis ich bei den Füßen angelangt war. Danach begann ich wieder von vorne. Darüber wurde ich schläfrig. Trotz Unruhe und Kälte ertappte ich mich immer öfter dabei, wie mein Kopf auf die Brust sackte und ich für ein paar Sekunden einnickte, bis ich irgendwann vollends einschlief. Eine erstaunliche Leistung angesichts der misslichen Lage.

Als ich die Augen wieder aufschlug, dämmerte das graue Licht des Morgens. Anfangs war ich völlig desorientiert und wusste überhaupt nicht, wo ich mich befand. Allmählich kamen die Erinnerungen an Brno, die Henkersmahlzeit, das Warten im Dunkeln und das Unwetter zurück – und mit ihnen das Bewusstsein, dass Hans Christian bald eintreffen sollte. Ob er schon auf dem Weg zu mir war? Er hatte ja mit dem ersten Tageslicht losfliegen wollen. Eine Mischung aus Vorfreude und Ungeduld erfasste mich. Innerlich rief ich Hans Christian zu: »Komm doch endlich! Hol mich hier raus! Beeil dich!« Meine Augen suchten den stetig heller werdenden Himmel nach einem Flugzeug ab. Eine geschlagene Stunde verbrachte ich in dieser fiebrigen Erwartungshaltung.

Meine Umgebung konnte ich inzwischen deutlich erkennen: die gemähte Wiese, das nahe Dorf mit dem spitzen Kirchturm, die Büsche, die mir als Windschutz gedient hatten. Jenseits der Landstraße meinte ich sogar, die Grenze mit ihrem Stacheldrahtzaun und den Wachtürmen erkennen zu können. Aus dieser Richtung musste Hans Christian kommen. Sehr bald sogar, denn es war schon halb acht. Was hatte er gesagt? Sollte er nicht bis acht Uhr kommen, würden wir die Flucht verschieben, denn dann musste etwas komplett schiefgegangen sein.

Als um Viertel vor acht immer noch kein Flugzeug in Sicht war, keimte in mir erstmals ein Gedanke auf, den ich bislang sorgsam vermieden hatte: dass nicht nur unser gemeinsamer Flug über die Grenze gefahrvoll war, sondern Hans Christian schon auf dem Hinflug etwas zustoßen konnte. Während sich die Minuten wie Kaugummi in die Länge zogen, kam mit großer Wucht die Angst zurück. Diesmal war es nicht die Angst vor dem Unbekannten, vor der Dunkelheit oder den Erinnerungen. Es war eine sehr konkrete Angst um Hans Christian.

Auf einmal knallte es mehrfach aus Richtung Grenze. Ich zuckte zusammen – erst wegen des plötzlichen Geräuschs, das an Schüsse erinnerte, dann wegen einer bösen Vorahnung. Noch immer war kein Flugzeug zu sehen. Mein Herz setzte für einen Schlag aus.

Ab durch die Mitte

Bei der Rückkehr nach Österreich war meine größte Sorge, dass man an der Grenze Isoldes Koffer inspizieren und fragen würde, warum ich lauter Damenwäsche im Gepäck hatte. Mir wäre schlicht nichts eingefallen, was ich darauf hätte antworten sollen. Aber die Zollbeamten interessierten sich überhaupt nicht für den Koffer. Bei der Kontrolle des Autos beschränkten sie sich auf das Nötigste, meine Papiere blätterten sie einmal schnell durch, das war's. Keine Fragen, keine Schikanen. Schon gegen Mitternacht war ich zurück im Wiener Hotel. Hier holte ich mein Gepäck und ließ mir meinen Pilotenschein und die Flugkarten aushändigen. Den Autoschlüssel des Leihwagens gab ich beim Nachtportier ab, der mir bereits vorher versprochen hatte, den Wagen zurückzugeben. Dann nahm ich ein Taxi nach Schwechat. Alles lief wie geschmiert. Als ich am Flughafen ankam, dachte ich, nun könne mich nichts mehr aufhalten. Wie man sich irren kann.

Als Pilot musste ich beim Tower zunächst eine Starterlaubnis einholen. Ich meldete einen Flug nach Salzburg an. Meinen

Abstecher über den Eisernen Vorhang verschwieg ich natürlich. Ich legte meine druckfrischen Dokumente vor und bekam nach deren eingehender Prüfung das Okay des Flugleiters.

»Da Sie keine Nachtfluglizenz haben, muss ich Sie darauf hinweisen, dass Sie nicht vor der Morgendämmerung starten dürfen, aber das ist Ihnen sicher bewusst?«

Ich nickte.

»Und noch etwas«, hielt mich der Flugleiter zurück. »Die Wetterprognose für Ihre Route ist ziemlich ungünstig. Von Westen nähert sich eine Gewitterfront. Die Lage kann sich über Nacht noch verschlechtern. Erkundigen Sie sich vor Ihrem Abflug besser noch mal beim Wetterdienst.«

Wieder nickte ich ruhig. Innerlich jedoch war ich erschüttert. Das waren überhaupt keine guten Nachrichten. Eine Schlechtwetterfront konnte das Fluchtunternehmen erschweren oder sogar ganz vereiteln. Bei Gewitter würde man mich weder starten lassen, noch traute ich mir zu, die Cessna durch Blitz und Donner zu steuern. Sollte am Ende die ganze Flucht an höherer Gewalt scheitern? Es half nichts, sich jetzt darüber den Kopf zu zerbrechen. Bis zum Morgengrauen waren noch fünf bis sechs Stunden Zeit. Ich konnte nur hoffen, dass sich die Lage bis dahin verbesserte.

In einem kargen Aufenthaltsraum mit weißen Wänden, grauem Linoleumboden und bläulich flimmernden Neonröhren an der Decke wartete ich auf den Morgen. Die harte Holzbank, auf der ich saß, stand direkt einem großen Fenster gegenüber, durch das ich beobachten konnte, wie draußen Sturm, Regen und schließlich Gewitter aufzogen. Über dem Fenster hing eine Wanduhr, die mit lautem Ticken das Verstreichen der Sekunden anzeigte. Es war ein monotones Ticken, das mich zunehmend schläfrig machte. Trotzdem wollte die Zeit kaum vergehen, der lange Minutenzeiger schien förmlich am Zifferblatt festzukleben. Jede Minute dauerte eine Ewigkeit. Und wenn der Zeiger doch umsprang, hieß das nur, dass eine neue Ewigkeit angebrochen war. Ich kam mir vor wie in einem Zeitvakuum.

Fatalistische Gedanken brachen sich Bahn. Voller Sorge dachte ich an Isolde. Wie mochte es ihr ergehen, allein und verlassen unterm schwarzen Himmel der regnerischen Nacht? Ich hatte es wenigstens trocken und warm. Die Unmöglichkeit, die Zeit anzutreiben, das Wetter zu beeinflussen und meiner Liebsten zu helfen, versetzte mich in einen lähmenden Zustand von Machtlosigkeit. Als sich endlich die ersten blassgrauen Streifen des Morgenhimmels am Horizont abzeichneten, hatte der Sturm an Intensität verloren. Auch der Regen ließ nach. Bald würde es hell genug sein, um losfliegen zu können.

»Mensch, hau ab«, trieb ich mich selbst an. »Sonst kommt ein neues Tief, und man entzieht dir am Ende die Starterlaubnis.«

Eilig hastete ich übers Flugfeld zum Parkplatz der Cessna. Die hellen Streifen am Horizont waren inzwischen nur noch schmale graue Schlitze. Sie wurden bedrängt von tief hängenden schwarzen Wolken, die den Himmel dramatisch aussehen ließen. Noch bevor ich das Flugzeug erreicht hatte, zuckte ein grellweißer Blitz durch das Dunkel. Es folgte ein ohrenbetäubender Donnerschlag. Dann ergoss sich prasselnd und rauschend ein sintflutartiger Platzregen auf den Asphalt. Ich flüchtete ins Cockpit, knallte die Tür hinter mir zu und sah entgeistert, wie das Wasser auf die Frontscheibe klatschte. Nie hätte ich gedacht, dass das Trommeln von Regentropfen auf ein Flugzeugdach einen solchen Lärm erzeugte. Ich gestand mir ein: Um in diesem Unwetter loszufliegen, musste man nicht nur dumm, sondern sogar lebensmüde sein. So blieb ich tatenlos in der Maschine sitzen, erneut zum Warten verdammt. Diesmal ohne das Ticken einer schleichenden Uhr vor mir, dafür mit dem Trommelkonzert des herabstürzenden Regens über mir.

Das Gewitter zog relativ schnell vorbei, doch der Regen wollte nicht enden. Dass es im Osten langsam heller wurde, machte kaum einen Unterschied. Die Sicht blieb zu schlecht zum Fliegen, und als der Regen schließlich doch nachließ, zogen auf einmal dichte Nebelschwaden übers Rollfeld. Verärgert sprang ich aus dem Flieger und eilte zum Flughafengebäude, um mich beim Wetterdienst nach der Lage zu erkundigen. Man hatte keine guten Nachrichten für mich.

»Bei diesem Wetter wollen Sie nach Salzburg fliegen? In einem Kleinflugzeug?«, fragte ein älterer Meteorologe, der mich ansah wie einen, der nicht alle Tassen im Schrank hatte. Mit seiner Glatze, dem Schnurrbart und den langen Koteletten erinnerte er mich an Kaiser Franz Joseph. »Das ist vollkommen undenkbar.«

»Aber vielleicht reißt der Himmel doch bald auf«, erwiderte ich und versuchte, optimistisch zu klingen. »Auf jedes Unwetter folgt irgendwann blauer Himmel.«

»Das kann schon sein«, sagte Franz Joseph belustigt schmunzelnd. »Aber dieses ›irgendwann‹ wird heute frühestens gegen Nachmittag eintreten. Wenn überhaupt. Für die nächsten acht Stunden können Sie sich Ihren Flug aus dem Kopf schlagen.«

Damit war die Unterredung beendet und meine Starterlaubnis zurückgezogen. Das Thema Fliegen hatte sich vorerst erledigt. Alles nur wegen des verfluchten Wetters, verdammt noch mal!

Die Uhr an der Wand des neonhellen Aufenthaltsraums zeigte jetzt halb sieben. In anderthalb Stunden würde Isolde ihren Warteposten auf der Wiese verlassen. Nüchtern betrachtet war es jetzt sowieso zu spät. Aber war wirklich alles verloren? Musste ich den Fluchtplan aufgeben? Innerlich weigerte ich mich, aber was zum Teufel sollte ich tun?

Todmüde wie ich war fiel es mir schwer, mich zu konzentrieren, zwang mich aber dazu. Mein erster Gedanke war, das Flugverbot zu ignorieren und einfach loszufliegen. Dies verwarf ich gleich wieder. Es bestand die Gefahr, dass ich bei diesem Wetter und dem aufsteigenden Nebel das Feld mit Isolde nicht fand, zudem wäre es dumm gewesen, meine Fluglizenz – und damit unseren Fluchtplan – durch einen Regelbruch derart leichtsinnig aufs Spiel zu setzen. Statt übereilt zu handeln, musste ich Ruhe bewahren und meine letzten Hoffnungsreserven mobilisieren. Vielleicht würde Isolde ja etwas länger warten. Und vielleicht hatten sich die Wettergötter trotz allem nicht vollkommen gegen mich verschworen …

Um zwanzig vor acht hörte es auf zu regnen. Die Wolken zerstreuten sich. Kurz entschlossen witterte ich meine Chance, eilte zum Flugleiter und erbat eine neue Starterlaubnis.

»Junger Herr, so einfach ist das nicht«, sagte er mitleidig lächelnd. »Das Wetter im Großraum Wien mag sich verbessert haben, aber über Ihrer Flugroute nach Salzburg hält sich das Tief hartnäckig. Ich kann Ihnen für diesen Flug keine Starterlaubnis geben, tut mir leid.«

Ich war wie vor den Kopf gestoßen. Während ich dastand, arbeitete mein müdes Hirn auf Hochtouren. Vor dem inneren Auge sah ich Isolde, die mit ihrem roten Tuch auf der Wiese jenseits der Grenze stand und auf mich wartete. Einsam, ungeduldig, voller Hoffnung. Nein, ich konnte jetzt nicht aufgeben. Es musste einen anderen Weg geben.

»Dann lassen wir das mit dem Flug nach Salzburg«, sagte ich wie aus der Pistole geschossen, selbst ein wenig von meinem resoluten Tonfall überrascht. »Dann geben Sie mir bitte nur die Erlaubnis, zum Flugfeld Aspern zu fliegen.«

Das Lächeln des Flugleiters erstarb. Nachdenklich wanderte sein Blick zwischen der Wetterkarte und meinem Gesicht hin und her. Er muss zweifellos gedacht haben, dass ich eine Schraube locker hatte. Aber er sah wohl auch die Entschlossenheit in meinem Blick. So holte er tief Luft, zuckte mit den Achseln und hielt mir kopfschüttelnd meine Flugerlaubnis hin. Ich riss sie ihm aus der Hand, hetzte zur Cessna, schwang mich ins Cockpit und rollte auf die Startbahn. Es war wenige Minuten vor acht. Sehr spät also. Aber auch *zu* spät? Bevor ich darüber nachdenken konnte, war ich schon in der Luft.

Jetzt zahlte sich die genaue Vorbereitung der letzten Tage aus. Da ich in der Hektik keine Zeit hatte, die Karte zu studieren, orientierte ich mich an den Merkmalen der Landschaft. Anfangs flog ich Richtung Norden und nahm Kurs auf mein offizielles Ziel, den Flugplatz Aspern. Doch kaum hatte ich die Donau überflogen, hielt ich Ausschau nach einer in Ost-West-Richtung verlaufenden Eisenbahnlinie. Als sie in Sicht kam, bog ich rechts ab, folgte den Schienen in östlicher Richtung und ließ das Flugzeug auf etwa 25 Meter Höhe absinken. Auf solch geringer Höhe kam ich mir bei einer Geschwindigkeit von 200 Stundenkilometern vor wie ein dahinrasender Pfeil. Alles schien wahnsinnig schnell zu gehen.

Kurz vor Marchegg, einer kleinen Gemeinde an der Grenze zur Tschechoslowakei, bogen die Eisenbahngleise nach Südosten ab. Ich aber flog weiter geradeaus. Richtung Osten. Auf den Eisernen Vorhang zu. Dabei ging ich noch tiefer, um nicht von den militärischen Radaranlagen an der Grenze erfasst zu werden. Die Wachposten in ihren Türmen sollten ja nicht schon im Vorfeld auf mich aufmerksam werden. Ich musste jetzt sehr genau aufpassen. Auf so geringer Höhe bestand die Gefahr, Telefon- und Stromleitungen zu streifen. Mangels Weitsicht fehlten handfeste Orientierungspunkte. Andererseits konnte ich jetzt kaum noch einen Fehler machen. Da ich in östlicher Richtung unterwegs war, musste ich früher oder später auf die Grenze treffen. Und tatsächlich: Schon nach wenigen Sekunden rückten zwei Wachtürme in mein Blickfeld. Auf den einen flog ich direkt zu, der zweite lag ein paar Hundert Meter weiter rechts. Sofort wich ich nach rechts aus in der Absicht, genau zwischen den beiden Türmen hindurchzufliegen, doch wegen der kurzen Distanz war das illusorisch. Während ich mich dem linken Turm rasant näherte, war der rechte noch immer ein gutes Stück entfernt. Aber gut, ich war nicht hier, um einen Präzisionsflug zu meistern, ich wollte in die Tschechoslowakei. Also Augen zu und durch!

Plötzlich war es so weit. Als ich die Grenzlinie querte, war ich nur etwa fünfzig Meter, vielleicht sogar weniger, vom linken Wachturm entfernt. Ich lag auf gleicher Höhe wie die Wachposten in ihrer Aussichtskanzel. Im Vorbeifliegen konnte ich sie genau erkennen. Wild gestikulierend deuteten sie in meine Richtung. Für Sekundenbruchteile sah ich sogar die Überraschung und Empörung in ihren Augen. Der Anblick war wie das Standbild eines Filmstunts – dramatisch, spannungsgeladen, voller Energie. Aber der Film lief weiter. Im Nu lagen die Grenze und die Türme hinter mir, und ich war in der Tschechoslowakei. Es hatte keine Schüsse gegeben, nur hektische Gesten. Eigentlich unglaublich.

Die erste Hürde war genommen, aber das war nur ein Etappenerfolg. Nun kam der schwierigste Teil: Ich musste das Feld mit Isolde finden, und zwar schnell. Es war schon sieben Minuten nach acht. Wenn ich Pech hatte, war sie bereits abgezogen. Aber hatte ich für heute nicht schon genug Pech gehabt?

Als die Kirche mit dem Kupferturm in Sicht kam, jubelte ich innerlich. Das Feld zu finden war jetzt kein Problem mehr. Danach galt es nur noch, die Nerven zu bewahren und nicht bei der Landung zu patzen. Ich atmete tief durch und sammelte mich fürs Finale. Schon lag die Wiese direkt vor mir. Ich drosselte das Tempo, ging tiefer und machte mich bereit für den Landeanflug. Jetzt konnte ich alles genau sehen: die Landstraße, den Busch, den kleinen Graben. Nur eines sah ich nicht: Isolde mit ihrem roten Kopftuch. Meter um Meter verlor ich an Höhe. Näher und näher kam ich dem Busch, der Isoldes Versteck gewesen war. Doch so angestrengt ich auch die Stelle fixierte, an der wir uns gestern in der mückenumschwärmten Nacht verabschiedet hatten, sie blieb leer. Kein rotes Tuch, kein Lebenszeichen. Nur brauner, feuchter Acker.

Hatte Isolde das Feld schon verlassen? War ich wirklich zu spät gekommen? Oder schlief sie vielleicht noch irgendwo da unten im Gebüsch? Letzteres schloss ich aus. Bei der alles durchdringenden Nässe war es äußerst unwahrscheinlich, zudem war ich mittlerweile nah genug am Boden, um zu erkennen, dass sich in dieser Matschwüste meine hübsche, komplett durchnässte und todmüde Verlobte nirgendwo befand. Wenige Meter über dem Boden entschied ich mich gegen eine Landung und stieg wieder auf. Zur Sicherheit drehte ich noch eine Runde über dem Feld, als aber auch jetzt keine Isolde mit rotem Tuch aus dem Geäst sprang, fasste ich schweren Herzens den endgültigen Entschluss, allein zurück nach Aspern zu fliegen.

Es war ein schreckliches Gefühl, dem Ziel so nah zu sein und doch unverrichteter Dinge von dannen zu ziehen. Andererseits hatte ich natürlich damit rechnen müssen. Ich selbst hatte ja angeordnet, dass Isolde um acht Uhr ihren Posten räumen sollte. Nun konnte ich nur noch hoffen, dass ihre Abwesenheit wirklich ihrem Rückzug geschuldet war und nicht Konfrontationen mit Grenzpatrouillen.

Während ich Kurs auf Österreich nahm, entschied ich mich, den Eisernen Vorhang wieder an derselben Stelle zu kreuzen wie zuvor. Vielleicht konnte ich den aufgescheuchten Wachposten dadurch signalisieren, dass ich mich nur verflogen hatte. Mein erster Überflug war ja nur wenige Minuten her, zu wenig Zeit für illegale Geschäfte oder um Flüchtlinge an Bord zu nehmen. Außerdem saß ich noch immer allein in der Maschine.

Wieder näherte ich mich in geringer Höhe den beiden Türmen, diesmal suchte ich bewusst die Nähe des nunmehr rechten Turms. Wieder sah ich die noch immer sichtlich erregten Wachposten, die in meine Richtung starrten. Ich winkte ihnen freundlich zu und machte eine entschuldigende Geste, die man mit gutem Willen als »Kommt nicht wieder vor« interpretieren konnte. Ob die Soldaten das verstanden? Ich sah nur, dass der eine mir mit der Faust drohte und der andere mit einem langen Gegenstand herumfuchtelte. Um zu erkennen, ob es ein Gewehr oder ein Fernrohr war, reichte die Zeit nicht aus. Ich war schon wieder über österreichischem Gebiet. Für ein paar Sekunden, die mir in diesem Moment unendlich lang vorkamen, hielt ich den Atem an, spitzte die Ohren und wartete auf das Krachen von Gewehrschüssen. Sie blieben aus. Ich kreuzte den schmalen Grenzfluss und fand Schutz hinter einigen Baumkronen – schon außer Reichweite der Wachen.

Eigentlich war es unfassbar. Zweimal innerhalb weniger Minuten hatte ich den Eisernen Vorhang überflogen. Es hätte ein Triumph sein können. Doch an diesem Morgen am Flugplatz Aspern landete ein zutiefst niedergeschlagener Pilot. Er hatte sein einziges Ziel verfehlt, das ihm Flügel verlieh: die Frau seiner Träume.

Per Anhalter

Was genau es mit dem Knallen an der Grenze auf sich hatte, habe ich nie erfahren. Vielleicht schoss man nur auf Hasen und Rehe. Vielleicht löste auch ein Auto mit kaputtem Auspuff die Geräusche aus. Im Nachhinein fallen mir viele mögliche Erklärungen ein, aber damals, nach der Ewigkeit im Dunkeln auf dem Feld, hatte ich nur einen Gedanken: Es mussten Schüsse sein, und sie mussten mit Hans Christians Grenzübertritt zu tun haben. Ein paar Minuten stand ich unentschlossen da und überlegte, wie ich mich verhalten sollte. Es war jetzt zehn vor acht. Eigentlich hatte ich versprochen, bis acht Uhr zu warten. Aber war das unter den gegebenen Umständen wirklich klug? Hätte es nicht alles noch schlimmer gemacht, wenn man mich nach den mutmaßlichen Schüssen auf Hans Christians Flugzeug hier aufgegriffen hätte? Die Soldaten hätten nur eins und eins zusammenzählen müssen: ein Pilot aus dem Westen, der den Eisernen Vorhang durchbrach, und eine Frau aus dem Osten, die fernab ihrer Heimat durchnässt, verfroren und orientierungslos auf einer Wiese hinter der tschechoslowakischen Grenze ausharrte ... Man musste wirklich keine große Spürnase sein, um da eine Verbindung herzustellen – eine Verbindung, deren Aufdeckung wir bei unserer Fluchtplanung tunlichst zu verhindern versucht hatten. So zog ich folgenden Schluss: Ich durfte nicht entdeckt werden, also musste ich die Wiese vorzeitig verlassen.

Der Feldweg war matschig, die Landstraße glänzte vor Regennässe. Zum Glück war es nicht weit bis in den nächsten Ort. Ich ging vielleicht eine Viertelstunde oder zwanzig Minuten.

Als ich die ersten Häuser erreichte, fiel mir in einer Seitengasse eine lange Schlange von Menschen auf, die sich vor einem Gebäude drängten. Mein erster Gedanke war: Oh nein, die Leute laufen schon zusammen, weil sie von einem Flugzeug gehört haben, das über die Grenze geflogen ist. Als ich näher kam, erkannte ich aber, dass die Ansammlung nur aus Wartenden bestand, die für Milch anstanden.

An der nächsten Kreuzung strich ich mir die nassen Haare aus der Stirn, glättete meinen zerknitterten Mantel und legte mir das rote Tuch um den Hals, um einigermaßen manierlich auszusehen. Dann wartete ich in der Hoffnung, per Anhalter Richtung Bratislava mitgenommen zu werden, am Straßenrand. Lange dauerte es nicht, bis ein ehemals weißer, jetzt völlig verdreckter Pick-up in einer Pfütze neben mir eine Vollbremsung machte, dass das schmutzige Regenwasser nur so in alle Richtungen schoss. Auch ich bekam etwas ab, aber auf ein paar Spritzer mehr oder weniger kam es jetzt auch nicht mehr an. Der junge Mann hinterm Steuer war auf dem Weg nach Bratislava, um dort Gemüse zu verkaufen. Er nahm mich mit.

Sein Deutsch war nicht das Beste, sodass wir uns mit Müh und Not in holprigem Russisch verständigten. Neugierige Fragen, wo ich herkam und was ich in der Gegend zu suchen hatte, blieben mir somit erspart. Mit Händen und Füßen versuchte ich zu erklären, dass ich zur Jugendherberge in Bratislava wollte. Zunächst verstand der Fahrer nicht, aber als ich den Namen *Mlada Garda* erwähnte, fiel der Groschen. Er war so hilfsbereit, mich den ganzen Weg bis dorthin mitzunehmen. Zum Abschied drückte ich ihm voller Dankbarkeit seine kräftige Hand.

In der Jugendherberge nahm ich ein Zimmer, entledigte mich meiner klitschnassen Kleider und hängte sie zum Trocknen auf. Dann kroch ich erschöpft ins warme Bett. Ein paar Minuten lang lag ich da, starrte an die Decke und fragte mich voller Angst, was Hans Christian wohl widerfahren war. Dann übermannte mich die Müdigkeit. Ich schlief tief und fest wie ein Stein, bis zu einem Moment, den ich nie vergessen werde – dem

Moment, in dem ich mit einem Kuss geweckt wurde. Nicht von irgendeinem Prinzen, sondern von meinem.

Auf nach Mlada Garda!

Es tat weh, mir einzugestehen, dass der Fluchtversuch gründlich gescheitert war. Nach meiner Landung in Aspern verharrte ich noch minutenlang bei abgeschaltetem Motor hinterm Steuer und ließ die vergangenen Stunden Revue passieren – das elende Warten, das nervenaufreibende Gewitter, die lebensgefährlichen Flüge über den Eisernen Vorhang. All das war völlig umsonst gewesen, ein totales Fiasko. Mich tröstete nur, dass ich noch am Leben war. Aber was war mit Isolde? Diese Frage ließ ein Gemisch aus Sorge, Angst und flehender Hoffnung in mir hochsteigen. Entmutigt und erschöpft, hielt mich nur noch ein Gedanke aufrecht: Auf nach *Mlada Garda*!

In Wien mietete ich nochmals einen Leihwagen und verstaute meine Flugpapiere in einem Schließfach am Bahnhof. Dann machte ich mich auf den Weg nach Bratislava. Während der halbstündigen Fahrt zur Grenze dachte ich darüber nach, wie die tschechoslowakischen Behörden auf meine Grenzverletzung reagiert haben mochten. Ich ging davon aus, dass die Wachposten den Vorfall ihren Vorgesetzten gemeldet hatten. Und diese wiederum ihren Vorgesetzten. Ob auch die österreichischen Behörden informiert worden waren? Wenn ja, wie lange würde es wohl dauern, bis man herausfand, dass ich der Pilot war? Und mit welchen Konsequenzen musste ich in diesem Fall rechnen? Würde ich überhaupt eine neue Starterlaubnis bekommen? Vermutlich nicht.

Mit all diesen Fragen im Kopf erreichte ich die Grenze, wo ich ein drittes Visum erhielt. Wie in den Tagen zuvor ließ man mich auch jetzt vergleichsweise komplikationslos einreisen. Jetzt war es nur noch ein Katzensprung bis *Mlada Garda.*

Mit klopfendem Herzen erkundigte ich mich an der Rezeption nach Isolde. Zu meiner großen Erleichterung war sie bereits früh am Morgen angekommen, hatte sich schon ein Zimmer besorgt und mir einen Brief hinterlassen. Hektisch öffnete ich den Umschlag und las ihre kurze Mitteilung: »Alles o.k.!«

Ein riesiger Stein fiel mir vom Herzen, Sekunden später stand ich an ihrem Bett. Sie war in einen tiefen, unschuldigen Schlaf versunken, schien von einer Welt frei von Mücken, Stacheldraht und bewaffneten Wachposten zu träumen. Ganz vorsichtig küsste ich sie wach. Sie schlug ihre schönen Augen auf. Schläfrig und überrascht schaute sie mich ein paar Sekunden an, dann warf sie, beglückt, mich wiederzusehen, ihre Arme um meinen Hals und zog mich dicht an sich heran. Lange schmiegten wir uns aneinander, froh, dass wir so schnell wiedervereint waren, und unendlich erleichtert, dass wir beide unversehrt geblieben waren. In diesem Moment überwog unsere Freude die noch tiefe Enttäuschung, dass unser Fluchtversuch so schändlich misslungen war.

Es war schon dunkel, als uns Hunger und Durst aus dem Bett trieben. Die Abendluft war klar und belebend, die Nacht noch kühl von den Regenfällen des Vorabends. Auf dem Weg ins Stadtzentrum kehrten wir in einer kleinen Kneipe ein. Die Stimmung war nicht so gedrückt wie bei der Henkersmahlzeit in Brno, dafür hatten wir uns zu viel zu erzählen. Letztlich redeten wir uns ein, dass es vielleicht sogar besser war, dass wir uns verpasst hatten. Bei meinem unvollendeten Landeanflug war mir aufgefallen, dass die Länge der Fluchtwiese für eine Landung ziemlich knapp bemessen war, zumal der modrige, aufgeweichte Untergrund den Bremsweg erheblich verlängert und das Abheben erschwert hätte. Derlei Gedankenspiele änderten allerdings nichts an einer Tatsache: Wir waren beide geknickt, dass wir jetzt, wo Isolde längst in der Bundesrepublik hätte sein sollen, noch immer östlich des Eisernen Vorhangs saßen. Über einen erneuten Fluchtversuch sprachen wir an diesem Abend jedoch nicht. Die dramatischen Ereignisse der letzten Nacht waren noch zu präsent. Sie lagen wie eine dunkle Decke über den Gedanken an die Zukunft und verfolgten uns den ganzen Abend bis in die Herberge, wo wir nunmehr satt, aber immer noch etwas niedergeschlagen einschliefen.

Triumphbogen

Am nächsten Morgen erwachten wir in einer anderen Welt. Zumindest fühlte es sich so an. Als wir *Mlada Garda* verließen, war der Himmel blau, die Sonne strahlte, die Vögel tirilierten, und die Luft roch nach Löwenzahn, Brennnesseln und wilden Gräsern. Das Licht, die Wärme und die liebliche Atmosphäre waren Balsam für unsere geplagten Seelen. Sie schenkten uns Kraft und Energie und erfüllten uns mit neuem Mut. Als wir im Auto saßen und sich die Frage nach dem »Und jetzt?« stellte, herrschte nur sehr kurz nachdenkliche Stille. Wir sahen einander an, und schon war klar, dass wir dasselbe dachten. Ein verschworenes Grinsen breitete sich auf unseren Lippen aus, als wir wie aus einem Mund riefen: »Lass es uns gleich noch mal wagen!«

Kaum etwas sprach gegen einen erneuten Fluchtversuch. Das Wetter wirkte beständig, das Flugzeug stand uns noch immer zur Verfügung, ein Auto hatten wir auch, und nicht zuletzt waren wir nach den Pannen und Pleiten des ersten Versuchs um viele Erfahrungen reicher. Nur: Wo sollte das Ganze diesmal stattfinden? Es nochmals in der Nähe von Bratislava zu wagen, schien uns zu riskant. Die Wachposten dieses Abschnitts waren sicher über meine Grenzverletzung informiert worden. Sie würden nicht ein zweites Mal untätig zusehen, wie ich vor ihrer Nase an ihnen vorbeiflog. Wir beschlossen, in gebührender Entfernung weiter nördlich nach einer neuen Landebahn Ausschau zu halten.

Auf der Fahrt kamen wir an der Fluchtwiese von gestern

vorbei. Schon beim flüchtigen Anblick des Gebüsches, in dem sie mit Mücken, Regen und Gewitter gerungen hatte, überkam Isolde das kalte Grausen.

»Fahr schnell weiter«, zischte sie und wandte den Blick ab.

Ihre Abscheu machte mir bewusst, dass sie eine solche Tortur auf keinen Fall noch einmal durchleiden durfte.

Etwa hundert Kilometer nördlich von Bratislava, in der Nähe der Kleinstadt Mikulov, schien die Umgebung günstig. Hier gab es viele Felder, die flach und eben, weit genug von den Wachtürmen entfernt und obendrein von markanten Orientierungspunkten umgeben waren. Wir mussten nicht einmal lange suchen, bis wir den idealen Landeplatz fanden: einen langen, schnurgeraden, kürzlich gemähten Acker ohne jegliches Hindernis, knapp vier Kilometer von der Grenze entfernt. Das Gelände war auf der einen Seite von einem See begrenzt, an dessen Ufer eine Gruppe hoher Tannen wuchs, und auf der anderen von einem Hügel, auf dem ein imposantes Gebäude thronte, das einem Triumphbogen ähnelte. Der See, die Tannen und das markante Bauwerk – das waren gleich drei Landmarken, die mir die Orientierung erleichtern würden. Die Stelle war wie geschaffen für unsere Zwecke.

Der Ablauf sollte genauso sein wie beim ersten Mal geplant. Am späten Nachmittag wollte ich Isolde am Landeplatz absetzen, dann würde ich nach Wien fahren, um mit dem ersten Morgenlicht von dort loszufliegen. Bis dahin war noch viel Zeit, es war erst Mittag. Wir nutzten die Gelegenheit für einen Abstecher nach Mikulov. Das pittoreske Städtchen mit seinem mittelalterlich anmutenden Marktplatz und dem hoch über der Stadt aufragenden Schloss passte perfekt zur Idylle des Tages. Wir promenierten durch die engen Gassen, bewunderten die unter dem bröckelnden Putz noch immer erkennbar schönen historischen Fassaden und ließen den frühen Nachmittag mit einer Stärkung im Schlossrestaurant ausklingen. Isolde sollte schließlich nicht mit knurrendem Magen ihren Warteposten vor den Toren der Stadt beziehen.

Als wir zurück zum See fuhren, waren wir entschlossen und entspannt. Noch immer schien die Sonne, und es hing kein Wölkchen am Himmel. Die Chancen standen also gut, dass Isoldes zweite Nacht auf freier Flur ohne Donnerwetter und Angstattacken vonstattenging.

»Wenn es nicht regnet, wird es halb so schlimm«, munterte mich Isolde zum Abschied mit einem tapferen Lächeln und einem zärtlichen Kuss auf. »Jetzt weiß ich ja, wie der Hase läuft.«

Schon fuhr ich los. Im Hintergrund zeichnete sich der »Triumphbogen« gegen den leuchtenden Himmel ab.

Wochenendverkehr

Die Strecke, auf der ich von Mikulov nach Wien fuhr, wollte ich am nächsten Morgen in umgekehrter Richtung mit dem Flugzeug zurücklegen. Deshalb nutzte ich die Autofahrt, um mir markante Landmarken am Rand der Strecke einzuprägen. Besonders hilfreich waren dabei mal wieder die Kirchtürme. Hatte ich bisher geglaubt, dass sich alle mehr oder weniger glichen, so wurde ich jetzt eines Besseren belehrt. Jeder Turm hatte sein besonderes Merkmal – einer eine vergoldete Spitze, der nächste einen Wetterhahn auf dem Dach, die weiteren Hauben-, Helm- oder Zwiebeldächer. Zwischendurch hielt ich am Straßenrand, um mir Skizzen zu machen. Meine Krickelzeichnungen waren keine große Kunst, aber sie waren eindeutig genug, um mindestens sechs Türme leicht wiederzuerkennen und damit auch die Dörfer zu identifizieren, zu denen die Kirchen gehörten.

Als ich in Aspern ankam, schien mir die späte Nachmittagssonne ins Gesicht, als wollte sie mir mit ihrem Strahlen signalisieren, dass diesmal alles anders werden würde als beim Fiasko von gestern. Ich meldete mich sofort beim Flugleiter, um ihm mitzuteilen, dass ich sehr früh am nächsten Morgen nach Salzburg fliegen wollte. Im Gegensatz zur Sonne strahlte er nicht.

Vielmehr schüttelte er bekümmert den Kopf und sagte: »Ich glaube kaum, dass Sie morgen früh dorthin fliegen können.«

Das kam mir unangenehm bekannt vor. Was zum Teufel war denn jetzt wieder los? Hatte ich nicht schon genug Widrigkeiten hinnehmen müssen? Unter anderen Umständen wäre mir vor Wut der Kragen geplatzt, aber da ich abhängig war vom Wohlwollen des Flugleiters, beherrschte ich mich. Zumal ich befürchtete, dass das Problem mit meiner gestrigen Grenzverletzung zu tun haben konnte. So fragte ich unruhig: »Was sagen Sie da? Warum denn nicht?«

»Ganz einfach«, lautete die Antwort. »Von Westen nähert sich ein neues Tief. Es bringt ein heftiges Unwetter mit sich. Wir rechnen damit, dass es bereits am frühen Morgen Linz erreicht, also genau die Region, durch die Sie fliegen wollen.«

In gewisser Weise war ich erleichtert. Meine Flugberechtigung hatte ich also immer noch. Aber dass das blöde Wetter mir schon wieder einen Strich durch die Rechnung machte ... Wie konnte man verflixt noch mal nur so von schlechtem Wetter verfolgt sein? Wie erstarrt stand ich vor dem Flugleiter, blickte ihn entgeistert an. Er saß nur da, sah mir seelenruhig ins Gesicht und schien fast ein bisschen amüsiert über meine Fassungslosigkeit.

»Jetzt nur nicht die Nerven verlieren«, ermahnte ich mich und überlegte, welche Möglichkeiten ich hatte. Zurück zu Isolde fahren, nur um ihr zu sagen, dass es auch diesmal mit der Flucht nicht klappte? Das wollte ich wirklich nicht. Hoffen, dass das Wetter im Morgengrauen doch besser wurde? Das hatte schon beim ersten Mal nicht funktioniert. Oder aber ... Beim Blick aus dem Fenster blendete mich das Sonnenlicht. Ich kniff die Augen zusammen. In diesem Moment fiel der Groschen. »Warum sollte ich bis zum nächsten Morgen warten?«

Noch war es hell, das Wetter war gut, und Isolde hatte ihren Platz unter den Tannen hoffentlich nicht verlassen. Sie würde es sicher begrüßen, nicht noch eine Nacht unter freiem Himmel ausharren zu müssen. Der einzige Nachteil war, dass wir nicht direkt nach Westdeutschland fliegen konnten. Der Weg dorthin war zu weit, um ihn noch bei Tageslicht zurückzulegen, und nie im Leben hätte ich im Dunkeln auf der ausgewählten Wiese landen können. »Dann machen wir eben eine Zwischenlandung in Wien«, dachte ich. Das Risiko, dass Isolde hier entdeckt und ich als Fluchthelfer enttarnt würde, war das kleinere Übel gegenüber einer wetterbedingten Komplettabsage.

»Nun gut«, wendete ich mich wieder an den Flugleiter. »Dann würde ich gerne gleich jetzt einen Rundflug über Wien machen.«

»Das dürfte kein Problem sein«, erwiderte mein Gegenüber. »Sie müssen mir nur versprechen, vor Einbruch der Dunkelheit wieder hier zu sein.«

Darauf nickte ich eifrig. »Selbstverständlich«, bekräftigte ich.

»Dann zeigen Sie mir doch mal Ihre Papiere.«

Verdammt! Diese Aufforderung traf mich wie ein Schlag ins Gesicht. Meine Dokumente befanden sich ja noch im Schließfach am Bahnhof, und um diese zu holen, würde ich kostbare Zeit verlieren. Schon wieder schien alles total schiefzulaufen! Erneut stand mir ein Flugleiter im Weg, erneut musste ich ihn zu überreden versuchen.

»Sie haben meinen Flugschein doch schon vor einigen Tagen gesehen, als ich aus Salzburg kam«, drang ich in ihn. »Sie wissen, dass ich den Schein besitze.«

Doch der Sturkopf ließ sich nicht erweichen. »Tut mir leid, keine Dokumente, kein Flug.«

Ich flehte ihn an, für mich eine Ausnahme zu machen, eine einzige klitzekleine Ausnahme. Aber vergebens! Der Mann war unbeweglich. Mit ihm kam ich kein bisschen weiter.

Also entschloss ich mich, meine Papiere im Eiltempo aus dem Schließfach zu holen. Ich hatte keine andere Wahl. Bis es dunkel wurde, dauerte es noch anderthalb Stunden, vielleicht ein bisschen länger. Wenn ich mich sehr beeilte, konnte ich es doch noch schaffen.

Wie von der Tarantel gestochen rannte ich aus dem Kontrollturm, warf mich ins Auto, ließ den Motor aufheulen und raste Richtung Zentrum. Aber hier wurde ich bald ausgebremst, ich steckte mitten im Wochenendverkehr. Je näher ich dem Bahnhof kam, desto langsamer ging es voran. Meine Nerven waren zum Zerreißen gespannt. Jede rote Ampel ließ mich fluchen, jedes Fahrzeug, das sich vor mir einfädelte, hätte ich am liebsten gerammt. Es war zum Verrücktwerden. Ausgerechnet jetzt, wo es schnell gehen musste, war das Einzige, was schnell ging, der Minutenzeiger auf meiner Armbanduhr.

Als ich den Bahnhof erreichte, stand die Sonne schon ziemlich tief. Ich parkte im Halteverbot, stürzte zum Schließfach, krallte mir meine Papiere und war zurück im Auto, bevor irgendein Polizist auch nur in die Tasche mit den Strafzetteln greifen konnte. Dann ging es im Eiltempo zurück zum Flugplatz. Stadtauswärts lief der Verkehr zum Glück viel flüssiger. Als ich im Kontrollturm von Aspern meinen Schein auf den Tisch knallte, färbte sich der Himmel im Westen bereits orange.

»Ihre Dokumente sind in Ordnung«, sagte der Flugleiter und wies dabei kritisch auf seine Uhr. »Aber wollen Sie wirklich jetzt noch fliegen? Bis es dunkel wird, bleiben ja kaum zwanzig Minuten.«

»Ich weiß«, antwortete ich. »Aber ich möchte gerne ganz kurz Wien aus der Luft bewundern.«

»Ihnen ist klar, dass Sie wieder hier sein müssen, bevor es dunkel ist, richtig? Versprechen Sie mir das?«

»Glasklar«, erwiderte ich. »Fest versprochen.«

Ohne einen Gedanken daran zu verschwenden, dass ich dieses Versprechen unmöglich halten konnte, spurtete ich zum Flugzeug. Meine Karten und das restliche Gepäck warf ich achtlos auf den Rücksitz, meine Skizzen hielt ich jedoch fest in der Hand. Schon saß ich im Pilotensitz, lenkte die Cessna zur Startbahn, gab Gas und hob ab.

Ein Nachmittag Ende August

Das Feld am See nahe Mikulov war das genaue Gegenteil der düsteren Wiese bei Bratislava. Es war ein Spätsommeridyll. Die Sonne schien und erwärmte Luft und Erde, die Tannen rauschten, in der Luft lag der Duft von Sauerampfer, Beifuß und Ambrosia. Auf einem trockenen Plätzchen unter einer Weißtanne oberhalb des Sees wollte ich mir ein Nachtlager einrichten. Während ich unter den Tannen weiches Moos sammelte, brauste ein junges Pärchen auf einem Motorrad an mir vorbei. Sie rollten Richtung Seeufer, wo sie sich im Gras an der Uferböschung miteinander amüsierten. Es war unverkennbar, dass sie an diesem schönen Spätsommertag ihre Zweisamkeit genossen. Ich lächelte den beiden Turteltäubchen freundlich zu, wandte mich dann aber ab und setzte mich unter die Weißtanne. Dort widmete ich mich Strindbergs »Rotem Zimmer«. Mir war bewusst, dass ich ein Stück Weltliteratur in den Händen hielt. Überdies kam es aus Schweden, und die Handlung begann in Stockholm, wohin auch ich mit etwas Glück sehr bald reisen würde. Trotzdem war ich zerstreut, blätterte mehr, als dass ich las, unfähig, mich auf den Inhalt zu konzentrieren. Immer wieder starrte ich auf den ersten Satz, ohne ihn richtig zu erfassen.

»Es war ein Abend Anfang Mai«, stand da, aber ich dachte: »Nein, es ist doch schon August.« – In Gedanken mit den Sorgen und Fragen der aktuellen Situation beschäftigt, überflog ich Strindbergs Text, ohne in seine poetische Sprache einzutauchen und ihr die Chance zu geben, Bilder in meinem Kopf zu erzeugen. So ging es über mehrere Seiten – bis schließlich doch ein Bild hängen blieb: »Falk setzte sich auf eine Bank am Strand und lauschte dem Plätschern der Wellen, eine leichte Brise säuselte durch den blühenden Ahorn, und der Halbmond leuchtete mit schwachem Schein über das schwarze Wasser.«

Ich weiß nicht, woran es lag, aber auf einmal meinte ich, die Nachtluft, das Raunen der Bäume und den Duft Schwedens erahnen zu können. So wie Strindbergs Held Arvid Falk würde vielleicht auch ich bald im silbernen Schein des Mondlichts am Strand vor den Toren Stockholms sitzen – in den Armen meines Verlobten.

Mit wachsendem Interesse las ich weiter: »Hier blieb er sitzen bis Mitternacht; der Wind schlief ein, die Wogen gingen zur Ruhe, die gefangenen Boote zerrten nicht mehr an ihren Ketten, die Ahornbäume rauschten nicht mehr, und der Tau fiel.«

Wie gerne hätte ich selbst so poetisch schreiben können. Die Worte erzeugten einen großen Frieden in mir. Ich wurde ganz ruhig. Seufzend lehnte ich mich zurück und dachte voller Liebe an Hans Christian. Auch er mochte den Strand und das Meer, das war mir bereits in Warnemünde aufgefallen. Erstaunt hatte mich jedoch, dass er, der die Sommerferien stets bei seinen Eltern in Südschweden verbracht hatte, sich gar nicht gerne in die Fluten der Ostsee stürzte und schwamm. Er schätzte den festen, soliden Erdboden wohl mehr als das fließende, schwankende Element des Wassers. Ob er sich hoch oben in der Luft in seinem Element fühlte, wenn er mich morgen früh mit dem Flugzeug holte?

In meiner Fantasie malte ich mir aus, wie er als kleiner Bub am Strand mit aus Papier gefalteten Booten Kapitän gespielt hatte. Ich war gespannt darauf, seine Eltern und Geschwister kennenzulernen. Man sagte den Schweden ja nach, in Gesellschaft von Menschen, die sie nicht kannten, kühl und steif zu sein. Das raue Klima färbte vielleicht auf die Mentalität der Leute da oben im Norden ab. Ein bisschen reserviert war mir auch Hans Christian zu Anfang unserer Bekanntschaft erschienen. Aber steif und kühl? Nein, das war er nicht. Seine Familie sicher auch nicht. Sie würden mich als seine Verlobte bestimmt willkommen heißen. Ich würde neue Freunde finden, Schwedisch lernen, mein Studium beenden und hoffentlich bald als Ärztin arbeiten, mich nützlich machen. Strindbergs Worte gaben mir die Zuversicht, dass Schweden mich mit offenen Armen empfing.

Plötzlich riss mich knatterndes Motorengeräusch aus meinen Tagträumen. Als ich mich umwandte, sah ich, dass sich das Liebespaar auf den Heimweg machte. Der junge Mann am Lenker wollte seiner Freundin wohl imponieren, denn er gab so viel Gas, dass sich das Motorrad steil aufrichtete und einige Sekunden nur auf dem Hinterrad fuhr. Das Mädchen klammerte sich kreischend an ihrem Galan fest. Genau das hatte der junge Draufgänger mit Sicherheit beabsichtigt. Als die Maschine wieder mit beiden Rädern den Boden berührte, brausten die beiden laut johlend in Richtung Mikulov. Hoffentlich erzählten sie niemandem, dass sie mich gesehen hatten. Dass am See eine Frau saß und auf jemanden zu warten schien. Andererseits war warten ja nicht verboten, auch im Ostblock nicht. Auf irgendwas warteten wir doch alle, und sei es auf das Glück. Aber im Grenzgebiet konnte natürlich auch die harmloseste Tätigkeit oder – wie in meinem Fall – Untätigkeit unangenehme Fragen zur Folge haben.

Jetzt ganz allein am See zu sein, fand ich erstaunlicherweise beglückend. Ich sammelte noch etwas Moos, dann streckte ich mich behaglich auf meinem Bett aus, während die Sonne, wie Strindberg so schön sagte, »ganze Strahlenbündel gen Osten schoss«.

Überraschungseffekt

Der erste Teil des Fluges verlief wie am Schnürchen. Meine Kirchturmzeichnungen erwiesen sich als überaus hilfreich. Nachdem ich den ersten der sechs Türme gefunden hatte, flog ich einen nach dem anderen ab und wusste dadurch immer, über welchem Dorf ich mich gerade befand. So weit, so reibungslos. Ein Problem war allerdings die Zeit. Der 60 Kilometer lange Weg bis zur Grenze war deutlich weiter als am Tag zuvor. Er kostete mich eine gute Viertelstunde, in der die Sonne erbarmungslos tiefer sank. Mit jeder Minute kam sie dem Horizont ein Stück näher. Als ich bei Drasenhofen kurz vor der Grenze den letzten meiner Skizzentürme, ein gedrungenes Exemplar mit Haubendach, erreicht hatte, schätzte ich die Zeitspanne bis zum Einbruch der Dunkelheit auf fünf bis zehn Minuten. Danach war die Chance, Isolde zu finden, gering bis vertan. Ich durfte wirklich keine Sekunde vergeuden.

Kurz vor besagtem Turm bog ich nach Nordosten ab und verringerte meine Flughöhe auf fünfzehn Meter. Nun flog ich wieder unterm Radar, um den Wachsoldaten an der Grenze einen möglichst großen Überraschungseffekt zu bereiten. Schnurgerade und mit voller Geschwindigkeit flog ich auf einen kleinen Hügel zu, zu dessen Linker sich bereits ein Wachturm gegen den Abendhimmel abzeichnete. Dann rechts ein zweiter, der aber viel weiter entfernt war. Geistesgegenwärtig beschloss ich, den Hügel rechterhand »hinaufzuklettern« und vom Gipfel aus schnellstens über die Grenze zu huschen. So konnten mich die Wachposten im linken Turm bis kurz vorm Überflug nicht sehen, während die im rechten zu weit entfernt waren, um etwas gegen mich ausrichten zu können. Für gezielte Schüsse war die Distanz einfach zu groß. Und noch einen Vorteil bot die Klettermethode: Ich hatte die Sonne im Rücken – besser gesagt den Sonnen*untergang*, denn der tiefrote Feuerball am Himmel bereitete sich inzwischen auf sein Abtauchen hinter die Erdkrümmung vor.

Meter für Meter folgte ich der Steigung des Hügels, bereit, das dritte Mal innerhalb von 36 Stunden die Grenze zur Tschechoslowakei zu überfliegen. Schon näherte ich mich dem Gipfel. Da tauchte plötzlich ein dritter Turm auf. Direkt vor meiner Nase. Kaum hundert Meter entfernt.

Blitzschnell riss ich das Steuerhorn zu mir heran, drehte nach rechts ab und verhinderte in letzter Sekunde, dass ich direkt in den Turm hineinkrachte. All das geschah in rasendem

Tempo. Trotzdem erkannte ich das entsetzte Gesicht des aus der Aussichtskabine eilenden Soldaten. Er wirkte nicht aggressiv, eher schien er genauso erschrocken zu sein wie ich.

Wieder flog ich über tschechoslowakisches Territorium und hatte innerhalb weniger Augenblicke alle drei Türme weit hinter mir gelassen. Jetzt galt es nur noch, Isolde am See zu finden. Die Sonne war inzwischen zur Hälfte hinterm Horizont verschwunden, und die Landschaft wurde allmählich von zarten Nebelschleiern eingehüllt. Eigentlich sah das sehr schön aus, aber ich war gerade nicht auf der Suche nach Naturschönheit, ich suchte verzweifelt nach dem verdammten »Triumphbogen«. Doch in der Richtung, in der ich ihn vermutete, war er nirgends zu sehen. Vielmehr schien die ganze Welt zu einem grauen Nebelfeld ohne jegliche Landmarken zu werden.

Zum Glück erblickte ich bald den kleinen See. Erleichtert atmete ich auf. Doch gerade als ich die Landung vorbereiten wollte, merkte ich, dass etwas nicht stimmte. Hier waren zwar ein See und ein Feld, aber es gab keinen Tannenhain, geschweige denn ein Mädchen mit rotem Kopftuch. Da tauchte ein Stück entfernt ein weiterer See auf. Na gut, dann musste das wohl der richtige sein. Ich flog hin. Aber auch jetzt: keine Tannen, kein Kopftuch. Dann ein dritter See. Auch der war falsch. Ich wurde immer verzweifelter. Während die letzten Sonnenstrahlen am Horizont verglühten und die Welt zu meinen Füßen sich in eine konturenlose graue Masse verwandelte, musste ich mir eingestehen: Ich hatte mich verflogen.

See der Erinnerung

Ein ratterndes Geräusch ließ mich hochschrecken. Ich musste auf meinem Moosbett eingeschlafen sein. Benommen, aber mit pochendem Herzen sah ich mich um. Doch es gab keinen Grund zur Panik. Das Rattern kam nur von einem Traktor, der am Feldrand an mir vorbeituckerte. Ich nickte dem Fahrer flüchtig zu, doch er schaute mich nur müde an und fuhr weiter, ohne meinen Gruß zu erwidern. Es war mir recht. So gleichgültig, wie der Traktorfahrer hinter der nächsten Kurve verschwand, war er sicher nicht geschickt worden, um zu überprüfen, was die fremde Frau da am Seeufer trieb. So fand mein Puls schnell zu seinem normalen Rhythmus zurück.

Gemächlich schlenderte ich zum See hinunter, wo ich mich auf einen noch warmen Stein setzte und den Blick über die Wasseroberfläche schweifen ließ. Die idyllische Umgebung erinnerte mich an die Orte meiner Kindheit. Damals verbrachten wir warme Sommertage oft am Neuruppiner See mit seinen schönen Badebuchten, feinkörnigen Sandstränden und seiner grünen Liegewiese. Unter uralten Laubbäumen mit dichter Blätterkrone schlugen wir unser Lager auf. Ihr Schatten bewahrte uns vor Sonnenbrand. Mutti hatte immer einen Picknickkorb dabei, dessen Inhalt sie Stück für Stück auf einer großen Decke ausbreitete, während wir Kinder gebannt zusahen, welche Köstlichkeiten sie auftischte: selbst gebackenes Brot, Käse und ihre berühmten Buletten, die meist noch warm waren. Wir aßen sie mit Kartoffelsalat. Unseren Durst löschten wir mit Himbeersaft. Und zum Nachtisch gab es Äpfel und Birnen oder manchmal Erdbeeren vom Nachbarn.

Ich erinnerte mich auch, wie ich mit den Eltern und meiner Schwester auf der Fähre ans Seeufer gegenüber fuhr. Als kleines Schulmädchen schienen mir diese Fahrten wie ein Ausflug in eine andere Welt. Als wir später auf dem Gymnasium waren, unternahmen Helga und ich mit unseren Freunden auf eigene Faust Segeltouren in wackligen gemieteten Jollen. Das war immer ein großes Vergnügen.

Mit dem Umzug nach Berlin und dem Beginn meines Studiums wurden die Bezugspunkte zur Neuruppiner Welt allmählich schwächer. Trotzdem lebte ich immer in der Gewissheit, dass ich ihre Schauplätze jederzeit aufsuchen konnte. Es schmerzte, darüber nachzudenken, dass ich sie nach der

Flucht vielleicht nie wiedersehen würde – und mit ihnen die Menschen, die mir am Herzen lagen.

Von meiner Mutti hatte ich mich mit der Ankündigung verabschiedet, dass ich nur kurz verreisen und bald wieder heimkommen würde. Der Gedanke, sie nie wiederzusehen, brach mir beinahe das Herz. Immerhin tröstete mich der Umstand, dass Mutti, die aus gesundheitlichen Gründen vorzeitig pensioniert worden war, als Rentnerin in den Westen reisen durfte. Sie würde also über Westdeutschland nach Schweden zu Besuch kommen können. So erhoffte ich es mir zumindest, wenngleich nicht auszuschließen war, dass man sie als Mutter einer Republikflüchtigen mit Ausreiseverbot bestrafte. Und wie würde es Vati und Helga ergehen? Dass man ihnen erlaubte, mich in Schweden zu besuchen, war undenkbar. Wir konnten einander wenigstens schreiben. Die Hauptsache war für mich, dass man sie nach der Flucht auf keinen Fall der Mithilfe, nicht einmal der Mitwisserschaft anklagen konnte. Ich hatte ihnen gegenüber nie ein Wort erwähnt, auch keine Andeutungen gemacht. Sie waren im wörtlichen Sinne ahnungslos. Das würde auch die Stasi merken, wenn sie sie befragte, was, wie ich fürchtete, unumgänglich war. Der bloße Gedanke daran schnürte mir die Kehle zu.

Natürlich hatte ich mir all dies schon vorher überlegt, es mehrfach durchdacht. Trotzdem holte es mich in diesem Moment mit aller Macht ein. In der friedlichen Stille am See wurde ich zum ersten Mal seit der Geburt unseres Fluchtplans von meinen Gefühlen überwältigt. Tränen rannen mir über die Wangen, meine Schultern zuckten vom hemmungslosen Schluchzen. Zwei Herzen schlugen in meiner Brust – eines vermisste Mutti, Vati und Schwester, denn sie waren meine Familie, das andere sehnte sich nach Hans Christian, denn bei ihm fühlte ich mich geborgen. Was war es doch für ein fürchterlicher Zustand, dass ich nur dem Ruf eines dieser beiden Herzen folgen durfte. Dass ich vor einem Regime fliehen musste, um mit dem Mann, den ich liebte, glücklich werden zu können.

Mit solchen Gedanken saß ich am Ufer, während über dem

Wasser der Abendnebel aufstieg. Mit Einbruch der Dämmerung beruhigte ich mich wieder. Ich trocknete die Tränen, überwand meine Wehmut und riss mich zusammen, fest entschlossen, meine Zukunft zu meistern. Ich musste nach vorne blicken, denn morgen früh würde Hans Christian in seiner fliegenden Maschine kommen.

Hoffentlich taugte der Acker auch wirklich als Landebahn. Wenn ja, wusste ich sehr genau, was ich zu tun hatte. Hans Christian hatte es mir immer wieder erklärt. Seine ruhige, bedächtige Stimme klang Wort für Wort in meinen Ohren, als würde er neben mir sitzen: »Isolde, wenn die Cessna stillsteht, renne zur rechten Seite des Fliegers, achte auf den Propeller, bück dich unter den rechten Flügel, steig schnellstmöglich ein und vergiss nicht, die Tür ordentlich zu schließen. Dann geht es auch schon los. Eigentlich ganz einfach, oder?«

Ja, ganz einfach. Ob es das wirklich werden sollte, würden wir in ein paar Stunden erleben. Bis dahin hoffte ich, dass Hans Christian in Wien ein wenig Schlaf fand, damit er sich ausgeruht und besonnen auf den Weg machen konnte. Ich streckte mich auf meinem Bett aus Reisig, trockenem Laub und Moos aus und schickte einen bittenden Blick gen Himmel. Möge er in dieser Nacht seine Schleusen geschlossen halten und mich mit Regengüssen verschonen. In diesem Augenblick bot er ein Bild des Friedens. In seinem wolkenlosen Abendblau wirkte das Himmelszelt nicht ansatzweise so bedrohlich wie vorgestern Nacht. Ich sah sogar die ersten Sterne funkeln. Hoffentlich brachten sie uns Glück.

Ehrenrunde

Der Flug hatte so gut begonnen, und nun das! Nachdem sich auch der dritte See als der falsche herausgestellt hatte, wusste ich nicht mehr mit Sicherheit, wo ich war. Oder eher: Ich wusste mit Sicherheit, dass ich *nicht* mehr wusste, wo ich war. Mein Irrflug über die drei verkehrten Seen hatte mir den Überblick geraubt. Und die Zeit wurde immer knapper. Sehr bald würde es völlig dunkel sein.

»Verdammt noch mal, wo zum Teufel liegt denn dieser verfluchte See«, schrie ich den Himmel an. Er gab keine Antwort. Nicht, dass ich an himmlische Zeichen geglaubt hätte, doch in diesem Moment hätte ich sie dankbar empfangen. So aber erinnerte mich die Stille nach meinem Schrei nur daran, dass ich ganz auf mich allein gestellt war.

Ich suchte nach einer Erklärung, wie es zu der Misere gekommen war. Der Vorfall mit dem plötzlich auftauchenden Wachturm musste mich abgelenkt haben. Nicht lange, nur für ein paar Sekunden. Aber beim Fliegen waren ein paar Sekunden eben doch lang genug, um die Orientierung zu verlieren. Vielleicht war ich bei Drasenhofen zu früh von der Landstraße abgebogen und dadurch nicht an der vorgesehenen Stelle über die Grenze gekommen. Das hätte auch erklärt, warum ich die Landschaft in der Tschechoslowakei von Anfang an nicht wiedererkannt hatte. Nichts an der Gegend hinter der Grenze hatte so ausgesehen, wie es mir von der Autofahrt in Erinnerung gewesen war. Die verfrühte Freude über den ersten See hatte mir dann vollständig das Hirn verdreht. Der Rest war unüberlegtes Handeln im Affekt, das mehr von Hoffnung als vom Verstand getrieben und somit der größte Fehler war, den man in solch einer Situation machen konnte.

»Tief durchatmen«, sagte ich mir. »Beruhige dich und denk über den nächsten Schritt nach.«

Auf dem Rücksitz suchte ich nach meiner Flugkarte, fand sie aber nicht. Dafür bekam ich beim Wühlen und Tasten meine Autokarte zu fassen. Die war besser als nichts. Ich fischte sie aus dem Gepäck und klappte sie vor mir auf. Da war Drasenhofen, da die Grenze, da Mikulov und ... Volltreffer! Ein Stück weiter östlich waren in der Karte drei kleine Gewässer eingezeichnet. Eins neben dem anderen, aufgereiht wie Perlen auf einer Kette. Es bestand kein Zweifel, dass es sich um die Seen handelte, die mich in die Irre geführt hatten. Während ich sie abgeflogen war, hatte ich mich konsequent von einem vierten, etwas größeren See entfernt, der weiter westlich lag und den ich zuvor übersehen haben musste. Der wäre der richtige gewesen. Also: umdrehen und auf direktem Weg dorthin fliegen.

Was für ein herrliches Gefühl, nach Minuten völliger Orientierungslosigkeit den Überblick wiederzuerlangen. Wieder ein konkretes Ziel zu haben. *Das* Ziel.

Als ich den vierten See erreichte, sah ich sofort den kleinen Tannenhain im sanften Licht der letzten Sonnenstrahlen. Und da: Isolde, ganz am Rand des Feldes. Sie hatte sich gut sichtbar positioniert und sah bereits zu mir hoch. Es bedurfte keines roten Tuches, damit ich sie erkannte, und auch ich musste sie nicht erst wecken oder ihre Aufmerksamkeit erregen. So konnte ich mich ganz auf die Landung konzentrieren.

Um nicht im letzten Moment einen Fehler zu machen, versetzte ich mich in die Zeit meiner Flugstunden. Zum Schluss hatten mich die endlosen Landeübungen nur noch gelangweilt, denn ich glaubte sie im Schlaf zu beherrschen. Jetzt wollte ich beweisen, dass ich wirklich so routiniert war, wie ich es nach hundertmaligem Üben von mir dachte.

Einerseits wollte ich so schnell wie möglich landen, andererseits näherte ich mich der Ackerfläche mit viel zu hoher Geschwindigkeit. Das war keine gute Kombination. Statt zu landen, musste ich nochmals Gas geben, eine Ehrenrunde über das Feld fliegen und erneut zur Landung ansetzen. Diesmal gelang sie. Die Cessna holperte über den unebenen Acker, aber ich brachte sie rechtzeitig zum Stehen. Das war Schritt eins. Hektisch öffnete ich die Tür neben dem Co-Pilotensitz. Durchs Fenster sah ich schon Isolde herbeieilen. Sie folgte exakt meinen Anweisungen: lief schnell, duckte sich unter dem Flügel hindurch, sprang ins Flugzeug, schlug die Tür hinter sich zu. Das war Schritt zwei. Während ich Isolde anschnallte, sahen wir uns kurz an, sprachen aber kein Wort.

Ich wendete die Maschine, um in genau entgegengesetzter Richtung starten zu können, denn Schritt drei lautete: Vollgas geben und abheben. Ich gab auch Vollgas, allerdings ohne Wirkung. Die Cessna ruckelte und rumpelte über das Feld, hob aber nicht ab. Was war denn jetzt schon wieder los?

Der Kampf zwischen Hell und Dunkel

Anfangs dachte ich mir nichts dabei, als schon wieder das Knattern eines Motors an mein Ohr drang. Doch das Geräusch kam rasant näher. Und diesmal kam es aus der Luft. Als ich den Blick zum Himmel wandte, sah ich ein kleines, tief fliegendes Sportflugzeug, das direkt auf das Feld zuhielt, an dem ich saß. Es sah aus, als wollte der Pilot landen. Hurra! Das musste Hans Christian sein. Jedoch: Etwa hundert Meter vor mir ging das Flugzeug mit seiner Nase wieder nach oben, und es flog in einer Linkskurve direkt über mich und die Bäume hinweg.

Das Sommeridyll verblasste von einem Moment zum anderen. Meine Melancholie, die Stille, der Frieden – sie waren auf der Stelle vergessen. Ich hatte nur noch Augen für das Flugzeug, das eine Runde über das Feld drehte und dann erneut zur Landung ansetzte. Enorme Aufregung durchfuhr mich.

Plötzlich hielten zwei Autos am Straßenrand. Einige Insassen stiegen sogar aus. Aus einer Entfernung von etwa achtzig Metern verfolgten sie wie ich fasziniert das ungewöhnliche Luftspektakel. Es war ja nicht alltäglich, dass aus heiterem Himmel ein Flugzeug auf einem Acker landete. Die Anwesenheit der Leute beunruhigte mich ein wenig. Ich wollte nicht, dass sie mich bemerkten oder sofort mit dem Flugzeug in Verbindung brachten. Und dann möglicherweise sogar irgendwie eingriffen. Deshalb wedelte ich auch nicht mit dem roten Tuch.

Das Flugzeug kam immer näher und sank immer tiefer. Schließlich landete es und rollte ziemlich schnell auf mich zu.

Kurz vor mir kam es zum Stehen. Jetzt konnte ich auch Hans Christian am Steuer erkennen. Er beugte sich vor und öffnete die Tür. Das war mein Einsatz. Die Handtasche fest im Griff, rannte ich ihm entgegen, und schwups saß ich in der Maschine.

Es gab keine Begrüßung, kein Hallo, es herrschte spürbare Anspannung. Mich plagte vor allem die Furcht vor dem Unbekannten. Ich hatte noch nie in einem Flugzeug gesessen, schon gar nicht in einem Sportflugzeug, deshalb wusste ich nicht, was mich erwartete. Ängstlich blickte ich aus dem Fenster auf die Leute, die noch immer neben ihren Autos standen und uns mit großen Augen anstarrten. Jetzt war unverkennbar, dass sie einfach nur schaulustig waren. Damit spielten sie für mich keine Rolle mehr, wir hatten andere Sorgen.

Hans Christian hatte das Flugzeug gewendet und gab Gas. Die Maschine begann zu rollen. Sie brummte, rumpelte und ratterte übers Feld, doch sie hob nicht ab. Es beunruhigte mich, dass sich das Ganze so lange hinzog. Auch dass Hans Christian fahrig am Instrumentenbrett herumhantierte, war kein gutes Zeichen, aber mit Fragen wollte ich ihn in diesem Moment nicht stören. Mein Pilot würde schon wissen, was er tat, schließlich hatte er den ganzen Weg bis hierher geschafft.

Dies war das Letzte, was ich auf tschechoslowakischem Boden dachte, denn plötzlich hob das Flugzeug ab. In einer steilen Kurve stiegen wir in den immer dunkler werdenden Abendhimmel hinauf, höher und höher. Ich verspürte einen unangenehmen Druck auf den Ohren und musste schlucken, um ihn loszuwerden. Voller Angst klammerte ich mich an meinen Sitz, wagte kaum, den Kopf zu drehen, um aus dem Fenster nach unten zu gucken. Trotzdem sah ich genug, um das Hereinbrechen der Nacht als hochdramatisches Himmelsschauspiel zu erleben. Der Kampf zwischen Hell und Dunkel wurde beinahe physisch greifbar. Im Westen glühte der letzte rote Streifen der untergehenden Sonne, von Osten drängte schwarz und unaufhaltsam die Dunkelheit heran. Es schien, als jagte sie uns, in Wahrheit hüllte sie uns schützend ein.

Schließlich wagte ich es doch, hinunterzuschauen. Anfangs war das Land unter uns düster, konturlos. Dann tauchten am Boden die ersten Lichter auf. Allmählich wurden es mehr. Sie fügten sich zu einem immer dichter werdenden Teppich aus hellen Punkten. Waren das schon die Lichter des Westens?

Das Aschenputtel von Aspern

Die Probleme beim Start hatten einen simplen Grund: In meiner Hektik hatte ich vergessen, den Choke-Hebel zu bedienen. Wie es sich gehörte, hatte ich ihn bei der Landung herausgezogen, aber nach Isoldes Einstieg und dem Wenden der Maschine wieder reinzudrücken vergessen. Mit gezogenem Choke bringt man keine Cessna zum Abheben. Hundertfach war mir das in der Flugschule in Schweden eingebläut worden, doch die gelassene Umsicht von Skå-Edeby war auf dem Acker bei Mikulov nicht nur räumlich weit weg. Ich stand völlig auf dem Schlauch. Bis mir endlich auffiel, dass ich nur den unscheinbaren, aber immens wichtigen kleinen runden Knopf in seine Verankerung schieben musste, war ich tausend Tode gestorben. Danach aber ging es im wahrsten Sinne des Wortes steil aufwärts. Als wolle sie sich dafür bedanken, dass ich sie von ihrer rumpelnden Fahrt erlöst hatte, schoss die Cessna raketengleich hinauf in die Lüfte und gewann schnell an Höhe. Genau das war mein Plan, denn ich wollte die Grenze diesmal in großer Höhe mit ausgeschalteten Navigationslichtern überqueren.

Es gab zwei Gründe dafür: Verglichen mit gestern, wo ich die Tschechoslowakei an derselben Stelle verlassen hatte, an der ich zuvor hineingeflogen war, war die Ausgangssituation jetzt eine grundlegend andere. Gestern war ich nicht gelandet und nach wenigen Minuten wieder zurück gewesen, diesmal hatte ich mich wegen des Irrflugs und der Starthemmungen bestimmt eine Viertelstunde über tschechoslowakischem Territorium befunden. Die Grenzwächter hätten schon sehr naiv sein müssen, um davon auszugehen, dass ich den Eisernen Vorhang nur aus Versehen überflogen hatte. Vielleicht hatten sie sogar von ihren Türmen aus meine Landung beobachtet. Nicht zuletzt waren sie mit Sicherheit über die gestrige Grenzverletzung informiert worden. Gut möglich also, dass man angeordnet hatte, den erneuten Rückflug eines Grenzverletzers mit allen Mitteln zu verhindern. Der zweite Grund für den Höhenflug hatte mit der Tageszeit zu tun. In der zunehmenden Dämmerung wäre es schlicht zu gefährlich gewesen, tief zu fliegen.

In Kreisen schraubte sich die Cessna hinauf in den beinahe schwarzen Abendhimmel. Die Dunkelheit war nun sogar von Vorteil. Sie würde es den Wachposten erschweren, das Flugzeug zu erkennen oder mit Schusswaffen darauf zu zielen. Andererseits wuchs mit zunehmender Höhe das Risiko, von der Radarüberwachung der tschechoslowakischen Luftwaffe erfasst zu werden. Aber lag darin eine ernst zu nehmende Gefahr? Würde man Jagdflieger losschicken, um herauszufinden, was es mit dem kleinen Punkt auf sich hatte, der sich langsam über den Radarschirm bewegte? Und wenn man es tat, würden uns die Jagdflieger erreichen, bevor wir über österreichischem Gebiet und damit in Sicherheit waren? Ausschließen konnte man es nicht. Ich warf hastige Blicke nach links und rechts, während Isolde wie eingefroren auf ihrem Sitz saß, kerzengerade, angespannt und ganz still.

So angestrengt ich auch ins Dunkel starrte, ich konnte keine Kampfflieger entdecken. Ein vorsichtiges Gefühl der Erleichterung machte sich breit. Auf tausend Metern Höhe setzte ich Kurs auf Wien. Jeder Meter, den wir Richtung Westen vorankamen, war ein kleiner Triumph. Aus Metern wurden Kilometer. Die Maschine arbeitete sich tapfer vorwärts. In der Finsternis war unmöglich zu erkennen, wo genau die Grenze verlief, doch je mehr erleuchtete Häuser und Dörfer am Boden auftauchten, desto sicherer war ich, dass wir österreichisches Gebiet unter uns hatten. Ich verminderte die Flughöhe und ließ die Maschine auf zweihundert Meter absinken. Zum ersten Mal seit ihrem Einstieg beugte sich Isolde vorsichtig vor und durchbrach unser Schweigen.

»Siehst du die Tankstelle da unten?«, fragte sie. »Kannst du lesen, was auf dem Schild steht?«

»Ja, kann ich, ESSO steht drauf«, erwiderte ich schmunzelnd.

»Und was bedeutet das?«

»Dass wir in Österreich sind«, sagte ich. »Wir haben es geschafft. Du bist endlich im Westen angekommen.«

Ich reichte Isolde meine rechte Hand, sie legte ihre linke hinein. Für ein paar ergreifende Sekunden hielten wir einander schweigend an den Händen. In diesem Moment verband uns ein unvergessliches Gefühl von Glück, Freude und Zuversicht.

Ich schaltete die Navigationsbeleuchtung wieder ein. Jetzt, wo sich die Anspannung und der erste Schub von Euphorie gelegt hatten, vermochten wir wieder miteinander zu sprechen, auch wenn die ersten Worte nur zögerlich kamen und das monotone Motorengeräusch alles übertönte.

»Jetzt fliegen wir erst mal nach Wien«, sagte ich. »Die große Stadt kann man sicher kaum übersehen. Schwieriger dürfte es werden, Aspern und den Flugplatz dort zu finden. Ich weiß zwar ungefähr, wo er liegt, aber im Dunkeln fällt die Orientierung schwer. Hoffentlich haben sie auf dem Flugfeld noch nicht die Beleuchtung abgeschaltet.«

»Und wenn doch?«

Um ehrlich zu sein, hatte ich keine rechte Antwort auf diese Frage, aber um Isolde nicht unnötig zu beunruhigen, wiegelte ich ab: »Ach, Was-wäre-wenn? Es wird schon gut gehen.«

»Oder schief! Runter kommt man immer irgendwie«, lachte Isolde beinahe übermütig.

Tatsächlich konnte man die Großstadt Wien mit ihren zahllosen Straßenlaternen, erleuchteten Fenstern und illuminierten Gebäuden nicht verfehlen. Auch das Flugfeld in Aspern zu finden, war leichter, als ich erwartet hatte, denn es war noch voll beleuchtet. Mir lag jetzt viel daran, eine souveräne Landung hinzulegen. Es war unangenehm genug, dass ich um diese Zeit ohne Nachtfluglizenz unterwegs war und mein Versprechen, vor Einbruch der Dunkelheit zurück zu sein, gebrochen hatte. Wenn ich meiner verspäteten Rückkehr jetzt noch mit einer miserablen Landung die Krone aufgesetzt hätte, wäre es mehr als peinlich gewesen, dem Flugleiter im Tower wieder unter die Augen zu treten. So schaltete ich ein letztes Mal auf volle Konzentration und rüstete mich fürs Landen. Zum Glück gelang es vorbildlich. Das war allerdings auch keine große Kunst, weil sich die Bedingungen auf dem hell erleuchteten Rollfeld kaum von denen am Tag unterschieden. Auf der Stelle tauchte ein Fahrzeug auf, das mit einem blinkenden *Follow-Me*-Schild vor uns herfuhr.

Erst jetzt wurde mir bewusst, dass wir neben der Verspätung noch ein zweites Problem am Hals hatten. Es war weniger dramatisch als die Herausforderungen, die wir bereits gemeistert hatten, aber dennoch alles andere als unbedeutend: Wie sollte Isolde unbemerkt aus dem Flugzeug verschwinden? Sie war eine illegale Passagierin. Unbedingt mussten wir verhindern, dass sie entdeckt wurde, denn da die Zwischenlandung in Wien ursprünglich nicht eingeplant gewesen war, hatte ich mich nicht erkundigt, wie mit DDR-Flüchtlingen und ihren Helfern in Österreich verfahren wurde. Kurzum: Der Fahrer des *Follow-Me*-Wagens durfte Isolde nicht zu Gesicht bekommen. Sie musste sich verstecken, und zwar schnell. Wir waren schon fast am Hangar. In wenigen Sekunden würde der Wagen anhalten und sein Fahrer mich instruieren, wo ich die Cessna zu parken hatte.

»Los, versteck dich hinterm Rücksitz und mach dich so klein wie möglich«, zischte ich und löste dabei Isoldes Sicherheitsgurt. Sie reagierte auf der Stelle und sprang in Windeseile in den hinteren Teil des Flugzeugs. Keine Sekunde zu früh. Der *Follow-Me*-Fahrer, ein gemütlicher Mann mit Schirmmütze und Signalweste, hatte bereits vorm Hangar gehalten und trottete nun gemächlichen Schrittes auf die Cessna zu. Kraftvoll öffnete er die Tür neben dem Co-Pilotensitz und steckte seinen Kopf ins Flugzeug.

»Servus«, sagte er und stützte sich dabei mit der Hand an der Sitzfläche ab, auf der Isolde noch vor wenigen Sekunden gesessen hatte.

»Guten Abend«, erwiderte ich und bemühte mich, genauso gelassen zu klingen wie mein Gegenüber, obwohl mein Puls raste. Da bekam ich aber schon den nächsten Schock. Im Fußraum des Co-Pilotensitzes, nur wenige Zentimeter von der Hand des Mannes entfernt, lag metallisch schimmernd und unübersehbar eine goldene Sandale. Isolde hatte sie bei ihrem hastigen Satz hinter den Sitz verloren. Wie Aschenputtel bei seinem übereilten Aufbruch vom Ball des Prinzen.

»Ich mache gleich das Tor für Sie auf«, sagte der Mann seelenruhig. Ich nickte und sah ihm direkt in die Augen, in der Hoffnung, dadurch seinen Blick von der Sandale abzulenken. »Sie können Ihre Maschine dann über Nacht im Hangar unterstellen.«

Was für eine absurde Situation. Hinterm Co-Pilotensitz kauerte Isolde, in der Tür stand der Mann mit der Warnweste, und direkt vor seiner Nase lag diese blöde, für meine Begriffe völlig übermäßig funkelnde Goldsandale. Aber wie es manchmal in solchen Situationen ist: Während ich ganz auf die Sorge fixiert war, der Angestellte könne die Sandale und damit Isolde entdecken, hatte er keinen Blick für derlei Dinge. Wahrscheinlich wollte er einfach nur Feierabend machen. Nachdem ich hastig »Verstanden!« erwidert hatte, schlug er die Flugzeugtür zu und ging zum Hangar. Er musste sich sichtlich anstrengen, um das schwere Eisentor zur Seite zu schieben. Uns verschaffte es Zeit. Geistesgegenwärtig schaltete ich die Flugzeugscheinwerfer an, um Herrn *Follow-Me* zu blenden. Und Isolde flüsterte ich zu: »Schnell raus! Pass auf, dass der Mann dich nicht sieht, und versteck dich irgendwo im Dunkeln.«

Auch jetzt funktionierte Isolde wie ein Uhrwerk. Es war, als hätte sie ihr Leben lang nichts anderes getan, als blitzschnell auf unvorhergesehene Anweisungen zu reagieren. Flink wie ein Wiesel schlüpfte sie aus der Maschine und verschwand so rasant im Schatten der Nacht, dass nicht mal ich genau sehen konnte, wo sie hingelaufen war.

Beruhigt steuerte ich die Cessna in die Halle, raffte mein wichtigstes Gepäck zusammen und gesellte mich zu dem Einweiser, der mich Richtung Kontrollturm begleitete. Über meine unerlaubte Verspätung schien er nicht informiert zu sein oder sie mir zumindest nicht übel zu nehmen. Ungezwungen plauderten wir über das Fliegen, den Flughafen und das Wetter, wobei ich erneut seine ganze Aufmerksamkeit auf mich zu ziehen versuchte, weil ich wahrnahm, dass Isolde mit ihrer einen Sandale hinter uns her humpelte. Sie hielt dabei gebührenden Abstand, trotzdem fürchtete ich, dass mein Begleiter sie bemerken könnte. Wieder eine unbegründete Sorge: Der *Follow-Me*-Mann bemerkte Isolde ebenso wenig wie zuvor die goldene Sandale. Wir erreichten den Kontrollturm, die größte Gefahr war damit gebannt.

Die Standpauke des Flugleiters ließ ich nun gelassen über mich ergehen. Er fragte mich aus, wo ich mich denn herumgetrieben hatte und wie es zu der Verspätung gekommen war. Ich behauptete, ich hätte mich über Wien verflogen und danach Probleme gehabt, Aspern wiederzufinden. Hellhörig wurde ich, als er mir sagte, er habe sich bereits bei anderen Flugplätzen in der Umgebung nach meinem Verbleib erkundigt, unter anderem in Bratislava. Dort sei tatsächlich ein Flugzeug registriert worden, das rund 50 Kilometer nördlich von Wien auf dem Radar aufgetaucht, aber wohl nur über österreichisches Territorium geflogen war.

Mich erstaunte, dass in den wortreichen Ausführungen des Flugleiters nicht ein einziges Mal von Grenzverletzung die Rede war. Anscheinend waren weder die beiden Flüge von heute Abend noch meine Eskapaden vom Vortag registriert worden. Hatten die Wachposten, an denen ich vorbeigeflogen war, denn keine Meldung erstattet? Gab es keinerlei Kommunikation zwischen dem Flughafen in Bratislava und den Grenzschutzeinheiten? Oder wurden solche Informationen aus dem Ostblock einfach nicht an die Luftfahrtbehörden im Westen übermittelt? Jedenfalls stellte ich mit großer Erleichterung fest, dass man mich offenbar keines anderen Vergehens beschuldigte, als ohne den dafür erforderlichen Flugschein im Dunkeln geflogen zu sein. Die Strafe war harmlos. Der Flugleiter verdonnerte mich dazu, am nächsten Tag eine schriftliche Erklärung abzugeben, in der ich versprechen sollte, einen solchen Regelverstoß nicht noch einmal zu begehen. Damit konnte ich leben.

Nachdem ich den Kontrollturm verlassen hatte, suchte ich im Dunkeln nach Isolde. Es dauerte nicht lange, da hatte ich ihre zierliche Gestalt im Schatten des Hangars entdeckt. Sie lief mir entgegen und schlang ihre Arme um meinen Hals. Glückselig küssten wir uns, zum allerersten Mal auf der westlichen Seite des Eisernen Vorhangs.

Bevor wir uns auf den Weg zum Auto machten, wühlte ich in meiner Tasche und sagte: »Warte mal, ich hab ein Geschenk für dich.«

»Was?«, fragte Isolde überrascht. »Jetzt schon?«

Als ich das »Geschenk« hervorzauberte, strahlte sie übers ganze Gesicht.

»Ah, mein Schuh. Sehr zuvorkommend, vielen Dank. Er hat mir auf dem Weg hierher tatsächlich sehr gefehlt.«

Ich freute mich, Isolde nach all der Anspannung und Gefahr so vergnügt zu sehen. Wir mussten nun nur noch die letzte Etappe – den Flug nach Westdeutschland – absolvieren. In diesem Moment konnten wir zum ersten Mal einigermaßen sicher sein, dass uns eine gemeinsame Zukunft vergönnt war. Diese Aussicht erfüllte mich mit einem großen Glücksgefühl. So musste sich der Prinz im Märchen gefühlt haben, als er Aschenputtel den Schuh zurückbrachte.

Postkarte aus Wien

Ich bin nachtblind, deswegen waren meine ersten Schritte auf österreichischem Boden eher ein Ertasten als eine Eroberung. Zunächst versteckte ich mich hinter einem Schuppen, dann folgte ich Hans Christian und dem Angestellten humpelnd Richtung Tower. Ich orientierte mich vor allem an den Stimmen der beiden. Ohne sie wäre ich aufgeschmissen gewesen. Wien hatte gewiss schon elegantere Ankömmlinge begrüßt. Aber das spielte keine Rolle – wir waren heil angekommen, der totale Wahnsinn.

Zum Glück war der Zaun, der das Flugfeld Aspern umgab, relativ niedrig, ich konnte ihn übersteigen. Nachdem ich meine zweite Sandale geschenkt bekommen hatte, musste ich auch nicht mehr humpeln. Nun war ich bereit für Wien, die Stadt der Musik, über die ich so viel gehört hatte.

Die Nacht verbrachten wir in einem gemütlichen Hotel im Zentrum. Am nächsten Morgen erwachten wir mit dem Gefühl, etwas geschafft zu haben, das kühn, riskant und eine wirklich verrückte Idee gewesen war. Ein erhebendes Gefühl. Wir empfanden Freude, Stolz und Dankbarkeit. Uns war auch klar, dass wir allerhand Widrigkeiten getrotzt und dabei unglaubliches Glück gehabt hatten.

Um mich ans finale Ziel zu bringen – Schweden –, mussten wir jetzt noch nach Westdeutschland fliegen. Dort würde ich mich als Flüchtling aus der DDR melden und die Staatsbürgerschaft der Bundesrepublik Deutschland erhalten. Mit meinem neuen Reisepass konnten wir dann weiter nach Skandinavien fahren. Es lag also noch einiges vor uns, aber jetzt wollten wir erst einmal genüsslich frühstücken und einen schönen Tag in den Straßen Wiens verbringen. Zuvor allerdings erledigte ich ein dringendes Anliegen: Ich schrieb eine Postkarte an meine

Mutti. Der Text war neutral gehalten. Sinngemäß stand da vor allem: »Mach dir keine Sorgen, ich bin in Sicherheit.« Den Rest würde sie sich zusammenreimen können. Eine Karte aus Wien in meiner Handschrift und mit einer österreichischen Briefmarke – damit war schon vieles gesagt.

Es war mir äußerst wichtig, *dass* es gesagt wurde. Wäre ich ohne jedes Lebenszeichen nicht mehr aufgetaucht, hätte Mutti irgendwann die Behörden in Berlin alarmiert. Es hätte viel Angst und Aufsehen gegeben, das wollte ich vermeiden. Ich schickte die Karte nicht nach Johannisthal, sondern zu meiner Tante nach Polen, bei der sich Mutti ja momentan aufhielt. Später erzählte sie mir, dass sie völlig von den Socken war, als das Schreiben eintraf. Aber sie war auch froh, so wusste sie wenigstens Bescheid.

Nachdem ich die Karte in den Briefkasten geworfen hatte, fühlte ich mich, als wäre mir eine Last von den Schultern genommen. Entspannt bummelten wir die Kärntner Straße hinunter, Wiens Einkaufsmeile, die ich anfangs als großes Gewirr aus eleganten Menschen und dichtem Verkehr wahrnahm. Und natürlich gab es da noch all die Schaufenster mit ihren verlockenden Auslagen. Verglichen mit der schmalen Auswahl in den Geschäften der DDR war das hier ein Riesenspektakel, ein Überfluss an Angeboten. Jetzt konnte ich die elegante Kleidung, die ich nur aus geschmuggelten Modezeitschriften kannte, zum ersten Mal in echt sehen. Die Kreationen von Coco Chanel sowie junger Modeschöpfer wie Karl Lagerfeld und Yves Saint Laurent beeindruckten mich sehr.

Nach dem Schaufensterbummel reichte unsere Zeit noch für einen Abstecher nach Schönbrunn, das prachtvolle Schloss aus dem 18. Jahrhundert, das bis zum Ende des Ersten Weltkriegs als Sommerresidenz der kaiserlichen Habsburgerfamilie gedient hatte. Allerdings beglückte mich der überbordende Prunk der repräsentativen Räume ungleich weniger als das Eis, das wir nach der Schlossführung im Sonnenschein auf der großen Freitreppe aßen – eine riesige Tüte Himbeereis mit Früchten. Ich habe wohl nie wieder ein Eis so genossen wie dieses.

Luftlöcher

Wir hatten Wien besichtigt und den Leihwagen zurückgegeben, nun saßen wir am Flugplatz Aspern und verfassten den Bericht, in dem ich Rechenschaft über meinen unerlaubten Flug durch die Dunkelheit ablegte. Ich gebe zu, dass vor allem Isolde das Schreiben formulierte. Bei mir hätte es doppelt so lange gedauert, und ich hätte trotzdem Fehler gemacht. So übergab ich dem Flugleiter einen Bericht in perfektem Deutsch, in dem ich angab, ich hätte mich nördlich von Wien verflogen und hätte darum nicht rechtzeitig zum Flugplatz zurückgefunden, was ich sehr bedauerte und wofür ich mich entschuldigte. Außerdem versprach ich, dass ich das auf keinen Fall wiederholen würde. Von Letzterem war ich tatsächlich fest überzeugt. Der Flugleiter las den Bericht, kratzte sich am Kopf und meinte, die Sache wäre damit erledigt. Dann überreichte er mir die Genehmigung für den Flug nach Salzburg. Wahrscheinlich war er einfach nur froh, mich loszuwerden.

Es war früher Nachmittag, als ich die Cessna aus dem Hangar rollte. Damit Isolde unbemerkt einsteigen konnte, sollte sie an einer Stelle warten, die vom Kontrollturm aus nicht einsehbar war. Dorthin steuerte ich das Flugzeug, vergewisserte mich, dass die Luft rein war, öffnete die Co-Pilotentür und gab Isolde ein Zeichen. Blitzschnell flitzte sie herbei und versteckte sich im Fußraum vor dem Sitz des Co-Piloten. Das hatten wir so besprochen, denn der Weg zur Startbahn führte dicht am Tower vorbei. Dass der mürrische Flugleiter beobachtet hätte, wie ich eine blinde Passagierin aufnahm, hätte mir noch gefehlt. Dann hätte es mit Sicherheit richtig Ärger gegeben. Isolde machte sich in ihrem Versteck so klein, dass selbst ich sie kaum noch erkennen konnte. So hielten keine heulenden Sirenen, roten Warnlichter oder wütenden Funksprüche ihre weitere Flucht nach Westdeutschland auf. Und da ich diesmal auch den Choke in seine Verankerung geschoben hatte, befanden wir uns einen Wimpernschlag später bereits in der Luft.

Die Strecke Wien–Salzburg ließ sich genauso unkompliziert navigieren wie auf dem Hinweg. Ich folgte nur der Donau bis kurz vor Linz und hielt mich dann bis Salzburg an die Westautobahn. Etwas herausfordernder war diesmal das Wetter. Die Unwetterfront, die mich gestern zum vorgezogenen Beginn der Flucht gezwungen hatte, war während der Nacht und im Lauf des Vormittags zwar vorbeigezogen, aber sie hatte eine unbeständige Mischung aus aggressiven Windböen und Luftlöchern hinterlassen. In unserer kleinen Maschine bekamen wir die Turbulenzen unmittelbar zu spüren. Zwischenzeitlich glich das Ganze eher einer Achterbahnfahrt als einer Flugreise, worunter besonders Isolde litt. Ihr wurde sehr übel, deshalb konnte sie die atemberaubende Aussicht leider nicht so genießen wie ich. Im spätsommerlichen Licht glitzerte die Oberfläche des Flusses wie ein Silbergürtel, ich sah Burgen und Schlösser auf hohen Bergkämmen, wogende Felder und blühende Wiesen. Steile Weinberge rahmten die Szenerie. Es war die reinste Bilderbuchlandschaft, nur etwas verwackelt.

Nördlich von Salzburg gelangten wir an die Grenze zu Westdeutschland. Diesmal hatte ich keine Kirchturmskizzen, die mir die Orientierung erleichterten, dafür brauchten wir uns nicht um irgendwelche Wachtürme zu sorgen. Als die Autobahn hinter Salzburg nach links abbog, flog ich geradeaus weiter. Dann überquerten wir die Salzach, den Grenzfluss zwischen Österreich und Deutschland.

Kurz vorm Ziel wurde es noch einmal spannend. Das Feld nördlich von Freilassing, das ich zur Landung ausgesucht hatte, erwies sich als viel zu kurz. Wohlbehalten runtergekommen wären wir wohl noch, doch ich hätte vielleicht nicht wieder abheben können. So mussten wir auf der Suche nach einem geeigneten Landeplatz zu Isoldes Leidwesen ein paar Bonusrunden drehen. Kornfelder, die in voller Reife auf die Ernte warteten, taugten für unseren Zweck nicht, bereits abgemähte und gepflügte wegen ihrer tiefen Traktorfurchen und lehmigen Böden auch nicht. Es dauerte eine Weile, bis ich eine Weide ohne Tiere gefunden hatte, allerdings lag sie in einer Senke und wurde am tiefsten Punkt von einer Telefonleitung überspannt. Doch ich fühlte mich mittlerweile geübt genug, um diese Herausforderung zu meistern.

»Gleich bist du erlöst«, tröstete ich meine geplagte Passagierin. »Mach dich bereit, sofort aus dem Flugzeug zu springen, wenn die Maschine zum Halten gekommen ist.«

Isolde nickte missmutig.

»Danach schlägst du dich bis nach Freilassing durch. Dort treffen wir uns später am Bahnsteig. Okay?«

»Wie besprochen, klar«, lautete die knappe Antwort.

»Bist du so weit?«

Wieder ein Nicken: »Ich will nur noch hier raus.«

Zur Landung setzte ich am äußersten Rand der Weide an und ließ das Flugzeug unter der Telefonleitung hindurch quer durch die Senke zum anderen Ende des Feldes rollen. Es funktionierte hervorragend. Als wir stillstanden, sprang Isolde aus der Maschine. Zum Abschied winkte sie tapfer und sichtlich erleichtert, dass die Achterbahnfahrt ein Ende hatte: »Dann bis später. Hoffentlich finde ich Freilassing überhaupt.«

»Das schaffst du«, rief ich aufmunternd. »Du hast schon viel kompliziertere Dinge hinbekommen.«

Es tat mir unendlich leid, Isolde jetzt, wo es ihr nicht gut ging und wir endlich in Westdeutschland waren, erst einmal alleinlassen zu müssen, aber um nicht zu viel Aufsehen zu erregen, wollte ich schnell wieder los. Außerdem musste ich mich beeilen, um die Cessna rechtzeitig am Flughafen Salzburg zurückgeben zu können. Der davongehenden Isolde sah ich noch kurz hinterher, dann wendete ich die Maschine, rollte den Hang hinunter – mit ausgefahrenen Klappen, damit ich nicht in der Telefonleitung hängen blieb – und gab Vollgas, um erstmals auf ansteigendem Gelände zu starten. Es gelang problemlos. Überraschend elegant hob die Cessna ab zu unserem letzten gemeinsamen Flug.

»Wo kommen Sie denn her?«

Nein, von der Freiheit des Fliegens, über die so viel geschwärmt wird, verspürte ich auch beim zweiten Flug nichts. Hatten mich auf der Route Tschechoslowakei–Wien die Angst und die Unsicherheit geplagt, so war es auf dem Weg in die Bundesrepublik die Übelkeit. Das Himbeereis in meinem Magen drohte bei jedem Luftloch wieder hochzukommen, und weil der Flug diesmal viel länger dauerte, setzte er mir letztlich mehr zu als die nervliche Anspannung vom Vorabend.

Nach der Landung sah ich wehmütig zu, wie Hans Christian wieder Richtung Österreich entschwand. Anschließend rang ich erst einmal mit einer großen Orientierungslosigkeit. Ich wusste, dass ich mich in Bayern befand, aber wo der Bahnhof von Freilassing sein sollte – keine Ahnung. Um mich herum gab es nur Felder, Wiesen, Wälder und ein einsames Gehöft. Dort marschierte ich hin.

Auf dem Hof stand schon die Bäuerin mit ihrem Mann, wie ein Begrüßungskomitee. Wahrscheinlich hatten sie unsere Landung beobachtet. Mit meiner Handtasche und in dem engen grünen Gewand kam ich mir in der ländlichen Umgebung ziemlich deplatziert vor. Die Bäuerin hatte wohl den gleichen Eindruck. Ein ungläubiger Unterton schwang in ihrer Stimme mit, als sie fragte: »Wo kommen Sie denn her?«

Dass sie in einem mir unvertrauten Dialekt sprach, brachte mich völlig aus dem Konzept. Für diese Frage hatte ich mir keine Antwort zurechtgelegt. Was sollte ich sagen: dass ich aus der DDR kam? Nein, das ging nicht. Selbst Wien zu sagen, schien mir zu verräterisch. Da mich die beiden aber aus der Cessna steigen gesehen haben mussten, konnte ich schlecht behaupten, ich hätte mich beim Spazierengehen verlaufen. So schwindelte ich aus dem Stegreif: »Mein Verlobter musste mit seinem Flugzeug notlanden. Er wollte mich keinem Risiko aussetzen, deswegen hat er mich hier abgesetzt.«

Im Nachhinein erscheint mir diese Erklärung völlig daneben, denn es war ja keine Notlandung. Wäre sie wirklich nötig gewesen, hätte auch der Pilot nicht weiterfliegen können. Die Bauersleute nahmen die Erklärung aber ohne kritische Nachfragen zur Kenntnis.

»Können Sie mir sagen, wo Freilassing liegt?«, fragte ich vorsichtig. »Von da aus könnte ich mit dem Zug weiterfahren.«

Auch jetzt stellten sie keine Fragen, sondern luden mich kurzerhand in ihr Auto und fuhren mich zum Bahnhof. Ich war so begeistert von ihrer Hilfsbereitschaft, dass ich auf der Fahrt ununterbrochen plapperte – über das Wetter, die Landschaft, die gute Luft. Ich fragte sogar, wo denn die Kühe wären, die doch auf die Weide gehörten, auf der Hans Christian gelandet war. Ich erhielt eine Antwort, aber ich erinnere mich nicht mehr an sie. Vielleicht verstand ich sie auch nicht wegen des Dialekts. So oder so bin ich diesen Leuten bis heute dankbar für ihre Freundlichkeit und umstandslose Hilfe.

Am Bahnhof von Freilassing war es öde und einsam. Hans Christian wollte mit dem nächstmöglichen Zug von Salzburg kommen, bis dahin sollte ich am Gleis warten. Wir wollten dann gemeinsam nach Bonn fahren, um uns beim Bundesministerium für Vertriebene, Flüchtlinge und Kriegsgeschädigte zu erkundigen, wie ich an einen westdeutschen Pass kam. Da der nächste Regionalzug von Salzburg noch auf sich warten ließ, setzte ich mich ins Bahnhofslokal, trank eine Limonade und döste vor mich hin.

Mission accomplished

Es war erst fünf Tage her, dass ich in Salzburg die Cessna geliehen hatte, doch mir kam es vor wie eine Ewigkeit. So viel war seitdem passiert, so weit waren wir seither gekommen. Die Maschine war in der kurzen Zeit zu einer vertrauten Begleiterin geworden. Sie war unsere Fluchthelferin und einzige Mitwisserin. Ich hatte ihr viel zu verdanken, nicht zuletzt ein deutlich gewachsenes Zutrauen in meine Fähigkeit, sie zu steuern.

Als ich im Anflug auf Salzburg Funkkontakt zum Tower aufnahm und Landeinstruktionen erbat, war von den Problemen, die ich beim ersten Abflug gehabt hatte, nichts mehr zu spüren. In gut verständlichem, deutlichem Englisch wies mich der Fluglotse ein. Schritt für Schritt befolgte ich seine Anweisung, bis die Landebahn direkt vor mir lag. Butterweich und ruckelfrei setzte ich die Maschine auf und rollte zum Hangar des Flugzeugverleihs.

»*Learning by doing*«, dachte ich, schaltete den Motor ab und zog den Schlüssel aus dem Zündschloss.

Nachdem ich alle Papiere zusammengesammelt und mein Gepäck vom Rücksitz geklaubt hatte, sah ich mich noch einmal im Cockpit um. Ich betrachtete den Choke, dessen Betätigung ich gestern Abend anfangs vergessen hatte, den Sitz, an den sich Isolde starr vor Angst geklammert hatte, das Steuerhorn, die Hebel, die Schalter und das Mikrofon. Auch sie waren allesamt Fluchthelfer gewesen. Es war beruhigend zu wissen, dass sie auf ewig schweigen würden über das, was sie mitgemacht hatten.

Bereit, zum Büro des Verleihers zu gehen, hielt ich inne, drehte mich ein letztes Mal um und gab der Cessna einen freundschaftlichen Klaps. Pathetisch vielleicht, das kann sein, aber in den letzten Tagen hatte sich ein ganz besonderes, beinahe persönliches Verhältnis zwischen mir und diesem Riesenvogel entwickelt. Ob es der Cessna genauso ging …? Ich blieb ihr jedenfalls treu und habe seitdem nie ein anderes Flugzeug geflogen.

Der Verleiher mit den dünnen Haaren und wässrigen Augen war hocherfreut, mich wiederzusehen. Na gut, vermutlich vor allem aus Erleichterung, dass ihm der Anfänger sein Flugzeug unbeschädigt zurückgebracht hatte. *Wenn du wüsstest, wie guten Grund du damit hast*, dachte ich, ohne es auszusprechen. Wohl niemand war in diesem Moment erleichterter als ich selbst.

Die Rechnung war happig, aber jeden Schilling wert. Zum Abschied bedankte ich mich für das Vertrauen und lobte das vortreffliche Flugzeug.

»Ich habe zu danken«, erwiderte der Verleiher, sein Blick wirkte in diesem Moment etwas weniger wässrig. »Vielleicht sehen wir uns ja demnächst einmal wieder.«

Ich zuckte nur vieldeutig mit den Schultern und nickte munter.

Am Salzburger Bahnhof kaufte ich bei einem Blumenhändler eine große, blutrote, herrlich duftende Rose, mit der ich Isolde in ihrem neuen Leben willkommen heißen wollte. In Freilassing angekommen, suchte ich den Bahnsteig vom Zugfenster aus nach Isolde ab, konnte sie aber nirgends entdecken. Auch als ich ausstieg, mich nach allen Seiten reckte und streckte, ließ sie sich nicht blicken. Ich hatte gedacht, dass sie direkt zusteigen würde, aber nun musste ich rasch mein Gepäck zusammenraffen und aussteigen – gerade noch rechtzeitig, bevor der Schaffner pfiff und sich die Lok in Bewegung setzte.

Da stand ich nun mit meinem Koffer in der einen Hand und meiner Rose in der anderen, aber ohne Isolde. Ein wenig ärgerte es mich, denn vor dem inneren Auge hatte ich uns bereits im Speisewagen sitzen und das glückliche Ende der Flucht feiern gesehen. Aber mir fielen auch Isoldes Worte von vorhin ein: »Hoffentlich finde ich Freilassing überhaupt.« War es doch komplizierter, hierherzugelangen? War am Ende gar etwas

Unvorhergesehenes passiert? Mein Ärger wich der Sorge. Mit schnellen Schritten eilte ich ins Bahnhofsgebäude, um nach Isolde zu suchen. In der Empfangshalle schaute ich mich um und sah meine Liebste seelenruhig in der Wartesaalkantine sitzen. Als sie mich entdeckte, eilte sie mir jubelnd, aber auch überrascht entgegen.

»Da bist du ja schon. Ich dachte, du kommst erst in anderthalb Stunden.«

Isolde hatte auf dem Fahrplan nur die Ankunftszeiten der Regionalzüge von Salzburg geprüft, ich aber war in einem Fernzug gekommen. Aber wen kümmerte das jetzt noch? Wir umarmten uns stürmisch und küssten uns leidenschaftlich wie vielleicht noch nie zuvor. Dies hier war nicht weniger als Wiedersehen, Willkommen und Aufbruch in einem. Wir waren völlig aufgelöst und überdreht. Als wir uns etwas beruhigt hatten und ich endlich meine Rose überreichte, hatte sie etwas gelitten, doch Isolde nahm sie sichtlich gerührt und mit geröteten Wangen entgegen. Sie schnupperte an der Blüte, dabei sah sie mich mit einem Blick an, der so glücklich, freudig und dankbar war, dass sich die Strapazen der letzten Tage allein dafür gelohnt hatten.

Mit dem nächsten Zug reisten wir nach Bonn, Hauptstadt der Bundesrepublik Deutschland. Am nächsten Tag suchte ich das Bundesministerium für Vertriebene, Flüchtlinge und Kriegsgeschädigte auf, um mich über den Umgang mit Flüchtlingen aus der DDR zu erkundigen. Vorsichtshalber ging ich allein hin, ich gab vor, Student zu sein und einen Aufsatz über die westdeutsche Flüchtlingspolitik schreiben zu wollen. Ein freundlicher Beamter empfing mich in seinem Büro. Er kam direkt zur Sache: »Wissen Sie, Westdeutschland hat die DDR nie anerkannt, für uns existiert nur ein Deutschland. Das bedeutet auch, dass Flüchtlinge aus der DDR umgehend als Staatsbürger anerkannt werden. Sie müssen sich nach ihrer Flucht nur unverzüglich in einem Notaufnahmelager melden.«

All das war mir bereits bekannt. Was ich hingegen nicht

wusste, war, was mit den Flüchtlingen in einem solchen Lager passierte und wie lange sie dort bleiben mussten. Der Beamte sagte es mir.

»Es geht in erster Linie darum, die Menschen zu registrieren und ihnen neue Dokumente auszustellen. Wenn sie sich ausweisen können, ist die Prozedur nur eine Formsache, die in der Regel nicht länger als einen Tag dauert.«

Das brachte mich zu der Frage, die ich vor allem geklärt wissen wollte: »Werden die Flüchtlinge auch gefragt, wie sie über die Grenze gekommen sind, also nach der Fluchtmethode oder ob jemand dabei geholfen hat?«

»Natürlich interessieren uns auch ein paar Hintergründe zur Flucht, aber niemand ist verpflichtet, diese Fragen zu beantworten.«

Was der Mann erzählte, klang unkompliziert, glaubwürdig und beruhigend. Ich verließ das Ministerium mit einem guten Gefühl. Nebenbei hatte ich erfahren, dass sich das nächstgelegene Notaufnahmelager in Gießen, etwa 150 Kilometer östlich von Bonn, befand. Dorthin fuhren wir noch am selben Tag.

Hier sollte Isoldes Flucht schließlich enden und würden sich unsere Wege vorübergehend trennen. Weil mein Urlaub vorbei war, musste ich zurück nach Schweden. Bei den Formalitäten mit den Behörden konnte ich sowieso nicht behilflich sein. Ich vertraute fest darauf, dass alles gut ging, und hatte keine Angst um Isolde. Trotzdem schmerzte es, sie nach allem, was wir zusammen erlebt und durchlitten hatten, jetzt erst einmal verlassen zu müssen. Doch als wir am großen eisernen Tor vor dem Gelände Abschied voneinander nahmen, wussten wir: Bald würden wir uns in Stockholm wiedersehen.

Nie werde ich das Bild vergessen, wie Isolde in ihrem grünen Kostüm und den schwarzen Lackschuhen mit dazu passender Handtasche aufrecht und zielstrebig den kurzen Weg zum Pförtnerhäuschen zurücklegte. Sie drehte sich noch einmal um und winkte mir fröhlich zu, bevor sie in dem grauen Gebäude verschwand. Dies war für mich ein sehr emotionaler Moment.

Mission accomplished, dachte ich und atmete auf. Unser Ziel war erreicht. Lange hatten wir überlegt und geplant, wie wir den Eisernen Vorhang überwinden konnten. Aus dem Wunsch war Wirklichkeit geworden, ein neuer Lebensabschnitt konnte beginnen. Noch am selben Abend nahm ich den Zug nach Stockholm, um »nach zwei erholsamen und erlebnisreichen Wochen in alter Frische« wieder meine Arbeit aufzunehmen.

Zimmer 1

»Sie wünschen?«, fragte der Pförtner und sah mich durch die Luke seines Häuschens neben dem Eingangstor skeptisch an.

»Ich bin Flüchtling aus Ostberlin«, antwortete ich. »Ich möchte mich registrieren lassen.«

Jetzt schlug seine Skepsis in Misstrauen um. Eine junge Frau mit elegantem Kostüm, hochhackigen Schuhen und schicker Handtasche entsprach sicher nicht seinem Bild eines ostdeutschen Flüchtlings.

»Kommen Sie allein?«, fragte er und reckte den Kopf Richtung Straße, wo soeben das Taxi mit Hans Christian abfuhr.

»Ja, so ist es«, sagte ich und lächelte.

»Aha!« Er griff zum Hörer seines schwarzen Telefons und wählte eine Nummer. »Kleinen Moment, ich muss Sie anmelden.«

Geduldig wartete ich, dabei sah ich mich um. Hinter dem Pförtnerhäuschen lag ein offener, von Hecken gesäumter Schotterplatz mit einem Weg, der zu einem beigefarbenen dreistöckigen Gebäude führte. Alles wirkte ausgestorben und nicht besonders einladend.

»Hören Sie«, riss mich der Pförtner aus meinen Betrachtungen. Er wies mit ausgestreckter Hand Richtung Haupthaus. »Sie können vorgehen und sich anmelden. Im zweiten Stock wird sich jemand um Sie kümmern.«

Im Gebäude kam mir auf der Treppe eine ältere Beamtin in einem schlichten grauen Kleid entgegen. Ihre Haare hatte sie straff zurückgekämmt und im Nacken zum Knoten gebunden, ihre Miene war freundlich, aber reserviert. Durch einen langen Flur führte sie mich zu Zimmer Nummer 2. Darin stand ein Bett, sonst nichts. Auf der Matratze lagen ordentlich zusammengelegt Laken, Bezüge, Handtücher und Hygieneartikel. Die Frau in Grau bezeichnete den Raum als »Einzelzimmer«. Mir kam er vor wie eine Isolierzelle.

»Es kann ein bisschen dauern, bis man Sie zum Verhör ruft«, sagte sie.

»Verhör« – auch das klang nicht gerade vielversprechend.

»Sie können inzwischen das Bett beziehen und sich ein wenig ausruhen. Störungen haben Sie nicht zu befürchten, denn Sie sind momentan allein hier oben. Das Verhör findet in Zimmer 1 gleich nebenan statt, den Speisesaal finden Sie im Erdgeschoss, Essenszeit ist morgens um acht, mittags um zwölf und abends um 18 Uhr. Falls Sie medizinische Hilfe brauchen, sagen Sie mir Bescheid, dann rufe ich unseren Arzt. Auch ein Priester ist im Haus für den Fall, dass Sie beichten wollen oder Beistand brauchen. Tagsüber dürfen Sie sich frei bewegen, aber halten Sie sich bitte für die Verhöre verfügbar, entfernen Sie sich also nicht allzu weit vom Gebäude. Abends um 22 Uhr müssen Sie wieder hier sein, dann wird unten das Tor verschlossen. Haben Sie noch Fragen?«

Sie lächelte ihr neutrales Lächeln und verabschiedete sich sofort, als sie merkte, dass ich nach ihrer umfassenden Litanei keine Fragen hatte. Lautlos schloss sie die Tür hinter sich. Damit war ich allein – und ich fühlte mich auch so. Die Stille war beinahe unheimlich. Sie brachte all die Fragen zurück, die ich seit meinem Gefühlsausbruch am See bei Mikulov verdrängt hatte. Würde ich in dieser neuen Welt wirklich Fuß fassen? Was geschah jetzt, wo die Flucht geglückt war, mit meiner Familie in der DDR? Und natürlich: Was würde man im Verhör von mir wissen wollen? Hans Christian hatte gesagt, dass ich nicht verpflichtet war, nähere Angaben zu den Fluchtumständen zu machen. Aber sah man das hier genauso?

Nach zwei Stunden, die mir wahnsinnig lang erschienen, tauchte die Frau in Grau wieder auf und sagte, es sei so weit: Ich sollte jetzt befragt werden. Als ich vorsichtig an die Tür von Zimmer 1 klopfte, pochte mein Herz so laut, dass ich beinahe die sonore Stimme überhört hätte, die »Herein« rief. In dem Raum empfing mich ein korpulenter Mann mit schütteren grauen Haaren, der sich mit einiger Mühe aus seinem Schreibtischstuhl hochstemmte und mir zur Begrüßung die Hand entgegenstreckte.

»Willkommen, Fräulein Giese, bitte nehmen Sie doch Platz.« Seine Stimme war beeindruckend. In dem sterilen Raum mit Neonröhre an der Decke, der bis auf zwei Stühle und einen Schreibtisch keine Möbel enthielt, erzeugte sein Bariton sogar einen leichten Hall.

»Ich habe nur einige Fragen an Sie. Tut nicht weh und ist schnell vorbei. Falls Sie keine Einwände haben, würde ich unser Gespräch aufnehmen.« Beim letzten Satz holte er ein kleines Tonbandgerät aus einer Schreibtischschublade und platzierte es auf dem Tisch.

»Eine kleine Erinnerungshilfe«, schmunzelte er und zwinkerte mir dabei auf eine Weise zu, die wohl Vertrauen schaffen sollte. »Ich werde mir aber zusätzlich ein paar Notizen machen. Ist das für Sie in Ordnung? Sie haben sicher keine Einwände, oder?«

Ich schüttelte den Kopf, ohne wirklich überzeugt zu sein. Aber was sollte schon passieren? Ich hatte ja nicht vor, konkrete Details auszuplaudern, also sollte er ruhig aufnehmen.

»Sehr schön, dann lassen Sie mal hören: Beginnen wir doch damit, wie Sie bei uns gelandet sind und was Sie aus der Ostzone vertrieben hat.«

Ich sagte einfach die Wahrheit: Dass ich nahe Mikulov in einem Flugzeug über die Grenze zwischen der Tschechoslowakei und Österreich geflohen war und mich das Ministerium in Bonn nach Gießen geschickt hatte, um neue Papiere zu beantragen. Der Mann hörte meinen Ausführungen aufmerksam zu, doch nachdem ich geendet hatte, runzelte er die Stirn: »Das können Sie unmöglich allein geschafft haben. Bei der Flucht hat Ihnen doch jemand geholfen, nicht wahr?«

»Das stimmt«, nickte ich und erinnerte mich an mein Recht, gewisse Fluchtumstände für mich zu behalten. »Mir hat in der Tat jemand geholfen. Aber Sie haben sicher Verständnis dafür, dass ich nicht zu Protokoll geben möchte, wer diese Person war.«

»Nein«, kam es wie aus der Pistole geschossen zurück. »Nein, dafür habe ich ehrlich gesagt kein Verständnis. Warum können Sie mir nicht einfach sagen, wer Ihnen geholfen hat? Selbstverständlich behandeln wir alle Ihre Angaben vertraulich. Niemand, nicht einmal die betreffende Person selbst, wird von Ihrer Aussage erfahren.«

Ich weigerte mich trotzdem. Das führte zu einer abrupten Unterbrechung des Verhörs.

»Vielleicht müssen Sie Ihre Einstellung noch einmal überschlafen«, brummte der Mann deutlich weniger freundlich als am Anfang. »Morgen früh Punkt zehn Uhr machen wir weiter.«

Von der Zuversicht, mit der ich ein paar Stunden zuvor aus dem Taxi gestiegen war, war nach diesem Gespräch nicht mehr viel übrig. Stattdessen plagte mich die Sorge, dass man mich systematisch in die Enge treiben würde, um Hans Christians Namen zu ermitteln. Auf einmal fühlte ich mich nicht nur einsam, sondern auch unwillkommen.

Beim Abendessen saß ich mutterseelenallein in einem riesigen Speisesaal und stocherte in dem Essen herum, das der freundliche Koch für mich zubereitet hatte: knusprig gebratenes Hühnchen mit Gemüse. Es roch ganz verführerisch, aber nach der Unterredung mit dem korpulenten Mann war mir der Appetit vergangen. Als ich die Mahlzeit nach einer Viertelstunde immer noch kaum angerührt hatte, setzte sich der Koch zu mir.

»Schmeckt's nicht?«, fragte er fürsorglich.

»Doch, doch«, beeilte ich mich zu erklären. »Ich bin nur gerade nicht besonders hungrig.«

»Ach, das geht vielen so, die herkommen«, meinte er in aufmunterndem Tonfall. »Ist ja auch nicht gerade das *Ritz* hier. Aber keine Sorge. Wenn Sie hier raus sind, kommt der Appetit von ganz allein zurück.«

Allein die Selbstverständlichkeit, mit der er davon auszugehen schien, dass ich »hier rauskam«, machte mir Mut. Wir plauderten noch ein bisschen. Es war angenehm, in dieser Burg der neugierigen Verhörleiter mit einem Menschen zu sprechen, der nichts von mir erwartete als eine kleine Konversation und obendrein ein bisschen Mitgefühl durchblicken ließ.

Nach dem Essen war ich dann wieder allein mit Strindberg und dem »Roten Zimmer« – in Zimmer 2, das leider so gar nicht rot war und in dessen karger Atmosphäre es mir mindestens genauso schwerfiel, die Sinnlichkeit der Textes nachzufühlen, wie damals in den letzten Stunden vor der Flucht am See. Irgendwann schlief ich ein, wie betäubt von der lähmenden Stille, die mich umgab.

Am nächsten Morgen weckte mich das Geräusch eines herzerweichenden Kinderweinens. Es kam aus dem Nachbarzimmer. Nach all der Ruhe empfand ich es fast als erfrischend, die Stimme eines Kindes zu hören, auch wenn das Wimmern und Schluchzen ziemlich elend klangen. Während ich noch im Bett lag, spazierte plötzlich, ohne anzuklopfen, die Frau in Grau in mein Zimmer.

»Ich wollte Ihnen mitteilen, dass heute früh eine junge Mutter mit ihrem Kind angekommen ist. Familien haben bei uns Vorrang, deswegen müssen Sie noch ein bisschen auf Ihr Verhör warten.«

Ich war sofort hellwach. Gleichgesinnte? Leidensgenossen? Wie immer man es bezeichnen wollte, ich hatte das gute Gefühl, nicht mehr der einzige Gast in diesem leblosen Haus zu sein. Als ich die junge Mutter – sie hieß Anna – mit ihrer Tochter Elfie auf dem Flur traf, kamen wir gleich ins Gespräch. Die beiden stammten aus Dresden. Sie waren im Schutz der Dunkelheit nahe Eisenach über die Grenze gekommen, mit der Unterstützung eines Fluchthelfers. Anna war noch blass, erschöpft und sichtlich mitgenommen von den Strapazen. Sie berichtete, wie ungeheuer dramatisch die Flucht gewesen war. Ihr erfahrener Helfer hatte sie unentdeckt durch das Niemandsland der Suchscheinwerfer gelotst, an bellenden Hunden, Minenfeldern und Stacheldrahtbarrieren vorbei. Aber zuvor hatten sie Stunden der Angst und des bangen Wartens durchgestanden. Außerdem hatte die kleine Elfie sich den Zeigefinger am Stacheldraht aufgerissen und ihre geliebte Puppe verloren, deshalb weinte sie jetzt. Während Anna die Betten in Zimmer 3 bezog, versuchte ich, die Zweijährige mit Albereien und kleinen Spielchen abzulenken. Schon bald kicherte sie wieder. Für mich war es die pure Freude, das helle Kinderlachen im öden Flur zu hören. Es schien mir wie ein Klang der Hoffnung.

Beim Frühstück erzählte Anna, man hätte ihr in Aussicht gestellt, vielleicht schon morgen zu ihren Verwandten in den Schwarzwald weiterreisen zu können. Ich konnte nur die Daumen drücken. Zu viele Hoffnungen wollte ich ihr aber nicht machen, deshalb erzählte ich von meinen eigenen Erfahrungen mit dem Verhörleiter.

Noch während wir beim Essen saßen, wurde Anna in Zimmer 1 gerufen. Ich versprach, auf Elfie aufzupassen, solange sie weg war. Das kleine Mädchen schien die angsterfüllte Nacht inzwischen verwunden zu haben. Mit enormer Ausdauer vertrieb sie sich die Zeit mit mir, bis ihre Mutter wieder auftauchte. Anna strahlte übers ganze Gesicht.

»Es ist alles geregelt«, rief sie und schloss ihr Töchterchen in die Arme. »Wir reisen tatsächlich schon morgen ab.«

Natürlich freute ich mich für die beiden. Aber ich war auch ein bisschen traurig, denn ich würde bald wieder allein sein. Und mir wurde klar, dass ich offenbar ein Sonderfall war – was auch bedeutete, dass sich mein Aufenthalt hier unangenehm in die Länge ziehen konnte. Anna bemerkte wohl meine Bedrückung.

»Kopf hoch, Isolde«, sagte sie. »Pass auf, morgen kommt mich ein junger Mann abholen, der vielleicht auch dir helfen kann. Ein guter Mensch. Ein Profi, auf den man sich hundertprozentig verlassen kann. Du weißt schon: unser Fluchthelfer.«

Das klang in der Tat verheißungsvoll. Ein erfahrener Fluchthelfer war gewiss mit allerhand Schicksalen und Werdegängen vertraut. Vielleicht wusste er ja, wie man einen Verhörleiter überzeugte. Ich konnte es kaum erwarten, ihn zu treffen.

Nachmittags saß ich dann erneut dem korpulenten Herrn gegenüber. Allerdings war er diesmal nicht allein, er hatte sich Verstärkung geholt in Gestalt eines hageren, glatzköpfigen Kollegen mit blauen Augen, die mich lauernd ansahen: »Na, Fräulein Giese, jetzt erzählen Sie doch noch mal, wie es Ihnen *wirklich* gelungen ist zu flüchten.«

Angesichts seines stechenden Blicks fühlte ich mich wie eine Lügnerin. Wahrscheinlich legte er es genau darauf an. Mir war unbehaglich zumute, ich bekam kalte, feuchte Hände und rutschte unruhig auf meinem Stuhl hin und her. Trotzdem ließ ich ihn mit seiner vorwurfsvollen Masche ins Leere laufen.

»Es gibt keine zweite Version. Das, was ich Ihrem Kollegen gestern erzählt habe, ist die Wahrheit, und es ist alles, was ich Ihnen zu sagen habe. Im Ministerium in Bonn versicherte man mir, dass die Identität des Fluchthelfers nicht preisgegeben werden muss. Es hieß dort auch, ich könne am zweiten Tag meines Aufenthalts damit rechnen, meine Papiere zu bekommen. Stimmt das oder stimmt das nicht?«

»Wie schnell das hier abläuft, hängt vor allem von Ihnen und Ihrer Kooperation ab«, erklärte der Glatzkopf, etwas weniger vorwurfsvoll. »Sie müssen doch selbst zugeben, dass Ihr Bericht sehr ... ich will mal sagen ›unvollständig‹ ist. Man könnte auch sagen: Er ist nicht glaubwürdig. Warum verbergen Sie vor uns, wie Sie es geschafft haben, aus der Tschechoslowakei nach Österreich zu gelangen? Falls das überhaupt Ihre wirkliche

Fluchtroute war. Uns liegen keinerlei Hinweise vor, die auch nur ansatzweise bestätigen, was Sie sagen.«

Was sollte ich machen? Ich erzählte einfach erneut die unvollständige Geschichte, diesmal erweitert um ein paar Details wie das Wetter und meine Begegnung mit den Bauern bei Freilassing, aber im Kern unverändert. Als ich fertig war, fingen der Glatzkopf und der Dicke an, mich mit Fragen zu löchern. Innerhalb weniger Minuten verwandelte sich das Gespräch in ein erbittertes, aber völlig zielloses Kreuzverhör. Während ich auf meiner Version beharrte, beharrten die Herren darauf, dass diese Version nicht stimmen konnte, zumindest nicht, solange ich keinen Fluchthelfer genannt hatte. Aber das tat ich nun mal nicht. Nach einer nervenaufreibenden halben Stunde wurde das Verhör abgebrochen und eine Fortsetzung am nächsten Tag angekündigt. Ich konnte nur hoffen, dass ich bis dahin ein paar hilfreiche Informationen von Annas »Profi« bekommen hatte.

Der Fluchthelfer war ein schlaksiger junger Mann mit Brille und Bart. Er hieß Albrecht. Ich traf ihn am nächsten Vormittag beim Eingang des Notaufnahmelagers, wo er Anna und Elfie abholte. Anna hatte ihn bereits über meine Schwierigkeiten informiert.

»Am besten wäre es, wenn ein Rechtsanwalt Ihre Geschichte bezeugen könnte«, sagte er. »Allerdings müssen Sie dann ihn in die Einzelheiten Ihrer Flucht einweihen. Ich kenne einen vertrauenswürdigen Juristen hier in Gießen, der auf solche Fälle spezialisiert ist. Wenn Sie wollen, gebe ich Ihnen seine Nummer.«

Natürlich wollte ich. Ich wusste zwar noch nicht, wo ich hier in Ruhe telefonieren konnte, aber dieses Problem würde sich lösen lassen. Albrecht kritzelte einen Namen und eine Telefonnummer auf ein Stück abgerissenes Zeitungspapier, reichte es mir und wünschte mir alles Gute. Dann musste ich auch schon von Anna und Elfie Abschied nehmen. Dafür, dass wir uns erst einen Tag kannten, waren wir uns sehr nahegekommen. Gemeinsam durchlebte Extremsituationen schweißen zusammen. Ich vermisste die beiden schon jetzt.

Den Rest des Tages las und schlief ich und erkundete ein wenig die Umgebung des Notaufnahmelagers, in der es bis auf eine kleine Eckkneipe allerdings nichts zu entdecken gab. Die angekündigte Fortsetzung des Verhörs fand nicht mehr statt. Hatten die beiden Herren die Lust verloren? Hatte man mich vergessen? Oder wollte man mich einfach zappeln lassen, bis ich zu Kreuze kroch? Als ich mich am Abend schlafen legte, nahm ich mir fest vor, am nächsten Tag den Anwalt anzurufen, den Albrecht mir empfohlen hatte. Vielleicht gab es ja in der Eckkneipe ein Telefon.

Ich schlief tief und fest, als ein lautes, energisches Klopfen an der Zimmertür mich aus den Träumen riss. Ein Blick auf die Armbanduhr verriet mir, dass es kurz nach Mitternacht war. Was war denn jetzt los? Vor der Tür stand die Frau in Grau. Mit müden Augen und einem schamlosen Gähnen ordnete sie an, ich solle mich unverzüglich zum Verhör einfinden.

»Mitten in der Nacht?«, fragte ich ungläubig.

»Fragen Sie nicht, sondern beeilen Sie sich. Sie wissen ja, wo sie hinmüssen.«

Ach du liebe Zeit! Ich musste ja wirklich ein schwieriger Fall sein, wenn man solche Spezialmethoden für nötig hielt. Schlaftrunken zog ich mich an und taumelte hinüber zu Zimmer 1. Dort wiederholte sich das unergiebige Kreuzverhör des Vortags mit nahezu denselben Fragen. Nur der Ton war deutlich schärfer, und man drang noch dringlicher in mich, die Identität des Fluchthelfers endlich preiszugeben. Irgendwann wich ich nur noch aus. Ich erzählte von der Ausstattung des Flugzeugs, von der Übernachtung in Wien, der Weide in Bayern und so weiter. Damit machte ich alles nur noch schlimmer. Je mehr ich erzählte, desto zorniger wurden die Blicke meiner Inquisitoren.

»Märchen! Nichts als Märchen!«, unterbrach mich der Dicke ungestüm und schlug mit der Faust auf den Schreibtisch, dass sein Tonbandgerät einen Hüpfer machte. »Hören Sie endlich auf, uns solchen Quatsch aufzutischen, Fräulein Giese. Man kann doch nicht zweimal hintereinander über den Eisernen Vorhang fliegen, ohne dass es jemand mitbekommt. Wenn das passiert wäre, wüssten wir darüber Bescheid. Oder aber es müsste ein überaus findiger Pilot das Flugzeug gesteuert haben. Nun sagen Sie doch endlich: Wer war es?«

Ich schwieg standhaft in dieser Nacht und auch beim vierten Verhör am nächsten Vormittag. Da teilten die Herren mir mit, sie hätten sich in Wien, Mikulov und Freilassing erkundigt, aber keine Zeugen oder Belege für meine Geschichte gefunden. Schließlich platzte der Glatzkopf heraus: »Entweder Sie fantasieren, oder Sie versuchen, uns absichtlich an der Nase herumzuführen. Wie es derzeit aussieht, müssen wir annehmen, dass Sie mit falschen Karten spielen. Sind Sie hergekommen, um zu spionieren? Überlegen Sie sich sehr genau, was Sie antworten, Fräulein Giese, es könnte später gegen Sie verwendet werden.«

Als ich zurück in mein Zimmer ging, war ich schweißgebadet und den Tränen nahe. Hören zu müssen, dass man mich der Spionage verdächtigte, war dann doch mehr als beunruhigend. So konnte es auf keinen Fall weitergehen. Kurz entschlossen schnappte ich mir Albrechts Zeitungsfetzen, stapfte die Straße hinunter zur Eckkneipe und bat die Wirtin, telefonieren zu dürfen. Sie verwies mich zu einer Telefonzelle vor dem Eingang. Die hatte ich in meiner Aufregung völlig übersehen.

Ich erreichte den Anwalt nicht sofort. Erst als ich am Nachmittag ein zweites Mal anrief, war er persönlich am Apparat. Nachdem ich ihm alles erzählt hatte, sagte er mit sympathischer, ruhiger Stimme: »Ich muss zugeben, auch mir erscheint Ihre Geschichte ziemlich unglaublich, Fräulein Giese. Als Anwalt unterliege ich der Verschwiegenheitspflicht. Wenn Sie mir sagen, wer Ihr Fluchthelfer war und wo ich ihn erreichen kann, würde ich mich um den Fall kümmern und Ihren Verhörleitern eine Erklärung zukommen lassen. Das könnte sie vielleicht vom Wahrheitsgehalt Ihrer Aussage überzeugen.«

Verschwiegenheitspflicht – damit hatte er mein Vertrauen gewonnen. Ohne zu zögern gab ich ihm Hans Christians Stockholmer Telefonnummer. Ich hatte sie vorher extra auf einen Zettel geschrieben, den ich in der Faust zerknüllte, um ihn zur Not sofort wegschmeißen zu können.

Im Notaufnahmelager ließ man mich von jetzt ab in Ruhe. Es gab kein weiteres Verhör mehr. Ob der Anwalt nach unserem Telefonat direkt meine Inquisitoren anrief? Er meldete sich auf jeden Fall bei Hans Christian in Stockholm. Von ihm ließ er sich meine Geschichte bestätigen und betrachtete sie damit als verbrieft. Diese Einschätzung muss er umgehend weitergegeben haben.

Schon am nächsten Tag händigte man mir meinen vorläufigen Flüchtlingsausweis aus, und ich konnte das Gießener Auffanglager verlassen. Man gab mir sogar Fahrgeld, damit ich zu meiner Tante nach Höchst bei Frankfurt am Main weiterreisen konnte. Sie staunte nicht schlecht, als ich vor ihrer Tür stand, und nahm mich, ohne mit der Wimper zu zucken, sehr herzlich auf. In den zwei Wochen, die ich auf meinen amtlichen neuen Pass wartete, blieb ich in Höchst. In dieser Zeit erzählte ich selbst meiner Tante nichts Näheres über die Identität meines Fluchthelfers. Ich sprach nur von einem »Verlobten«, der mich über die Grenze gebracht hatte. Ich verbot mir sogar die Kommunikation mit Hans Christian. Erst nachdem ich meine Dokumente erhalten hatte, rief ich ihn an, um zu vermelden, dass ich nun endlich nach Schweden kommen konnte.

Am 18. September 1966 kam ich in Stockholm an. Das weiß ich so genau, weil es mein 25. Geburtstag war. Als ich am Bahnhof ankam, wartete Hans Christian bereits sehnsüchtig auf mich. Wir begrüßten uns überschwänglich. Zum ersten Mal, seit wir uns kannten, wussten wir, dass wir uns nie wieder würden trennen müssen. Unsere gemeinsame Zukunft konnte beginnen.

Hochzeitstag

Der Anruf des Anwalts aus Gießen erreichte mich abends in meiner Wohnung. Meine erste Reaktion war Misstrauen. Ein Anruf aus Deutschland? Nur wenige Tage nach der Flucht? Das konnte nichts Gutes bedeuten. Als der Mann Isoldes Namen nannte und mir ruhig und sachlich erklärte, worum es ging, verflog mein Argwohn. Es gab Probleme mit den Beamten im Notaufnahmelager. Wenn ich zur Lösung dieses Problems beitragen konnte, tat ich das natürlich. Nachdem ich meinerseits dem Anwalt unsere Fluchtgeschichte dargelegt hatte, schien er zufrieden. Er versprach mir, meinen Namen auf keinen Fall weiterzugeben. Ob ich dem trauen konnte? Ich war anfangs nicht sicher. Doch er hat sein Wort gehalten, das zeigte sich etwa ein Jahr später.

Nach Isoldes Ankunft in Stockholm erzählten wir zunächst niemandem davon, wie wir uns wirklich kennengelernt hatten oder dass Isolde aus der DDR stammte. Meine Arbeit in der Ost-West-Abteilung des Exportvereins stand der Wahrheit weiterhin im Weg. Die offizielle Version war nun, dass Isolde aus Frankfurt am Main stammte. Meist hinterfragte das keiner, aber es konnte zu kuriosen Situationen führen. So löcherte Bertils Frau, die schon oft in Frankfurt gewesen war, Isolde eines Abends mit sehr spezifischen Fragen zu ihrer »Heimatstadt«. Dabei wurde deutlich, dass Isolde Frankfurt gar nicht richtig kannte. Eine unangenehme Situation, doch wir ließen das auf sich beruhen. Auch Bertil hielt weiterhin dicht.

Meine Eltern waren die Einzigen, denen wir zwei Monate nach der Flucht die Wahrheit erzählten. Isolde hatte sie von Anfang an ins Herz geschlossen, sie waren vertrauenswürdig und verdienten, dass wir vor ihnen mit offenen Karten spielten. Es war ein langer Monolog, in dem ich an einem dunklen Oktoberabend die ganze Geschichte von unserer Begegnung im Zug nach Prag bis zu Isoldes Ankunft in Stockholm erzählte. Meine Eltern hörten ruhig zu. Als ich geendet hatte, saßen sie zunächst sprachlos vor uns. Dann erhob sich mein Vater, nahm erst Isolde und dann mich in seine Arme. Meine Mutter tat es ihm gleich. Sie waren sehr aufgewühlt und sichtlich fassungslos angesichts dessen, was wir da Gefährliches gewagt hatten. Momente wie dieser führten Isolde und mir vor Augen, was wir selbst inzwischen oft vergaßen: Wie riskant unser Flug über den Eisernen Vorhang gewesen war und dass wir dabei um unsere Freiheit oder gar ums Leben hätten kommen können. Solche Momente gibt es bis heute. Sie erinnern uns daran, wie glücklich wir uns schätzen können, dass uns nichts geschehen war.

Im April 1967 zogen wir nach Bonn, damit Isolde ihr Medizinstudium abschließen konnte. Um es in Stockholm zu beenden, war ihr Schwedisch noch nicht gut genug, auch wenn sie beim Lernen der Sprache schnell Fortschritte machte. Bonn, das war die Zeit der knappen Kasse. Da ich meine Stelle beim Exportverein beendet hatte, hielt ich uns mit einem Studienkredit und gelegentlichen Aufträgen als freier Journalist und Sachbuchautor über Wasser. Das Stipendium, das Isolde erhofft hatte, blieb ärgerlicherweise ohne Begründung aus. Es wunderte uns, denn ihre Referenzen waren gut, und ein Großteil ihrer Kommilitonen bekam die Förderung ohne Probleme. Letztlich gab es eine einfache Erklärung für die Absage. Sie kam in Gestalt zweier westdeutscher Sicherheitsbeamter direkt zu uns ins Haus.

Die beiden Männer klingelten eines Tages an der Tür unserer kleinen Bonner Wohnung und verlangten Isolde zu sprechen. Als ich sie hereinbat, kamen sie schnell zur Sache: »Wir möchten uns zu einigen Unklarheiten erkundigen, die Ihre Flucht betreffen, Fräulein Giese«, sagte der eine.

»Vor allem wüssten wir gern, wer Ihnen dabei geholfen hat«, sagte der andere.

Darauf folgte ein absurder Moment. Isolde zuckte mit den

Achseln und sah mich fragend an. Ich blickte stirnrunzelnd auf unsere beiden Besucher, die Beamten wiederum fixierten Isolde mit Argusaugen. So standen wir da, ohne dass jemand etwas sagte – bis einer der Beamten plötzlich mich ansprach.

»Junger Mann, vielleicht hatten Sie ja etwas mit der Flucht zu tun.«

Ich schaute, als hätte ich nicht den leisesten Schimmer, wovon sie sprachen.

»Ja, vielleicht waren Sie auf irgendeine Weise daran beteiligt?«, wandte sich auch der zweite forsch an mich. »Es könnte doch zum Beispiel sein, dass Sie während Ihrer Offiziersausbildung fliegen gelernt haben.«

Aha! Sie hatten also bereits geprüft, mit wem Isolde zusammenlebte, und Informationen über mich eingeholt. Woher sonst hätten sie wissen sollen, dass ich eine Offiziersausbildung hatte? Saubere Arbeit. Aber nicht sauber genug.

»Meine Herren«, antwortete ich und konnte mir einen ironischen Unterton nicht verkneifen. »Wie Ihnen sicherlich auch bekannt ist, habe ich meine Offiziersausbildung nicht bei der Luftwaffe, sondern bei der Infanterie absolviert. Dort wird marschiert, nicht geflogen. Also musste ich Letzteres auch nicht lernen.«

Dazu fiel den Beamten nichts ein. Etwas weniger forsch konzentrierten sie sich nun ganz auf Isolde, die sich entschieden weigerte, Details zu ihrer Flucht preiszugeben. Bevor die beiden unverrichteter Dinge wieder abzogen, deuteten sie in einem letzten Versuch an, Isolde könne nicht mit einer Studienförderung rechnen, falls sie nicht zu einer besseren Zusammenarbeit bereit war.

Nun wussten wir, warum ihr kein Stipendium gewährt wurde. Es war zudem erwiesen, dass der Gießener Anwalt sich an seine Schweigepflicht gehalten hatte. Dass acht Monate nach der Flucht offenbar noch immer kein handfester Verdacht bezüglich meiner Beteiligung bestand, erstaunte mich. Selbst mit den wenigen Angaben, die Isolde in den Gießener Verhören gemacht hatte, waren doch einige Vorgänge nachprüfbar. Das Kennzeichen der Cessna und die Nummer meines Flugscheins waren sowohl in Schwechat als auch in Aspern und Salzburg registriert worden, und zu meiner Anmietung des Flugzeugs hatte es sogar einen Vertrag gegeben. All diese Dokumente waren auf den Namen Göran Hadarsson ausgestellt worden, aber letztlich ließ sich das Pseudonym beim Überprüfen meiner Personendaten doch relativ leicht aufdecken. Das hatte ich zumindest befürchtet. Doch meine Camouflage schien besser zu wirken als erwartet. So gut, dass die westdeutsche Sicherheitsbehörde einfach nicht dahinterkam, wer Isoldes mysteriöser Fluchthelfer war. Als wir nach dem Fall der Mauer 1989 Einblick in die Akten der Stasi erhielten, konnten wir feststellen, dass dies auch für die Behörden der DDR galt.

Am Ende halfen wir den Sicherheitsbehörden selbst auf die Sprünge. Als ich nicht mehr für den Schwedischen Exportverein tätig war, entschlossen wir uns, die Geheimhaltung aufzugeben. Besonders im Privaten wollten wir nicht dauerhaft einen wichtigen Teil unserer Biografien verschweigen, nur um mir Türen im Bereich des Ost-West-Handels offen zu halten.

Als wir am 12. August 1967 in Schweden heirateten, lüfteten wir unser Geheimnis. Wir taten es im großen Stil. Im Vorfeld gaben wir einer der größten schwedischen Tageszeitungen ein Exklusivinterview zur Flucht. Die Story erschien genau an unserem Hochzeitstag. Sie sorgte für einige Turbulenzen. Unsere Freunde und Verwandten waren völlig von den Socken, als sie die Zeitung aus ihren Briefkästen nahmen und den Aufmacher lasen. Mein Freund Karl-Gunnar, der eine Hochzeitsansprache vorbereitet hatte, musste sein Manuskript nach der Lektüre des Artikels komplett umschreiben, was er aber in kurzer Zeit meisterlich schaffte.

Die Hochzeit war ein fröhliches Fest, das wir in Südschweden feierten. Das Jawort fand in der gleichen Kirche statt, in der ich als Kind getauft worden war. Nach der Trauung fuhren wir in einer blumengeschmückten Kutsche zu einem Sektempfang im

Sommerhaus meiner Mutter, die sich liebevoll um alle Vorbereitungen gekümmert hatte. Zum Abendessen ging es mit einem Boot die Küste entlang zur pittoresken Stadt Ronneby. Der ganze Tag glich einer federleichten Reise durch ein sommerliches Land. Ein besonderes Geschenk war, dass auch Isoldes Mutter teilnehmen konnte, denn als Rentnerin durfte sie nach Westdeutschland reisen. Weiter eigentlich nicht, trotzdem setzte sie ihre Fahrt nach Schweden fort, um bei unserer Hochzeit dabei zu sein. Für uns eine riesige Freude.

Mein Vater konnte unser Jawort leider nicht mehr miterleben. Er starb vier Monate vor der Hochzeit an einem Herzinfarkt. Ein schmerzhafter Verlust. Seine Abwesenheit lag wie ein Schatten über der sonst so ausgelassenen Feier. Freude und Trauer lagen an diesem besonderen Tag nahe beieinander.

Später berichteten noch weitere in- und ausländische Tages- und Wochenzeitungen über unsere Flucht, darunter einige deutsche. Die Artikel landeten wohl auf den Schreibtischen der westdeutschen Sicherheitsbeamten, die noch immer im Dunkeln tappten. Sie müssen ihnen gefallen oder sie zumindest milde gestimmt haben, denn kurz danach bekam Isolde ihr Stipendium doch noch.

Rückschau

Abgesehen von meiner Familie war der wohl erste Ort, an dem mein Verschwinden auffiel, die Uni. Als ich nicht mehr zu den Vorlesungen kam, wurden bestimmt Nachforschungen angestellt. Auch im Hausbuch in der Metzer Straße war abzulesen, dass der Tag meiner angekündigten Rückkehr verstrich, ohne dass ich erschien. Das Hausmeisterpaar gab diese Information mit Sicherheit weiter. Wie genau die Nachricht von meiner Abwesenheit in die Amtsstuben der Volkspolizei gelangte, kann ich nicht beurteilen. Ich weiß nur, dass am 22. November 1966

Anzeige erstattet wurde, weil ich verdächtigt wurde, »vermutlich in der Zeit von Juli bis November 1966 die DDR auf bisher unbekanntem Weg illegal verlassen« zu haben.

Wenig später wurden meine Schwester und mein Vater zur Stasi zitiert. Helga machte von ihrem Recht Gebrauch, als direkte Angehörige nicht aussagen zu müssen. Vati stellte sich einer Vernehmung, in der er aber lediglich zu Protokoll gab, was der Wahrheit entsprach: dass weder er noch sonst jemand aus unserer Familie etwas von meinen Fluchtplänen gewusst hatte. Offenbar wurde ihm geglaubt. Man lud danach weder meine Mutter vor, noch ergaben sich sonstige Nachteile. Vati behielt seine Arbeitsstelle, Helga konnte ungehindert ihr Mikrobiologiestudium fortsetzen und nach dessen Abschluss in die medizinische Forschung gehen. Ich bin bis heute froh, dass alles so glimpflich abgelaufen ist. Mein eigenes Glück auf Kosten der mir liebsten Menschen zu finden, hätte mich sehr belastet.

Gegen mich selbst verhängte das Stadtbezirksgericht Prenzlauer Berg im Februar 1967 einen Haftbefehl, in dem mir zur Last gelegt wurde, »im August 1966 auf unbekanntem Wege illegal die Deutsche Demokratische Republik verlassen zu haben«, und stellte fest: »Aus der Straftat heraus ergibt sich Fluchtgefahr.« Eine eigenartige Schlussfolgerung, wenn man bedenkt, dass der Anlass des Haftbefehls eine bereits vollzogene Flucht war. Aber das war wohl die Logik der Stasi. Diese Logik habe ich in meinen Jahren in der DDR nie verstanden, und ich verstand sie noch weniger, als ich nach der Wiedervereinigung Deutschlands meine Stasiakte anforderte, in der die Anzeige und der Haftbefehl enthalten waren.

Die Akte war neunzig Seiten dick. Sie enthielt keine Informationen, die mich schockiert hätten. Warum existierte sie überhaupt? Ich nehme an, dass ich durch die Beziehung zu meinem Ex-Freund ins Visier der Stasi geraten war und nach dessen gescheiterter Republikflucht automatisch als potenziell fluchtverdächtig galt. Eher schockiert war ich, was für Banalitäten der Stasi von Bekannten aus dem Studium und dem Hausmeisterpaar aus der Metzer Straße »gemeldet« wurden: »Sie lebt sehr solide und zurückgezogen«, »Wie angegeben wird, scheint die G. (…) eine Vorliebe für ausländische Studenten zu haben«, »Zur Zeit hat Isolde Giese keine feste Bindung zu einer männlichen Person«, »Zur Zeit befindet sie sich im Kartoffelernteeinsatz« …

Ich las das alles einmal durch und danach nie wieder. Eine solche Form von Rückschau liegt mir nicht. Dennoch halte ich es für wichtig, die Erinnerung an die damalige Zeit wachzuhalten – um aus ihr zu lernen, damit sich die Entwicklungen und Fehler von damals nie mehr wiederholen.

Für Hans Christian und mich war die geglückte Flucht der Beginn eines langen Weges, den wir nun seit über 50 Jahren durch Höhen und Tiefen gemeinsam beschreiten. Wir haben in Deutschland, Schweden und Österreich gewohnt, zwei wunderbare Söhne großgezogen, inzwischen beglückt uns ein dreijähriger Enkel, der uns sehr am Herzen liegt. Außerdem durften wir mit dem Fall der Mauer, der die Wiedervereinigung Deutschlands und das Ende des Kalten Krieges zur Folge hatte, einen historischen Wendepunkt erleben, der in der Welt, in der wir aufwuchsen, kaum möglich schien. Die folgende Öffnung und wachsende Freizügigkeit in Europa waren für Menschen wie uns, die während ihrer Jugend im Schatten des Kalten Krieges gelebt hatten, ein Grund zu Hoffnung und Zuversicht.

Das wiedervereinigte Deutschland wurde zu einem wichtigen Pfeiler der Europäischen Union, dem größten europäischen Friedensprojekt aller Zeiten, wo die inneren Grenzen kaum eine Rolle mehr spielen. Die Berliner Mauer und den Eisernen Vorhang gibt es seit dreißig Jahren nicht mehr. Sie sind einfach weg. Kein Fluchthelfer, Tunnelgräber oder Mauerflieger muss an dieser einstigen Grenze mehr sein Leben riskieren. Möge es für immer so bleiben!

Epilog

Die Öffnung der Berliner Mauer am 9. November 1989 überraschte die ganze Welt wie ein Blitz aus heiterem Himmel. Danach folgten sehr schnell die Demontage des Eisernen Vorhangs, die Wiedervereinigung Deutschlands, der Zerfall der Sowjetunion sowie eine zügige Aufnahme osteuropäischer Staaten in die EU und die NATO.

Heute, dreißig Jahre nach dem Mauerfall, ist eine ganze Generation ohne die Ost-West-Teilung in einem Europa der offenen Grenzen aufgewachsen. Dies hat auch zur Folge, dass die politischen und gesellschaftlichen Konflikte, in deren Schatten Isolde und ich aufwuchsen, für jüngere Menschen oft schwer nachvollziehbar sind. Zum Abschluss wollen wir deshalb versuchen, die von vielen Ängsten geprägte Epoche des Kalten Krieges kurz anschaulich zu machen. Wir hoffen, damit das Verständnis und den Dialog zwischen den Generationen zu erleichtern – zwei Aspekte, die für Isolde und mich eine Hauptmotivation waren, unsere Geschichte in der Öffentlichkeit zu erzählen.

In den 1960er-Jahren war die militärpolitische Lage Europas vom Konflikt zwischen zwei großen territorialen und politischen Blöcken geprägt. Der östliche Block stand unter dem Einfluss der Sowjetunion und war zentralisiert, totalitär und sozialistisch, der westliche wurde durch die USA dominiert und war pluralistisch, demokratisch und kapitalistisch. Die beiden Einflussgebiete wurden durch eine streng gesicherte Grenze, den Eisernen Vorhang, voneinander abgeschirmt. Man kämpfte mit grundlegend verschiedenen politischen Auffassungen und Mitteln um Dominanz in der Welt. Östlich des Eisernen Vorhangs organisierten die Sowjetunion und ihre osteuropäischen Verbündeten ihr militärisches Potenzial im Warschauer Pakt, im Westen existierte seit 1949 die NATO.

Ein wesentlicher Faktor im Kräftemessen der Kontrahenten waren Kernwaffen. Ost und West verfügten jeweils über genügend Atomsprengköpfe und Interkontinentalraketen, um den anderen Block vernichten zu können. Es herrschte ein permanentes Wettrüsten, was zur *Mutual Assured Destruction* (MAD, »wechselseitig zugesicherten Zerstörung«) führte. Das heißt: Beide Seiten waren in der Lage, selbst nach einem Erstschlag des anderen vernichtend zurückschlagen zu können. Kein Block, so verlangte die Doktrin, konnte mehr einen Kernwaffenkrieg gewinnen, auch nicht so »MAD« sein, einen anzufangen. Ein relativ ausgeglichenes Kräfteverhältnis in Sachen Atomwaffen – das »Gleichgewicht des Schreckens« – sollte den Ausbruch eines »heißen« Krieges verhindern und so den Frieden auf lange Sicht garantieren. Doch die atomare Bedrohung war ein Damoklesschwert, das ständig in der Luft hing. Auch in den Köpfen der Menschen.

In den Jahren 1961 und 1962 kulminierte die angespannte Lage in zwei besonders heftigen Zuspitzungen des Kalten Krieges: dem Mauerbau und der Kubakrise.

Aufgrund der politischen Dominanz der Sowjetunion sowie ökonomischer Vorgaben hatte sich die Versorgungslage in der DDR immer mehr verschlechtert, was Unzufriedenheit in der ostdeutschen Bevölkerung zur Folge hatte. Immer mehr Bürger wanderten via Westberlin in die Bundesrepublik und andere westliche Staaten aus. Bis zum Beginn der 1960er-Jahre stieg die Zahl der Emigranten auf 2000 pro Tag. Gerüchte, die Regierung könne darauf mit dem Bau einer Mauer um Westberlin reagieren, konterte der Staatsratsvorsitzende Walter Ulbricht bei einer Pressekonferenz am 15. Juni 1961 mit dem berühmten Zitat: »Niemand hat die Absicht, eine Mauer zu errichten.«

Nicht einmal zwei Monate später wurde mit dem Segen Chruschtschows, des Partei- und Regierungschefs der Sowjetunion, ab dem 13. August 1961 dann doch die Berliner Mauer hochgezogen. Regierender Bürgermeister Westberlins war damals der spätere Bundeskanzler Willy Brandt. Er sagte: »In Wahrheit hat das kommunistische Regime in den letzten 48 Stunden das Eingeständnis dafür geliefert, dass es selbst schuld ist an der Flucht von Deutschen nach Deutschland. Eine Clique, die sich Regierung nennt, muss versuchen, ihre eigene Bevölkerung einzusperren. Die Betonpfeiler, der Stacheldraht, die Todesstreifen, die Wachtürme und die Maschinenpistolen, das sind die Kennzeichen eines Konzentrationslagers. Es wird keinen Bestand haben. Wir werden in Zukunft noch sehr viel mehr Menschen als früher nach Berlin bringen, aus allen Teilen der Welt, damit sie die kalte, die nackte, die brutale Wirklichkeit eines Systems sehen können, das den Menschen das Paradies auf Erden versprochen hat.«

Während die Mauer zu einem fast unüberwindlichen Riegel ausgebaut wurde, geriet am anderen Ende der Welt, vor der Küste Kubas, das »Gleichgewicht des Schreckens« ins Wanken. Im Oktober 1962 fanden amerikanische Aufklärungsflugzeuge heraus, dass die Sowjetunion begonnen hatte, Basen für ballistische Raketen auf der Insel zu bauen. Mithilfe dieser Basen wäre es der Sowjetunion möglich gewesen, mit sehr kurzer Vorwarnzeit große Teile der USA mit Kernwaffen anzugreifen – eine dramatische Zuspitzung der Lage. Der amerikanische Präsident John F. Kennedy beschloss, den Seeweg nach Kuba zu blockieren, um die Fertigstellung der Raketenbasen zu unterbinden. Als sich die sowjetischen Schiffe im Atlantik einer von amerikanischen Seestreitkräften bewachten Verteidigungslinie näherten, hielt die Welt den Atem an. Würden die sowjetischen Schiffe versuchen, die Blockade zu durchbrechen? Würde es zu einer direkten Konfrontation kommen? Stand der gefürchtete Atomkrieg bevor? Es ging noch einmal glimpflich aus. Die Sowjetschiffe kehrten um. Danach wurden die Basen auf Kuba demontiert und die Ausrüstung in die Sowjetunion verfrachtet. Die Welt konnte wieder aufatmen, zumindest vorerst.

Wie sehr die düstere Lage mich in meinem Denken und Handeln beeinflusste, habe ich am Anfang dieses Buches beschrieben. Nicht zuletzt diese Aufteilung der Welt in zwei politische Hemisphären trug dazu bei, dass ich Ost-West-Handel studierte. Aus heutiger Sicht würde ich sogar behaupten, dass mein Hintergrund und damaliges politisches Bewusstsein dazu beitrugen, mich zu diesem waghalsigen Projekt von Isoldes Flucht zu motivieren. Zweifellos waren unsere Liebe und unser Wunsch, zusammen zu sein, unsere allerwichtigsten Beweggründe. Für mich spielte aber auch das Motiv eine Rolle, der DDR, die so viele Bürger eingesperrt und bei der Flucht ertappt und ermordet hatte, die Stirn zu bieten. Ich war gewiss kein Abenteurer, dennoch kann ich nicht verneinen, dass die Herausforderung in dieser aufgeladenen Situation mich anspornte.

Für Isolde selbst ging es bei der Flucht weniger um die Frage politischer Systeme als um Menschlichkeit. Diese willensstarke junge Frau war von dem Wunsch erfüllt, Menschen zu helfen. Das war der Grund, warum sie sich zur Ärztin ausbilden ließ. Wo in der Welt – ob im Westen oder Osten – sie Menschen half, war für sie nicht von Bedeutung.

Vor ihrer Flucht wusste Isolde sehr genau, was sie hinter sich ließ. Es betraf nicht nur ihre Familie und Freunde, sondern auch die Sicherheit, ihre Berufsausbildung zu Ende zu bringen. Was sie im Westen erwartete, konnte sie nur erahnen. Doch ihr Wille war stark genug, um ihren Weg auch nach der Flucht weiterzuverfolgen. Natürlich unterstützte ich sie dabei. Deshalb zogen wir im April 1967 nach Bonn, wo Isolde einen Studienplatz an der Friedrich-Wilhelms-Universität bekommen hatte, die ihre Leistungsnachweise von der Berliner Humboldt-Universität anerkannte. Am wichtigsten aber war, dass wir uns selbst und der Welt bewiesen hatten, dass Liebe die Macht hat, Mauern und Grenzen zu überwinden.

Gleichwohl ist uns heute noch mehr als damals bewusst, wie viel Glück wir bei Isoldes Flucht hatten. Zuallererst mit den Wachposten: Als ich das erste Mal über die Grenze flog, waren sie völlig unvorbereitet; ich konnte nachvollziehen, dass sie in ihrer Überraschung nicht schnell genug reagierten, um etwas gegen mich zu unternehmen. Dass sie aber auch beim Rückflug nur zusahen und mit der Faust drohten, scheint mir im Nachhinein geradezu unwirklich. Es war doch ihr Job, die Grenze zu verteidigen. Hätten sie nach Vorschrift gehandelt, hätten sie sicher nicht nur schießen können, sondern sogar schießen müssen.

Ein zweiter Glücksfall war das Ausbleiben von Abfangjägern bei Isoldes Flug in die Freiheit. Sieben Jahre nach der Flucht kam es zu zwei tragischen Vorfällen, die deutlich zeigten, wie berechtigt unsere Sorge gewesen war. 1973 wurden – in etwa am selben Grenzabschnitt, an dem wir die Grenze überflogen hatten – zwei in Richtung Westen fliegende Kleinflugzeuge von tschechoslowakischen Jagdfliegern eingeholt. Beim ersten schaltete der Kampfpilot seinen Nachbrenner ein, um den Flieger durch dessen Hitzewelle zum Absturz zu bringen. Auch beim zweiten Vorfall nur zwei Monate später wurden beide Insassen des Kleinflugzeugs getötet. Als wir davon hörten, gefror uns das Blut in den Adern. Es steht außer Frage, dass ein solches Schicksal auch uns hätte widerfahren können. Warum es uns erspart blieb, darüber kann man nur mutmaßen. Tauchten wir zu spät auf den Radarschirmen auf und verschwanden wir zu schnell über die Grenze, um den Grenzfliegern genügend Zeit zum Angriff zu lassen, oder gab es 1966 noch nicht dieselbe Überwachungskapazität und Alarmbereitschaft wie 1973?

Von den normalen Risiken, die das Fliegen mit sich bringt, will ich gar nicht reden. Immer wieder berichten Medien über tragische Unfälle und Abstürze von Sportflugzeugen, die von deutlich routinierteren Piloten gesteuert wurden, als ich einer war. Auch solche Risiken mussten wir in Kauf nehmen. Als frischgebackener Pilot war ich ja immer noch ein Anfänger.

In einem Artikel über die schwedische Ausgabe unseres Buches schrieb der ehemalige schwedische Außenminister Dr. Hans Blix: »Man sucht angesichts dieser Geschichte nach einem zutreffenden Adjektiv. Mutig? Ja, sicher. Dummdreist?

Nein, das waren sie nicht. Neben Sehnsucht und Leidenschaft wurde ihr Weg von einem bewundernswerten Maß an kontrolliertem, kühlem Kalkül begleitet, das genug Flexibilität bot, um auftauchende Hindernisse zu bewältigen. Vielleicht sind ›wagemutig‹ oder ›tollkühn‹ die Worte, die ich suche.«

»Glückspilze« wäre vielleicht auch zutreffend.